TIENS TA LANGUE

ÉDITIONS LA PEUPLADE
339b, rue Racine Est
Saguenay (Québec)
Canada G7H 1S8
www.lapeuplade.com

DÉPÔTS LÉGAUX
Bibliothèque et Archives
nationales du Québec, 2025
Bibliothèque et Archives
Canada, 2025

ISBN 978-2-925416-41-8
TITRE ORIGINAL : *Hold Your Tongue*

•

Les Éditions La Peuplade reconnaissent l'aide financière du gouvernement du Canada pour ses activités d'édition et remercient le Conseil des arts du Canada, la Société de développement des entreprises culturelles du Québec (SODEC) et le gouvernement du Québec, par l'entremise du Programme de crédit d'impôt pour l'édition de livres du Québec (gestion SODEC), du soutien accordé à son programme de publication.

Financé par le gouvernement du Canada | Canada

ROMAN

Matthew Tétreault

TRADUIT DE L'ANGLAIS (CANADA) PAR
Luba Markovskaia

TIENS TA LANGUE

Pour Geneviève

NOTE DE L'AUTEUR

Ce roman, qui se déroule dans la région de Sainte-Anne-des-Chênes, dans le sud-est du Manitoba, emploie différents registres de français - le français standard, le français canadien et le mitchif français - afin de représenter une partie de la diversité culturelle de la région, ainsi qu'un pan de son histoire et des tensions qui lui sont propres. Ce livre cherche à honorer les générations précédentes en rendant hommage à leur manière de raconter.

Ceci est une œuvre de fiction. Toute ressemblance avec des personnes existantes ou ayant existé serait fortuite.

NOTE DE LA TRADUCTRICE

Aux différents registres de français énumérés par l'auteur dans la note qui précède, s'ajoutent, dans la présente traduction, le français de la narration - généralement standard, mais comportant quelques incursions de français canadien, de franglais et de mitchif - et le français des dialogues, qui tantôt reconstituent des conversations qui auraient eu lieu, dans la réalité décrite par le roman, en français ou en franglais, tantôt transposent des discussions qui se seraient déroulées en anglais.

Le français des dialogues varie en fonction des origines respectives des personnages et des relations qui les unissent. Ainsi, le personnage d'Alfred s'exprime à la base dans un français mâtiné d'anglais et de mitchif, dont la proportion varie selon le contexte, et passe parfois à l'anglais pour se faire comprendre. Quant au registre de Richard, le narrateur, il fluctue considérablement en fonction de ses interlocuteurs (sa copine Becky, qui est anglophone, sa sœur Monique, qui est bilingue et qui revendique de plus en plus ses racines francophones au fil du récit, son grand-oncle Alfred, dont la présence et le souvenir poussent Richard à renouer avec ses origines linguistiques, ses parents, sa famille élargie, les agriculteurs de la région, etc.).

Au contact de ces deux nouvelles strates linguistiques qu'impose la traduction, la fonction du français dans ce roman se voit infléchie par rapport à l'original. Cela a supposé un certain travail de reconstitution, notamment en ce qui a trait aux dialogues en franglais, dont j'ai souhaité conserver la spécificité tout en les adaptant à un nouveau lectorat.

J'ai cherché à préserver le plus possible la qualité orale des dialogues, qui est centrale à la poétique de l'original anglais, tout en adaptant légèrement l'orthographe et certaines formulations pour m'assurer qu'elles s'adressent davantage à des lecteurs francophones. J'ai conservé la plupart des graphies propres au mitchif, en m'appuyant quelquefois sur le dictionnaire *Michif French as Spoken by Most Michif People of St. Laurent*, constitué par June Bruce, Agathe Chartrand, Lorraine Coutu Lavallée, Doris Mikolayenko Leclerc et Patricia Millar Chartrand, mais en me ralliant le plus souvent à la graphie privilégiée par l'auteur, qui vise à rendre le mitchif propre à la région de la rivière Rouge. Matthew Tétreault a eu la générosité de se pencher sur ma transposition de son récit pour s'assurer que les sonorités des langues parlées dans sa communauté y résonnent encore. Qu'il soit ici chaleureusement remercié pour ce travail et pour la confiance qu'il m'a accordée.

J'aimerais remercier également Michel Forest pour le partage de ses connaissances en matière de baseball et André-Philippe Drapeau Picard pour le vocabulaire lié à la chasse.

LA GROTTE

La pluie tambourinait sur la voûte en pierre au-dessus de leurs têtes, mais le garçon et la fille l'entendaient à peine, tant leur pouls martelait fort dans leurs tempes. Pendant des mois ils s'étaient toisés d'un coin à l'autre de la cour d'école, avaient chuchoté en faisant la file pour communier, s'étaient effleuré discrètement les doigts dans le couloir. Ils s'étaient enfin donné rendez-vous dans la vieille grotte. Dans l'obscurité, aux pieds de la Vierge, ils ne cessaient de coller leurs bouches l'une contre l'autre comme des poulets picorant le grain. Les pierres de l'arcade gémissaient sous le poids de la pluie, qui s'infiltrait dans les fissures du mortier et ruisselait sur la statue. La fille a froncé les sourcils en voyant de petits éclats de lumière s'immiscer par les fentes du plafond. L'eau suintait comme des larmes sur les joues de la Vierge. Le garçon a sursauté : quelque chose a frôlé son oreille, puis est tombé dans un bruit sourd à ses pieds. Il s'est penché pour examiner l'objet, une pierre rugueuse de la taille d'une orange qu'il a prise dans sa main. C'est là que la voûte s'est affaissée, faisant basculer la statue de son socle. La Vierge s'est affalée sur le garçon et la fille, les piégeant sous son poids tandis que l'arcade s'effondrait. Ils s'agrippaient l'un à l'autre. Les pierres rebondissaient contre la statue et s'amoncelaient autour d'eux, formant une muraille qui a fini par bloquer la lumière. Le vacarme de l'avalanche s'est estompé, et alors que la puanteur de la fange pénétrait la pénombre, ils se sont enfin entendus crier.

SAINTE-ANNE-DES-CHÊNES

1 –
QUAND LES LATTES DE BOIS ONT CRAQUÉ COMME DES COUPS DE FEU

C'était le matin où Alfred a eu son AVC, mais je ne le savais pas encore. Debout dans les herbes hautes près de la clôture, je me vidais la vessie. Je m'étais fait réveiller par le tapage des vaches qui s'en prenaient à la palissade grisaillée bordant le terrain de Gauthier. À travers les vitres poussiéreuses, un soleil froid tourbillonnait comme l'eau au fond d'une cuvette. Couché à l'arrière de la Buick, je me suis frotté les yeux avec mes poings. En sautant de la banquette, j'ai entendu les bouteilles vides cliqueter sous mes pieds. Sous la puanteur tiède de la bière plate, de la sueur et du tabac, son parfum s'attardait. On était restés assis longtemps dans la Buick, elle et moi, et je sentais encore l'empreinte de ses lèvres douces sur ma joue. Mais quelque chose qu'elle avait dit juste avant de sortir nous avait laissés songeurs. Elle m'avait expliqué que sa mère avait grandi dans le coin, mais que sa famille avait dû déménager à la suite d'un incident. Elle se demandait si on était parents. Pour tenter de clarifier des choses, j'avais sorti une liasse de papiers du coffre à gants.

« Mon arbre », je lui avais expliqué.

Mon nom était inscrit sur la page de garde. Sur la suivante, tout un tas de noms grouillaient autour du mien, comme une toile d'araignée. « Branched », avait dit ma sœur. Nos parents, leurs parents, et puis les leurs – ça remontait sur des années. Elle m'avait tendu ces documents qu'elle avait colligés la dernière fois que je lui avais rendu visite en ville. Elle m'avait dit de demander ma carte de Métis, que ça m'aiderait à trouver du travail ou à retourner aux études, mais j'avais fourré les feuilles dans le coffre à gants et les avais oubliées là jusqu'à ce que la femme me demande qui étaient mes grands-parents. Dans la faible lueur du plafonnier, j'avais feuilleté les pages, fixant sans les voir les noms et les dates, plus anciennes que le pays.

« C'est comme ça qu'on date, par ici ? elle avait dit en riant. On sort son arbre pis on vérifie les branches avant que ça devienne trop sérieux ? » Elle avait jeté un coup d'œil rapide à la première page, mais il était deux heures du matin et on était soûls dans une Buick sale, ce qui n'était sans doute pas le contexte idéal pour comparer nos généalogies. Inspirant d'un coup sec, elle a rejeté les papiers sur mes genoux. En un instant, elle avait disparu. J'avais terminé ma bière seul dans la pénombre.

•

Dehors, les vaches et moi, on se soulageait en détrempant la terre. Un faible soleil gravissait péniblement la canopée, et les vaches s'approchaient, nonchalantes et curieuses, leurs naseaux humides reniflant l'air frais. Elles se bousculaient contre la vieille clôture pour mieux m'examiner, quand soudain les lattes de bois ont craqué comme des coups de feu contre les poteaux, et la horde s'est dispersée avec fracas dans le pâturage.

Sur le terrain à Gauthier, c'était le chaos. Le rond de feu fumait encore. Ses volutes flottaient sur les vestiges calcinés de meubles brisés, sur les côtes noircies d'une palette de bois fendue. Comme des miettes de pain, les canettes, les bouteilles, les tasses de plastique rouge qui jonchaient le sol autour des restants de feu formaient un chemin vers la maison de ferme. L'herbe devant les tables pliantes, où Gauthier avait servi du baloney et du pain de seigle pour satisfaire une fringale nocturne, était parsemée de couverts de plastique. Le terrain était traversé des fils électriques qu'on avait fait passer de la maison vers les amplis disposés sur la scène de fortune, une remorque à balles où un groupe de country avait battu la semelle. Les gens avaient dansé la gigue dans l'herbe couverte de rosée au son criard des violons et des feux d'artifice qui avaient déchiré la nuit. Florissant dans le ciel au-dessus des champs, le grondement craquelant et chimique avait repoussé les vaches encore plus loin dans le pâturage, à l'arrière, là où il y avait des arbres, là où les sentiers de bétail serpentaient dans les broussailles.

Le feu de joie s'était gonflé, dévorant les piquets de clôture éclatés, les palettes fendues et les chaises brisées, le bois mort dont les gens l'alimentaient. Gauthier tournait autour des flammes. « Allez, gênez-vous pas ! il nous aiguillonnait. Le ciel va pas pogner en feu ! »

J.-P. Gauthier avait récemment repris la ferme et avait organisé la grande fête pour célébrer son héritage. Son père, li viyeu Gauthier, avait enfin déménagé dans le foyer pour aînés de Sainte-Anne, et J.-P. avait de gros projets. Il en parlait à tout le monde. Il assaillait les gens qui se gavaient de pain de seigle et de baloney, et leur rebattait les oreilles. Des porcs, qu'il disait. Fallait élever des porcs. Il n'y avait pas d'argent à faire dans le bétail depuis la crise de la vache folle, ou en tout cas, pas assez pour gagner sa vie comme il faut. Et si son père s'en était sorti de peine et de misère avec le bétail, J.-P., lui, était plus ambitieux.

« Les hivers en Arizona, il hurlait. C'est ça, le plan. »

En traînant les pieds vers la Buick, j'ai figé en apercevant un éclat de lumière dans le gazon givré. Je me suis penché et j'ai cueilli une flasque en inox. Elle était vide mais sentait le rye. Au moment de me relever, une douleur brûlante m'a arraché un grognement, une flamme qui a descendu le long de ma jambe pour aller me lécher les orteils. Parfois, avais-je fini par comprendre, c'était mieux de ne plus bouger et de laisser les choses se replacer d'elles-mêmes. Depuis que j'avais commencé à travailler pour menoncle Joe, la douleur était devenue vive et constante. Joe a dit que ça se placerait. Que je m'habituerais. Mais je n'en étais pas tellement sûr. Malgré tout, je me suis dit que c'était préférable de ne rien faire. Sans bouger, j'ai balayé le terrain du regard – des tentes sous le chêne débraillé jusqu'au VR qui ronronnait dans l'entrée de son bruit de chaufferette – et la douleur s'est mise à refluer.

Le terrain était plus petit que dans mes souvenirs. Autour de moi, l'herbe était écrasée, à plat, comme si quelqu'un avait fait des beignes avec un quatre-quatre. Quand j'étais petit, Monique et moi, on embarquait avec p'pa pour rendre visite au vieux Gauthier, et le terrain me semblait beaucoup plus vaste. Pendant que les autres restaient assis dans la cuisine, à discuter en sirotant un brandy, je m'échappais dehors pour jouer dans la grange ou grimper dans les arbres et les clôtures. Je pourchassais les chats de grange dans la cour, puis je m'installais bien haut sur une grosse branche et je regardais J.-P. travailler. C'était mon cousin et je l'admirais parce qu'il était assez vieux pour conduire, fumer et sacrer. De mon perchoir, je l'observais filer sur son tracteur d'un bout à l'autre de la cour, embrocher quelques balles de foin, puis les charrier une par une dans l'enclos pour nourrir les génisses. Il s'arrêtait de temps en temps pour des pauses-cigarette et me regardait escalader le vieux chêne. Puis, envoyant d'une pichenotte sa cigarette sur le gravier, il balayait l'horizon d'un grand geste des bras et me disait qu'un jour, tout ça – cette vaste étendue de pâturage rocheux – serait à lui.

Dans les années qui ont suivi, je me suis demandé de temps en temps si, avoir su à quel point il devrait patienter pour avoir son héritage, J.-P. n'aurait pas préféré déménager en ville et apprendre un métier. Il avait ébruité tous ses plans – le bétail et les poules qu'il élèverait, les serres qu'il construirait, et à présent les porcs – en attendant que son père lui passe le flambeau. Il s'était tellement investi dans ces projets que lorsqu'ils ont échoué, il est devenu amer et renfrogné. En attendant que son père lui passe le relai, il a pris du poids, s'est mis à boire, est devenu mesquin.

Après la mort de matante, p'pa a cessé d'aller voir Gauthier – le vieux lui avait fait une remarque blessante, mais mon père a toujours refusé de me dire ce que c'était. Je voyais rarement J.-P. – parfois en ville, parfois à des réunions de famille. Il ne m'avait invité à sa soirée que parce qu'on s'était croisés au Petro la semaine précédente. Je n'avais pas vu la ferme depuis des années, mais à présent, dans les premières lueurs de l'aube, je voyais que la broussaille avait repris ses droits. Les arbres et les herbes folles envahissaient les extrémités de la cour. Même les bâtiments semblaient fatigués, usés, sur le point de s'effondrer. La maison de ferme dépérissait à l'ombre du vieux chêne – stuc effrité, fenêtres fissurées, bardeaux hirsutes. Des arbrisseaux poussaient comme des poils d'oreille dans les gouttières.

On raconte que cette terre-là avait déjà appartenu à pépère, qui l'a perdue quand la malchance l'a frappé. Il l'a vendue pour trois fois rien à son beau-frère. Le vieux Gauthier. Je n'avais jamais su toute l'histoire, n'en avais attrapé que quelques bribes marmonnées par p'pa, par ses frères et sœurs, assez pour me faire une idée fantomatique de ce qui aurait pu exister. L'idée qu'on aurait pu devenir fermiers. C'était un vieux rêve qui avait suri dans mon estomac.

La Buick a démarré comme il faut. Je fouinais à la recherche d'une cigarette en attendant que le moteur se réchauffe. Je farfouillais dans le cendrier, espérant trouver un mégot, un restant gaspillé du temps où je me comportais comme un riche, comme si le paquet était sans fond. J'ai cueilli quelques mégots, que j'ai déchirés pour en verser le contenu dans du papier à rouler. J'ai baissé la vitre d'un pouce et j'ai allumé ma nouvelle cigarette. La première bouffée m'a fait l'effet d'une balle de baseball dans le front, et j'ai ancré mon regard à l'horizon. La fumée roulait sur le volant, la cigarette me brûlait les doigts, et je fixais la lisière effilée du Bouclier canadien, par-delà le pâturage, jusqu'à ce que les larmes me montent aux yeux.

La Buick a cahoté en roulant dans l'allée puis vers la route, surplombée de chênes et de bouleaux. Les rayons de soleil se répandaient en haillons d'automne à travers la canopée. J'ai pesé sur l'accélérateur, et la vieille voiture s'est élancée vers une brèche, là où le ciel bâillait grand et bleu et où la route déferlait comme un coup de feu. Une pétarade de cailloux et de gravier contre la carrosserie. En m'arrachant à l'orée du bois, traînant derrière moi un voile de poussière, j'ai jeté un œil au rétroviseur et j'ai vu que quelqu'un avait accroché le miroir. Je l'ai ajusté, puis j'ai figé en y voyant non pas mon reflet, mais celui de mon père. J'ai vu les endroits où les crevasses et les sillons se creuseraient dans ma peau, là où le rire et le chagrin imprimeraient le temps sur mon visage. Et pendant un bref instant boursouflé, j'ai vu ma vie défiler devant mes yeux – c'était un chemin ardu, plein de travail et de boisson, et ça m'a effrayé.

À vrai dire, ce n'était pas une révélation venue de l'avenir, mais bien un bilan de là où j'en étais. À un moment ou à un autre, les choses avaient mal tourné. La femme que j'aimais était partie étudier en ville, et l'usine de revêtement en poudre où je travaillais depuis six ans avait supprimé mon poste. À présent, je conduisais un camion vacuum pour menoncle Joe. Parfois, debout au-dessus d'une fosse septique béante, tandis que la merde et la pisse tressaillaient dans le boyau de trois pouces et demi que je serrais entre mes bras, je me demandais à quoi aurait ressemblé ma vie en ville, avec Becky.

Des klaxons aigus, effrénés m'ont arraché à mes pensées, et j'ai aperçu un camion Dodge se ruer sur moi dans l'accotement. J'ai attrapé le volant, et ma Buick a viré à droite, dérapant sur les bandes rugueuses, glissant en tête-à-queue sur le gravier. Le camion m'a dépassé en un bang assourdissant, a criblé mon pare-brise de roches. Puis il a disparu, me laissant dans un nuage de poussière. L'arrière de la Buick a vacillé, la voiture a dérivé vers le côté, par-dessus la crête, et s'est laissée tomber vers le pied de la pente, où elle s'est enfin arrêtée.

Tremblant, le cœur noué, j'ai inspiré par les dents. La poussière tournoyait au-dessus de ma tête, délavant le soleil. J'ai senti monter en moi un bouillonnement et j'ai poussé la portière avec mon épaule. Le miroir a explosé au sol, et en me penchant sur le gravier, j'ai vu mon reflet éclaté sur la route.

Crisse.

2 –
LA FOIS OÙ ALFRED EST TOMBÉ DE L'ARBRE

Le miroir était irréparable. Agenouillé près de la voiture, devant la maison, j'ai ramassé le cadre et j'ai songé à l'attacher avec du duct tape pour lui donner l'air d'un rétroviseur fonctionnel. Ce serait broche-à-foin, comme dirait p'pa, mais ça ferait l'affaire en attendant que j'aie les moyens de le remplacer. Je me suis relevé en frottant le devant de mon jeans. Plissant les yeux face au soleil qui débordait désormais de la canopée, j'ai jeté un coup d'œil au garage. Pendant que je me demandais où p'pa rangeait son duct tape, la porte de la maison s'est ouverte en grinçant, et ma mère est sortie sur le perron. Elle est restée là à me fixer, la taille enroulée de ses bras. J'ai attendu qu'elle dise quelque chose, mais son silence m'a fait sourciller.

« What's up ? » j'ai dit.

« T'étais où, là ? »

« À la ferme à Gauthier. J.-P. faisait un méchoui. »

En soupirant, ma mère a regardé en direction du garage.

« T'as vu ton père ? »

J'ai secoué la tête. « Ça fait une couple de jours. »

Elle a grimacé en plongeant le regard vers la route, à travers les chênes et les pins.

« I was almost killed », j'ai dit, et j'ai levé le cadre du rétroviseur craqué pour lui montrer, mais elle l'a regardé sans le voir. J'ai déposé le miroir sur le capot et j'ai pointé du pouce le garage. « On a-tu ça, du duct tape ? »

« Écoute, a dit ma mère. Alfred a fait un AVC. »

J'ai froncé les sourcils et l'ai regardée sans trop comprendre.

« Yé t'à l'hôpital à Saint-Boniface. Carole vient d'appeler. Yé t'en bad shape. »

Je me suis laissé retomber contre la voiture, près du miroir. « Yé vivant ? »

Elle a hoché la tête, les lèvres pincées. « Mais yé t'en bad shape, là, comme j'ai dit. »

« Ben, faut qu'on aille le voir. »

« Ton père yé pas icitte, and I can't get a hold of him. »

Les sourcils froncés, j'ai jeté un autre coup d'œil au garage, et à l'atelier attenant, où il passait le plus clair de son temps. « Yé où ? »

« Yé parti c'matin avec sa chainsaw. Ché pas où y allait. »

J'ai regardé en direction de la forêt. « Could be anywhere », j'ai dit.

Elle a hoché la tête en sortant un paquet de cigarettes de sa poche de jeans. Je voyais bien, à sa façon de s'en extirper une, les doigts tremblants, comme sur un fil de pêche tendu, qu'elle avait passé toute la matinée au téléphone.

« Écoute, elle m'a dit. You have to find him. »

•

Le rétroviseur posé sur le siège du passager, j'ai emprunté le chemin Dawson vers l'ouest et j'ai conduit prudemment en direction de la ville. Je ne voulais pas me faire arrêter et devoir expliquer ce qui s'était passé, où je me dirigeais. Perché sur la frondaison, le soleil se répandait sur la route, et je plissais les yeux pour percer le lustre endurci du pare-brise. Je décollais les doigts du volant le temps d'un petit salut rapide quand une fourgonnette ou un pick-up poussiéreux me dépassait à toute vitesse. J'ai pensé à Alfred, à son rire quand je lui ai demandé s'il savait que le chemin Dawson s'étirait autrefois de Thunder Bay à Winnipeg. Ç'avait été un chemin tortueux qui serpentait sur la roche, à travers les denses pinèdes et par-delà les lacs et les rivières, avant de s'enrouler dans les broussailles sablonneuses en lambeaux où s'estompait le bouclier, puis de traverser les marécages vers les prairies ouvertes. Avant qu'on construise le chemin de fer, m'a dit Alfred, c'est par là que Wolseley s'était rendu vers l'ouest pour envahir la vallée. De nos jours, il n'en restait plus grand-chose : quelques milles de route pavée aux abords de la ville et de longs tronçons en gravier. L'ancien chemin avait été délaissé avant même qu'on dynamite le bouclier pour poser une bande de béton de Rat Portage à Winnipeg.

C'était toujours la même histoire. J'entendais quelque chose au sujet du village, ou de l'ancien temps, et par curiosité, je posais la question à Alfred. Il éclatait de rire et me remettait à ma place. Puis il se lançait dans un récit qui bouleversait tout ce que je savais du monde. Alfred était l'oncle de p'pa, mais c'était comme mon grand-père, le seul que j'aie connu.

À l'ouest de La Coulée, sur la Dawson, les arbres disparaissaient d'un coup, laissant place aux prairies. Des silos à grains flottaient comme des bouées à l'horizon. Des brise-vent, comme les mâts ancrés de lointains navires, ponctuaient le paysage. Le contraste était soudain : on roulait dans la forêt, puis en l'espace d'un instant, le territoire nous faisait oublier qu'elle avait existé. Au loin, on apercevait l'église, la tour de transmission, et l'élévateur à grains, avant qu'il soit rasé. Le village se trouvait à un mille environ de l'orée du bois, au bord de la rivière Seine. Larry Lechene m'avait déjà raconté comment lii Mitchifs avaient bâti le premier village dans la forêt, et non sur la lisière chauve et venteuse. Ils étaient venus abattre le bois pour la première cathédrale de Saint-Boniface et sont restés chasser et cultiver la terre, mais leur présence avait fait fuir le gibier, et pour se venger, des Ojibwés avaient incendié la forêt. Elle n'avait jamais entièrement reconquis le territoire, repoussée par les haches et les charrues, et à présent, le village s'élevait comme une petite île au milieu des plates prairies.

Alfred a pouffé quand je lui ai posé la question. « Y aiment raconter des histwayres, lii Léchene », il a dit. Il a sorti sa pipe de sa bouche, gesticulant avec la tige. « Ch'te bet que c'tait un Anglais qui a mis feu à' forêt pour clairer la tayr. »

D'aussi loin que je me souvienne, chaque automne, j'aidais Alfred à nettoyer sa cour. Les premières années, je ne servais pas à grand-chose. J'arrivais aux genoux des adultes, je déambulais tant bien que mal entre les jambes de mes parents. Je devais déranger plus qu'autre chose. Mais en vieillissant, j'ai fini par remplacer mes parents. Avant même d'avoir mon permis, je conduisais le camion de p'pa jusqu'à Sainte-Geneviève pour donner un coup de main à Alfred. Je ramassais toutes les feuilles et les branches - le bois mort qui s'était accumulé en une année - et je les empilais dans la cour où Alfred allait les brûler. Il craignait que des débris sous la neige n'endommagent sa souffleuse.

Alfred s'était blessé au dos peu de temps avant ma naissance. On racontait qu'il était tombé d'un arbre. Il était à la chasse, dans une cache, quand la météo a tourné, et une couche de neige mouillée avait recouvert le territoire. Il avait toujours une flasque sur lui, au cas où, alors cette fois-là, pour rester au chaud, il sirotait son whisky. Il avait aperçu un chevreuil derrière sa cabane et avait décidé d'attendre qu'il revienne. Il buvait tranquillement pendant que la neige s'accumulait au sol et alourdissait les branches. En frissonnant, Alfred a secoué la neige de son manteau. Il a essuyé la crosse de son fusil et a repris une gorgée de whisky. La neige s'est changée en pluie, puis en glace au contact des arbres et des pointes de ses bottes. Enfin, s'imaginant que le chevreuil s'était couché quelque part, Alfred a décidé de rentrer. Alors qu'il entamait sa descente, sa botte a glissé sur un échelon en acier, et il a culbuté dans un tas de bois mort.

« Deux pieds à gauche pis une branche m'aurait crevé l'cœur », jurerait Alfred par la suite.

Le souffle coupé, il est resté couché là un moment, à regarder la neige, la pluie et la glace tambouriner sur les branches. Quand il a enfin tenté de se relever, une douleur vive lui a traversé le dos et les jambes. Il s'est effondré dans la vase de feuilles mouillées, de neige et de boue, a roulé sur son ventre en gémissant et s'est mis à ramper. Il s'est rapidement rendu compte qu'il ne savait pas où il allait, ne s'étant jamais orienté à hauteur de lièvre, sans parler des gros flocons qui tourbillonnaient tout autour. À vrai dire, Alfred avait probablement une commotion. Mais il a persévéré et s'est traîné vers ce qu'il pensait être la maison.

Évidemment, la première fois qu'Alfred m'a raconté son histoire, il avait omis de mentionner la flasque. Il avait dit qu'un écureuil était monté sur le canon de son fusil et lui avait chatouillé le nez, et qu'il était tombé de l'arbre en essayant de le faire fuir. La deuxième fois, c'est un éternuement qui l'avait projeté au sol. Chaque fois qu'il racontait l'histoire, la cause était différente, mais ça se terminait toujours par une chanson. Il se traînait par terre à travers l'épais sous-bois malgré son épuisement, car il savait bien que se reposer reviendrait à mourir. Pour se garder éveillé et s'encourager à poursuivre son chemin, il s'était mis à chanter. Au début, il chantait tout ce qui lui passait par la tête. Des lambeaux de vieilles chansons, des paroles sans mélodie. Il hurlait : *C'est au champ de bataille. J'ai fait crier mes douleurs ! Où tout 'cun dout' se passe. Ça fait frémir les cœurs !* Ses orteils tressautaient, et sa podorythmie le propulsait vers l'avant. *Or, je pris mon canif, je le trempai dans mon sang !*

Quand on était plus jeunes, ma sœur Monique et moi, on l'écoutait, assis à ses pieds, et Alfred s'élançait par terre pour rejouer toute la scène. On rampait tous ensemble dans le salon, autour de la vieille table basse, entre le sofa et le mur, sous la tête de chevreuil empaillée, et dans la cuisine autour des chaises et sous la table, en chantant fort et faux. *C'est au champ de bataille !* Chaque fois qu'il la racontait, l'histoire devenait de plus en plus invraisemblable. Alfred s'était même déjà vanté d'avoir tué le fameux chevreuil en le croisant par hasard, couché à l'abri d'un pin. À l'en croire, il avait tiré du ventre, avait rampé vers la carcasse, lui avait ouvert le flanc avec son couteau de chasse, puis s'était collé dessus pour que la chaleur fumante le garde au chaud le temps qu'il retrouve ses forces.

« Comme Luke et Han avec le tauntaun ! » je me suis écrié.

Monique a levé les yeux au ciel.

Alfred m'a dévisagé. « Quessé qu'tu racontes ? »

À quelques reprises, Alfred a tenté de nous montrer l'endroit où il était tombé, retraçant ses pas dans la forêt, mais les sentiers de l'époque s'étaient recouverts de broussailles, de nouveaux arbres avaient remplacé les anciens, et Alfred nous faisait tourner en rond avant de rentrer bredouille. Monique dirait plus tard que c'était un prétexte pour nous faire sortir de la maison et nous apprendre à connaître le sous-bois. Mais je ne pouvais m'empêcher de me demander ce qui était advenu de la cache. Est-ce qu'il y avait une chaise vide suspendue quelque part dans la canopée ?

Si l'histoire se transformait à chaque récit, il y avait néanmoins quelques constantes : l'arbre, la chute, le chant et mémère. Les détails changeaient – quand et comment c'est arrivé, quelle chanson il avait chantée –, mais c'était toujours mémère qui retrouvait Alfred, rampant à la lisière de son terrain, délirant et couvert d'engelures. C'était mémère qui le ramenait à l'intérieur pour le réchauffer. Panser ses plaies.

« Une ange, disait Alfred. Elle m'a sauvé la vie. » Les yeux mouillés, ses traits sombres et ridés s'adoucissant, il plongeait le regard loin, comme s'il fouillait au fond d'un vieux souvenir. Et là, on savait que l'histoire était terminée.

« Le vieux pet est plein d'marde, a dit mémère une fois. Il aurait fait n'importe quoi pour venir prendre un coup. »

3 –
UN CAFÉ AVEC LES BOYS

« Oh ouah ! T'as oublié ton mirwayr à mayson ? »

Perché sur le petit banc au pied du mur, devant le restaurant Old No. 12, un vieux riait en pointant ma voiture de sa cigarette à moitié fumée. Vu de la route, le restaurant ressemblait à une maison, un petit bungalow trapu au beau milieu d'un terrain de gravier. Les murs étaient en bonne partie vitrés. L'homme sur le banc, un Gendron, faisait partie des meubles, l'un des nombreux fumeurs désormais forcés de poireauter dehors. Depuis qu'on n'avait plus le droit de fumer à l'intérieur, Gendron se retrouvait plus souvent assis sur le banc qu'à l'intérieur du restaurant.

« J'me suis fait accrocher par un truck. » J'ai envoyé ma hanche contre la portière pour la refermer.

Le vieux Gendron a cligné des yeux. La fumée de cigarette s'enroulait entre ses doigts. « Ah ben tabarnak. Où ça ? »

« Au top du ridge, sur la ligne à Faucher. »

« Ben crisse. » Gendron a pris une bouffée de sa cigarette, et la fumée s'est écoulée de ses narines. Puis il s'est penché pour envoyer un crachat entre ses bottes.

« Chanceux qu'c'tait pas un 'ead-on. Ta vie must 'ave flashed, comme y disent ! »

« Ben you could say that. » Plaçant les mains autour de mes yeux, j'ai collé mon visage contre la vitre du restaurant pour jeter un œil à l'intérieur. Quelques têtes se sont tournées pour me regarder, mais je ne distinguais pas les visages à travers les stores et la poussière. « Say, t'aurais pas vu mon père, c'matin ? »

Gendron a froncé les sourcils. « C'qui ton payr, encore ? » Puis, juste avant que je puisse lui répondre, il a claqué les doigts. « Oh that's right. T'é l'gars à Émile, hein ? Ben oui. Ben oui. Y'tait 'citte c'matin. »

« He was, eh ? » J'ai balayé le stationnement du regard, à la recherche d'un GMC rouge dans la rangée de camions. « Y a-tu dit où y allait ? »

Gendron a secoué la tête. Il a sorti une cigarette neuve de la poche poitrine de son chandail à carreaux, y a collé le bout de la précédente, puis a envoyé le mégot sur le gravier et son pouce par-dessus son épaule. « Ch't'un fumeur, moé. Faut qu'tu demandes aux boys. »

À l'intérieur, les néons encastrés dans le plafond suspendu grésillaient en projetant une lueur blafarde maculée de soufre sur le lambris de faux bois. Des bancs de cuir craquelé, couleur châtaigne, longeaient le côté nord. Un muret surmonté d'un treillis trônait au milieu de la pièce – autrefois, il avait séparé les sections fumeur et non-fumeur. Je me suis arrêté dans l'entrée en attendant que mes yeux s'ajustent à la lumière. De la cuisine émanait un vacarme de vaisselle qu'on lavait dans de gros bacs. Ce bruit, de même que l'odeur d'œufs frits, a fait gronder mon estomac. Balayant du regard les clients attablés, j'ai aperçu les vieux fermiers près des fenêtres côté sud. L'un d'entre eux a dit quelque chose et a tapé dans ses mains. Des seaux entiers de rires graveleux se sont déversés sur la table.

« Assis-toi où tu veux, Rich », a dit la brune derrière le comptoir. À sa droite, un vieux tiroir-caisse ramassait la poussière. Elle s'est accoudée et a continué à griffonner dans ses mots croisés.

Je l'ai regardée mâcher une gomme, les muscles de sa mâchoire en pleine action. Elle a levé les yeux et les a plongés rapidement dans les miens avant d'esquisser un demi-sourire. À ce moment précis, j'ai senti une lourdeur épaisse, suffocante sur ma poitrine : une corrosion familière qui me donnait envie de tourner les talons et de claquer la porte. J'ai combattu l'envie irrépressible de fuir. Quelque chose dans la courbe de ses lèvres, dans sa voix de ténor m'a rappelé la femme que j'en étais venu à aimer et le gouffre qui s'était creusé entre nous. La première fois que j'ai senti ce poids étrange s'enrouler autour de mes poumons, c'était peu de temps après que Becky était partie pour la ville. J'étais assis sur le capot de la Buick, près du pont-rail qui enjambe la Seine au sud du village, et je fumais un joint avec Joey Lafleur. Sous le ronron de sa voix, dans les sons ambiants – le bourdonnement d'insecte qu'émettait l'autoroute à l'horizon, le bruissement de l'eau dans les caniveaux et le sifflement du train qui déferlait vers l'est – se sont immiscés des souvenirs que je n'avais aucune envie de ressasser. Tout d'un coup, je ne supportais plus de me retrouver dans des endroits qu'on avait fréquentés ensemble. Chaque fois que je passais près de notre coin de pêche, ou de Fritz's, ce bar à la sortie du village où Becky avait été serveuse, le temps s'étirait devant moi, magnifiant son absence. Son siège vide dans la Buick, l'écho assourdi de son rire. Je tentais de l'ignorer, mais cette impression de vide s'étendait sous mes pieds, rongeant le sol, menaçant de m'avaler tout entier. Elle serpentait comme une rivière au coin de mon œil, grugeant la rive, disparaissant dès que je me retournais pour y faire face – et la terre paraissait ferme à nouveau. Mais elle revenait sans cesse, comme le son de l'eau qui s'écoule dans la nuit, comme un moustique qui vrombit dans les oreilles, et elle me narguait, surgissant dans un éclat de dents, dans la tournure d'une phrase, dans un sourire en coin. Les plus petites choses me rappelaient que Becky n'était plus là.

La femme s'est replongée dans ses mots croisés en tapotant de son crayon émoussé la barrière de plastique qui recouvrait les billets de loto. Tac-tac-tac. Elle était au méchoui de J.-P., la veille – on s'était peut-être même passé un joint dans le cercle où les gens se massaient, se glissant au milieu pour voler un puff –, mais je ne me rappelais pas son prénom. À l'école, elle était dans la même année que Monique et avait une sœur aînée avec qui je la confondais souvent.

« Dominique ? » j'ai tenté en me raclant la gorge. Le crayon a figé. La femme a levé les yeux. J'ai poursuivi. « T'aurais pas vu mon père ? »

Elle a froncé les sourcils.

« Émile, j'ai dit. Un petit baraqué. Y conduit une GMC rouge. Y vient quasiment tous les jours. »

« Ah, tu veux dire Double Rye ? » Elle a souri. « Ouais, il était là. Dans le coin. » Elle a pointé la table bruyante du bout de son crayon.

Double Rye. C'est comme ça que mon père aimait ses toasts – deux tranches de pain de seigle – et c'était aussi sa boisson préférée. Comme surnom, il y avait pire. J'ai hoché la tête en guise de remerciement et me suis retourné pour examiner les hommes assis dans le coin. Ils étaient tous habillés pareil : une vieille casquette, une chemise à carreaux tachée d'huile à moteur et de bouse de vache, des ronds de sueur javellisés sous les aisselles. Leurs manches roulées dévoilaient des avant-bras épais rougis par le soleil. Des jeans délavés et des bottes de cowboy éraflées par le gravier. L'un d'entre eux a dit quelque chose, et à nouveau, ils ont éclaté de rire. Ils tapaient sur la table en hurlant.

C'étaient les chums de beuverie de mon père. Des hommes qu'il connaissait depuis qu'ils étaient petits. Des bons buveurs qui avaient des milliers de récits de bagarres de taverne et d'altercations avec des mennonites. Depuis qu'ils avaient cédé la ferme familiale aux enfants, ils passaient le plus clair de leur temps à peaufiner leurs histoires. Avec eux, p'pa pouvait tuer des après-midi entières, à siroter son café tiède et à tailler le bout de gras. Toujours assis à la même fenêtre, celle qui donne sur le Petro Canada, ils regardaient les gens faire le plein. À force d'épier les camions qui circulaient, ils ont échafaudé toute une théorie de l'état des véhicules, qui représentait pour eux une fenêtre sur l'âme. Un nouveau camion, ça signifiait de l'argent, donc la bonne fortune, un coup de chance, une promotion, un nouvel emploi, un héritage, peut-être, ou même – comme pour ce maudit chanceux de Joe Mourand le Maigre – le gros lot. Mais ça laissait aussi entrevoir la possibilité affriolante qu'il y avait anguille sous roche, qu'il se passait quelque chose d'illicite. Ça, ça valait la peine d'en parler. Un camion plus vieux, bien entretenu, ça laissait entendre que la vie était stable, qu'il n'y avait rien de nouveau à l'horizon. Ça confirmait la constance d'une dévotion, d'une fidélité, d'une loyauté, voire d'un amour – le propriétaire du véhicule était demeuré auprès de son camion qui n'était pourtant plus neuf et, tel un mari fidèle, avait vieilli à ses côtés. Mais là-dessus, il n'y avait pas consensus. Selon l'un des agriculteurs, ça signifiait que la chance n'avait jamais souri au pauvre enfant d'chienne, autrement il se serait déjà acheté un nouveau camion. Enfin, un camion usé

– cabossé, déglingué et rouillé – avec ses kilomètres qui s'accumulaient dans une constellation de bosses, d'égratignures et de taches de rouille sur la carrosserie, c'était signe qu'il y avait des problèmes au boulot ou à la maison. Ce n'était pas qu'un coup dur, ni même de la malchance. C'était plus qu'un simple revers de fortune. C'était la manifestation de toute une existence en spirale descendante, un écho karmique qui trahissait une vie difficile et une âme trouble – et ça aussi, ça valait la peine d'en parler. Leurs théories étaient aussi extravagantes que fumeuses.

Dans un tas de marde aussi fertile, les rumeurs infâmes poussaient comme des champignons.

« Y t'a pas dit où y s'en allait ? » j'ai demandé à la femme, qui a haussé les épaules pour toute réponse. J'ai frotté mes jointures sur le comptoir et j'ai balayé une dernière fois la pièce du regard. Pas l'choix. Je me suis traîné les pieds vers les fermiers et me suis arrêté à leur table. Comme un seul homme, ils ont levé la tête et m'ont souri.

« Pichenotte. »

En matière de surnom, j'avais eu moins de chance que mon père.

« T'as l'air un peu pâle, là. Grosse soirée ? »

« Un 'tchi coup d'trop là, hein ? »

Celui qui portait une casquette John Deere a écarté les stores et a fait un geste vers ma Buick. « Ah ben, tu drives encore c'te bateau-là ? »

« Pourquoi tu drives pas un truck à' place ? » a demandé celui qui portait une casquette New Holland. Leurs théories douteuses s'écroulaient à la vue d'une voiture. Ils ne s'y connaissaient qu'en camions.

« Wô là ! Quessé qu'yé t'arrivé à ton mirwayr ? » a dit John Deere.

« Avez-vous vu mon père, c'matin ? »

« Tu f'rais mieux d't'asswayr, mon homme, t'as l'air comme tchu vas prendre une culbute », a dit le silencieux avec la casquette camouflage. Il ressemblait un peu à Alfred.

« Sit, sit. Assis-toé », a dit New Holland.

Vacillant sur mes jambes, je me suis heurté à la table et me suis aperçu qu'une faim ravageuse me tenaillait. La dernière chose que j'avais mangée, c'était un sandwich au baloney tout mou.

New Holland a poussé une chaise avec son pied pour que je puisse m'asseoir. Je me suis affalé dessus. Avant même que mon dos touche le dossier, Dominique a surgi près de la table. J'ai cligné des yeux et, sans réfléchir, j'ai commandé un café et une pile de toasts. Double Rye. Elle s'est volatilisée aussi subitement qu'elle était apparue. John Deere a relâché les stores et s'est retourné vers moi.

« Écoute, il a prononcé sur un ton solennel. Un char c'peut-être assez pour faire du shopping en ville. Mais tu beat pas un half-ton pour d'l'ouvrage. »

« J'ai pas d'ouvrage. J'conduis le camion de pompage à mon oncle Joe les fins de semaine. »

« Tu drives une honeywagon ? » a dit John Deere.

« Ho, ho. Djis-moé pas que les mennonites t'ont laissé aller ? » a dit New Holland.

« Ils ont coupé tout le shift d'après-midi. »

« Les viarges ! »

John Deere s'est penché sur la table et a chuchoté. « Y vous faisaient-tu prier avant vos shifts ? »

« Crisse, Roger, y vient d'perdre sa job », a dit le silencieux avec la casquette camouflage. Je l'avais toujours aimé, celui-là, parce qu'il semblait se fondre complètement dans les murs, comme pour traquer sa proie en silence, en attente du moment idéal pour tirer un coup dévastateur à un convive. Ses mots étaient toujours tranchants et ne rataient jamais leur cible.

« C'est correct, j'ai dit, puis j'ai chuchoté. Mais c'est vrai, t'sé. Avant qu'ton shift commence, et pis too après chaque break. »

Les vieux ont hurlé de rire.

« Tu voé, tu voé ! Ch'te l'avais dit ! » a dit John Deere.

New Holland a essuyé ses larmes. « Oh, 'est bonne, celle-là. »

« Laisse-moé t'dire de quoi sur les mennonites », a dit le silencieux.

John Deere a pris une gorgée de café, et New Holland a roulé des yeux.

Le silencieux s'est mis à raconter une altercation qu'il avait eue à la fin des années soixante-dix avec un groupe de mennonites qui avaient remonté l'autoroute à partir de Steinbach, à la recherche d'une propriété pas trop loin de la voie ferrée. « J'offloadais du grain at de time, qu'il a dit. When I saw dese big guys standing dere, à côté des tracks – c'est dur à manquer, six pieds sept avec des cheveux comme un champ d'blé – pis j'me suis dit, what da heck are dey doing dere ? »

« Ostie d'menteur, t'étais au bar en train de t'soûler », a dit John Deere.

« So, anyway, a poursuivi le silencieux. Moé pis Bedaine Beaulieu on a décidé d'aller leu' demander... »

« J'pensais qu'c'était Babines Bottineau », a dit New Holland.

« So, on a fini nos bières pis on est allés les voir... »

« Aha ! »

« Pensais t'étais à l'élévateur à grains ! » a dit John Deere.

« On buvait dans l'truck, OK ? »

New Holland et John Deere ont ricané.

« OK, faque vous aviez bu. Qu'est-ce qui s'est passé après ? » j'ai demandé.

Le silencieux a haussé les épaules. « On est allés les voir pis on leur a demandé, pis y nous ont dit qu'y pensaient construire une usine de fenêtres à côté de la track. »

« C'est tout ? » j'ai dit.

John Deere a secoué la tête. « Non, non, non. T'as oublié le meilleur boutte. Babines Bottineau a fait un gros speech pour leur donner dix façons d'aller chier pis… »

« C'était en français, a dit le silencieux. Pis ces gars-là y l'ont juste regardé comme si y comprenaient pas un mot. »

« Ben, c'tait vrai. »

« Ça, c'était Bedaine Beaulieu, et c'qu'y s'est passé plus tard, à la manif », a dit New Holland.

« La manif ? » j'ai répété.

« Contre les mennonites. »

« Quessé qu'y pensaient, venir nous achaler icitte ? »

« Ben, a poursuivi le silencieux. Fallait avertir quelqu'un, faque chu allé et j'l'ai dit au curé. Oh boy, qu'y était choqué ! As-tchu connu le vieux Duhamel ? Calice ! Y'tait un tough. Y'aurait pu êt'e un professional hockey player, you know. »

« Coup d'coude, qu'y l'appelaient. »

« Ouais, j'ai déjà entendu ce nom-là », j'ai dit.

« Les Aces jouaient à Steinbach, pis lui y était en train de sortir la puck du coin, pis le gros mennonite l'a cassé en deux. Le pauvre a pus jamais joué. »

New Holland s'est penché sur la table en chuchotant : « Y paraît qu'y a trouvé li bon Djeu pendant qu'y était à l'hôpital. »

« Ça y a fait perdre la boule, boy », a dit John Deere.

« Ça fait des années qu'y en veut à ces gars-là », a dit New Holland.

« Anyway », a dit le silencieux.

La serveuse a apporté mes toasts et mon café, et j'ai pris une gorgée, puis j'ai badigeonné le pain de confiture aux fraises pendant que le silencieux racontait comment les mennonites, qui pensaient tout bonnement acheter l'usine, étaient restés sous le choc devant une résistance aussi violente. Ils avaient eu la naïveté de présumer que notre petit village tranquille était assoiffé d'emplois et qu'ils seraient accueillis à bras ouverts. Le dimanche après leur visite du site, le vieux Duhamel a prononcé un sermon enflammé bourré de rumeurs délirantes et de sous-entendus éhontés laissant présager une invasion religieuse et linguistique imminente. Arrosant les premières rangées d'une pluie de postillons brûlants, le père Duhamel a crié à ses ouailles de résister à la tentation d'assentir : les emplois ne valaient pas leurs âmes ! Une chose était irréfutable : ceux qui voulaient acheter l'usine n'étaient ni francophones ni catholiques. De là, il n'y avait qu'un pas pour affirmer qu'ils forceraient tout le monde à vénérer une idole orangiste avant le travail.

« Y a personne qui vient dire à un catholique quand prier ! » a hurlé le silencieux.

John Deere s'est raclé la gorge. « Except le prêtre. »

« À chaque dimanche », a dit New Holland.

« Pis l'évêque », a dit John Deere.

« À Pâques, à Noël pis pendant l'Carême. »

« Pis le pape. »

« À' naissance, à' mort pis chaque nuit entre les deux. Baptême ! »

« Pis le gouvernement. »

« Jamais à l'école ou au public ! »

« Pis les Anglais. »

« Jamais devant les Anglais ! »

John Deere et New Holland hurlaient de rire en tapant la table de leurs casquettes.

Le silencieux a secoué la tête puis a poursuivi son récit. Le vieux Duhamel avait organisé une grosse manif. Il avait rassemblé devant le perron de l'église tous les hommes et les femmes et les enfants du village, et des hameaux et des fermes des environs – tous les francophones de La Coulée à Dufresne. Avec leurs bannières et leurs drapeaux cousus à la main, avec leurs slogans composés à la va-vite, ils écoutaient le prêtre qui les haranguait du haut d'un tracteur stationné dans la rue. Attisant leurs craintes, il galvanisait la fureur des manifestants. Les voisins – des Ukrainiens, des Polonais et des Métis, tous anglophones – observaient de leurs maisons et de leurs voitures la foule défiler vers le lot vacant près de l'élévateur à grains. Et dans ce champ d'herbes hautes et de broussailles, près du chemin de fer, le curé a livré une énième prophétie tonitruante, annonçant l'assimilation linguistique et l'apostasie culturelle. Le souffle coupé, les fidèles ont secoué leurs bannières et leurs drapeaux comme pour faire fuir des spectres de protestants, ont débouché de petites fioles d'eau bénite pour en arroser le sol et les rails. Sous les regards des travailleurs, ils se sont mis à crier des slogans mal traduits : « Tiens ta langue ! », « Pas de jobs contre nos âmes ! » En fin de compte, les mennonites ont décidé que l'accès au chemin de fer n'en valait pas la peine et ont construit l'usine ailleurs.

« Faque c'est pour ça qu'y faut qu'j'me rende jusqu'à Steinbach pour aller travailler ? »

« Ben là... »

J'avais entendu parler des mennonites toute ma vie. Je connaissais les histoires de bagarres dans les stationnements, les coups de poing échangés lors de soirées dansantes et de matchs de hockey. Leur hypocrisie face à l'alcool, qu'ils interdisaient au village, mais qu'ils allaient chercher à La Broquerie ou à Sainte-Anne. Leur mépris envers nous parce qu'on faisait ouvertement ce qu'ils ne se permettaient qu'en cachette. Je connaissais tous les conflits. Le gouffre qui s'était creusé entre les villes et les villages à quelques kilomètres les uns des autres. J'avais entendu parler de ces personnes qui avaient tenté de jeter des ponts entre ces mondes, mais qui finissaient par être exclus de partout. Laura, la cousine de p'pa qui a épousé un mennonite, a été déshéritée. Le couple a déménagé vers l'ouest, à Regina, et n'est revenu que des années plus tard. Les enfants, déjà grands, n'avaient jamais connu leurs grands-parents.

Les choses avaient beaucoup changé depuis, mais de temps en temps, de vieilles histoires refaisaient surface, comme des échos distendus, évidés et méconnaissables. Les vieux fixaient le fond de leurs tasses de café. Leurs enfants aussi avaient épousé des mennonites.

« Écoutez, j'ai repris. Vous avez-tu vu mon père ? »

Ils ont cligné des yeux et sont restés silencieux le temps de se creuser les méninges. Puis John Deere a claqué des doigts. « Ben oui. On l'a vu c'matin. »

« Y'tait icitte », a dit le silencieux.

« On a parlé de camions », a dit New Holland.

« Vous savez où y est allé ? »

New Holland et John Deere ont secoué la tête, mais le silencieux a fait signe que oui.

« Y avait pas dit qu'y s'en allait ramasser des parts pour sa chainsaw ? »

John Deere a encore une fois claqué des doigts. « C'est ça ! »

« Y avait besoin d'une nouvelle chaîne », a ajouté New Holland en hochant la tête.

« OK. Où ça ? »

4. –
LANCE ET COMPTE

À l'âge de seize ans, mon père a cassé le bras d'un mennonite. Ça s'est passé derrière le but, contre la bande, tout près du logo de la quincaillerie chez Champdeau. L'homme – à peine plus âgé que p'pa – venait de lui voler la rondelle, et mon père, désespéré, s'est reviré et lui a envoyé son bâton de hockey dans le bras.

Tout jeune, p'pa était déjà un grand gaillard, et quand les Aces se sont mis à la recherche de chair fraîche pour défendre la ligne bleue, il a rassemblé tout le vieil équipement qu'il avait hérité de ses frères – les chaussettes tachées de sueur, les jambières craquelées, les patins à moitié rouillés, les épaulettes usées à la corde et le casque trop petit pour sa tête ronde – et s'est fait accepter dans l'équipe. L'entraîneur, le vieux Duhamel, alias le père Coup d'coude, avait déjà remarqué p'pa un dimanche, dans la file de communion, avec sa chemise qui moulait ses fortes épaules, et s'était dit : v'là un futur joueur de hockey. Mon père a tendu les paumes pour recevoir l'hostie, et Coup d'coude a saisi ses mains, les a retournées et a souri à la vue de ses jointures couvertes d'éraflures et de bleus. Vois-tu, p'pa était bagarreur. Du moins il l'avait été. Le cadet de la famille, il avait grandi avec un troupeau de grands frères qui en avaient fait leur souffre-douleur jusqu'à ce qu'il apprenne à se défendre. Il s'élançait vers eux en un tourbillon de poings, de genoux et de pieds. Ils le ramassaient et le projetaient dans les airs l'un vers l'autre, jusqu'à ce qu'il crie assez fort pour que mémère l'entende et vienne le sauver. Le problème, c'était qu'en vieillissant, le tourbillon de poings, de genoux et de pieds est devenu une arme redoutable. P'pa a mis un moment avant de le comprendre et de s'assagir.

« Défends-toé, mais fais pas d'mal, il m'a lancé le jour où il avait dû venir me chercher à l'école parce que je m'étais battu. Le mal, c'est comme du poison, ça reste avec toi, ça t'mange, pis ça s'répand autour de toi. »

Je fixais les trembles et les chênes, les bancs de neige et la crue dans les fossés.

« On récolte rien de bon quand on sème le mal, Richard. »

« Whatever. » J'ai roulé des yeux. Il parlait comme un curé, et je me suis dit qu'il passait trop de temps chez les Chevaliers de Colomb. Mon père s'est tu. Il a dépassé le tournant qui nous aurait menés à la maison et a poursuivi vers le nord, par-delà l'autoroute, empruntant le chemin qui serpentait dans les marais, inondé au printemps. La colère avait embrouillé ma vue : je ne m'étais pas rendu compte qu'on se dirigeait vers Sainte-Geneviève. Quand j'ai enfin compris que la maison était derrière nous depuis longtemps, j'ai demandé où on s'en allait, et mon père a pointé le bout de la route.

À travers les arbres, on apercevait déjà la cabane d'Alfred.

P'pa a stationné le camion à l'avant et m'a dit de l'attendre. Il est entré dans la cabane. La peinture s'écaillait comme une peau brûlée au soleil, et les gouttières s'affaissaient comme des cernes. L'eau s'accumulait devant des amoncellements de neige. Puis la porte s'est ouverte, et mon père est sorti avec mon grand-oncle. Ils se sont approchés du camion, et p'pa a frappé à ma vitre.

« OK, Alfred y a accepté de t'watcher pour la s'maine. »

« What ? Pis l'école ? »

« Crisse, Richard. T'as cassé l'nez à Chaput. »

« Tu sais ce qu'y m'a dit ? »

« Ouvre la porte et sors de d'là. »

J'ai verrouillé la portière de l'intérieur, et p'pa m'a fusillé du regard à travers la vitre.

« Tabarnak, Richard. C'est ça ou j'appelle la police. »

Alfred a mis sa main sur l'épaule de mon père et m'a regardé. « Viens, mon gars. C'pas si grave. J'ai d'besoin d'ton aide anyway. »

J'ai hésité un moment, puis j'ai déverrouillé.

•

Quand mon père a repris la route, Alfred m'a tendu une pelle. Il m'a dit de déneiger autour de la cabane. Il craignait que la fonte des neiges s'immisce dans le vide sanitaire et gruge les fondations. Il l'aurait fait lui-même, mais il fallait qu'il change la courroie de son tracteur, et en plus, il était courbaturé. Je n'ai pas protesté. J'ai pris la pelle et me suis dirigé vers le banc de neige, mais Alfred a crié : « Attends là, j'ai des bottes en rubber pour tes pieds. »

J'ai pelleté pendant une heure. La neige était lourde et mouillée, compressée par une croûte de glace qui s'était formée au fil des nombreux gels et dégels, puis s'était raffermie après une tempête monstre. Sous les flaques brunes, des couches de glace s'étendaient sous mes pieds. L'eau de fonte s'écoulait des combles et des branches. Il avait neigé énormément, cette année-là. Quelques semaines auparavant, une dépression du Colorado avait malmené la vallée. Des rivières enflées comme de grosses lèvres écarlates et mouillées. Quelques jours plus tard, la Rouge éclaterait de ses rives pour former une véritable mer.

J'ai jeté mon manteau sur un bain d'oiseaux vide et j'ai essuyé la sueur de mon front en examinant le pourtour de la cabane. J'avais dégagé la neige de quelques douzaines de pieds, mais l'eau pouvait encore s'écouler vers le sous-sol. La porte s'est ouverte et Alfred est sorti avec deux tasses de thé.

« Belle job. »

« Merci », j'ai répondu tant bien que mal, puis j'ai toussé, à bout de souffle.

« Faudra sandbagger bientôt, j'pense. » Il a secoué la tête en montrant du doigt le niveau de l'eau. « Fait des années qu'j'ai pas vu l'eau si haute. » Il m'a regardé en riant. « Plus tard, là. Pas tout d'suite. Boé ton thé. J'ai pas d'sable. »

Alfred m'a fait signe de le suivre derrière la cabane, vers l'orée du bois, où l'eau s'infiltrait sur le terrain, parmi les arbres.

« Holy shit », je me suis exclamé.

Alfred m'a expliqué qu'il y avait une tourbière non loin de là, et qu'avec les tempêtes de neige récentes et la fonte rapide, elle s'était étendue partout sur le territoire. Il y avait des inondations presque chaque année, mais l'eau se rendait rarement jusqu'à son terrain. Puis Alfred a levé une bâche à côté de la cabane, dévoilant un petit canot.

« T'es pas sérieux ? »

« Pourquoi pas ? » a dit Alfred en riant.

On a traîné le canot jusqu'à l'extrémité du terrain, puis on est allés chercher les pagaies, et j'ai couru récupérer mon manteau pendant que mon grand-oncle verrouillait la porte de la cabane. On a poussé le canot sur l'eau entre les arbres – il ne lui fallait que quelques pouces pour flotter – et je me suis assis à l'avant, même si je savais barrer. Avant de monter à son tour, Alfred a poussé le canot un peu plus loin. L'embarcation a tangué pendant qu'il s'installait, et je me suis agrippé à un petit arbre pour la stabiliser. On s'est élancés vers l'avant, lentement, prudemment, évitant les mottes de broussailles et les branches mortes qui nous guettaient comme le diable tapi sous la surface. Les branches griffaient les flancs du canot, raclaient le fond. À quelques reprises, j'ai dû le tirer par-dessus du bois mort – comme de fait, Alfred avait oublié ses bottes de caoutchouc –, mais après un certain temps, le terrain s'est incliné vers la tourbière. L'eau est devenue plus profonde, et on glissait sans obstacles à travers le sous-bois. Arrivés à un couloir tracé par les passages successifs des chevreuils, on a décidé de l'emprunter. Au bout d'un moment, Alfred s'est raclé la gorge pour me parler de mon père, me raconter que p'pa aussi, il avait des problèmes de colère, plus jeune.

J'ai tenté de me retourner, mais le canot a failli chavirer, alors je me suis mordu la langue et j'ai regardé droit devant moi en tendant l'oreille.

« Petit bœuf, qu'ils l'appelaient, a poursuivi Alfred. Y s'battait pour n'importe quoé. »

Après le coup qu'il a asséné au mennonite, p'pa a été suspendu pour un match, mais le vieux Coup d'coude l'a félicité d'avoir joué « comme un tough » et l'a accueilli dans l'équipe une fois sa peine purgée.

P'pa a fait son entrée sur la glace et s'est mis à fesser sur tout ce qui bougeait. Il frappait, battait, harponnait, jetait les gants, saignait du nez et de la lèvre, affichait un œil au beurre noir boursouflé, et pendant tout ce temps-là, Coup d'coude, col romain bien en vue, en pleine crise d'apoplexie sur le banc, criait « Tue-les, tue-les ! » en arrosant de postillons l'arrière des casques de ses joueurs.

P'pa a plaqué un membre de l'équipe adverse tête première contre la bande. Tandis que le garçon gisait, immobile, sur la glace, mon père a été reconduit au vestiaire. La foule s'est tue, et on n'entendait plus que les appels aux secouristes résonner sur la patinoire. Mon père a ôté son uniforme, a pris sa douche, s'est rhabillé et a quitté l'aréna. Il sentait un gouffre se creuser dans son ventre. Son frère, qui l'attendait dehors, l'a ramené à la maison. En tournant sur la route principale, qui menait hors du village, ils ont passé une ambulance, gyrophares allumés et sirènes hurlantes. Le gouffre s'est approfondi. Après un peu plus d'un kilomètre, il a demandé à son frère de s'arrêter. Il a ouvert la portière et a vomi sur le bord de la route.

Une fois rentré, mon père n'a presque rien mangé et s'est couché tôt, mais il a passé la nuit à fixer le plafond pendant que, dans la même chambre, son frère ronflait dans son lit. Il ne cessait de repenser à ce qu'il avait fait, à se demander si le garçon allait s'en tirer vivant. L'idée qu'il lui avait cassé le cou a pris racine et s'est mise à pousser, emplissant l'abîme dans son estomac d'une masse noire et grouillante. Il agrippait son ventre en gémissant, puis il s'est mis à sangloter doucement. L'avait-il tué ?

Le lendemain matin, p'pa s'est levé tôt, avant tous les autres, mis à part sa mère qui faisait cuire du pain. Elle lui a lancé un regard chagriné quand il est arrivé dans la cuisine. Il a avalé un verre d'eau et est reparti sans mot dire. En sortant de la maison, il a aperçu le camion de son frère. Il est monté dedans et, voyant les clés dans le contact, a démarré et a pris la route. Il conduisait vite, avec des gestes brusques et sans aucune destination précise, tentant de semer l'idée qu'il avait tué le garçon. Il n'avait toujours aucune idée de ce qui s'était passé après son départ de l'aréna.

La cabane d'Alfred est apparue devant lui. P'pa a ralenti, a pris le virage de l'allée et est resté assis là, enveloppé dans le grondement sourd du camion. Les lumières étaient allumées dans la cabane, et il a vu l'ombre d'Alfred remuer dans la fenêtre. Il l'a fixée longtemps, puis alors qu'il se préparait à faire marche arrière, Alfred a ouvert la porte et a crié : « Émile, mon homme, tu veux-tu des toasts ? »

Dans la cuisine, mon père grignotait du pain sec. Alfred a mis la main sur son épaule, lui a versé une tasse de thé très chaud. P'pa a éclaté en sanglots. Il a tout déversé : ce qu'il avait fait, ce qu'il ressentait, l'idée diffuse du mal avait pris racine en lui, puis lui avait empoigné le ventre et le faisait remonter lentement par sa gorge. Alfred l'a écouté en hochant la tête, puis a dit : « Appelle-lé. »

« Hein ? »

« Appelle-lé », a répété Alfred.

Les racines noires se sont resserrées momentanément, arrachant un gémissement à mon père, puis la poigne s'est relâchée aussitôt. P'pa a levé les yeux vers Alfred, qui avait déposé une tasse près de sa boîte à lunch pour la route et était en train d'enfiler ses bottes de travail. Mon père a compris ce qu'il devait faire.

Dans le canot, Alfred m'a raconté que quand p'pa est rentré de chez Alfred, qui n'avait pas de téléphone à l'époque, il s'est installé au salon et s'est mis à passer des appels. D'abord à son entraîneur, le vieux Coup d'coude, médusé par l'idée qu'il présente des excuses, puis à l'entraîneur de l'équipe adverse, qui lui a donné à contrecœur le numéro de téléphone du garçon blessé. En apprenant que celui-ci était chez lui et se portait bien, p'pa a senti l'emprise des racines noires se relâcher encore plus, mais il a persévéré. En écoutant son frère aîné raconter l'histoire de son coup terrible à sa mère et à ses frères et sœurs dans la cuisine, il a composé le numéro du garçon.

« T'aurais dû voère ça, c'tait un vrai sauvage, là, sur la patinoire. »

« Non, a dit mémère. Mon p'tit Émile a fait ça ? »

P'pa a vu le visage de sa mère s'effondrer d'horreur et s'est senti profondément honteux sous son regard qui le fixait depuis la cuisine. Il écoutait la tonalité, et en attendant que le garçon décroche, il regardait les yeux de sa mère se durcir. Elle l'a rejoint au salon et l'a fusillé du regard, la bouche déliée, ses mots déformés déboulant, mort-nés, de ses lèvres. Une grande fatigue s'est emparée d'elle. Elle semblait rétrécir à vue d'œil.

« T'appelles qui, là ? »

La tonalité s'est arrêtée d'un seul coup, et une voix a dit : « Allô ? »

P'pa a demandé à parler au garçon, à Jonathan, et sa mère l'a regardé, perplexe, tentant de comprendre les mots qu'il prononçait. Elle n'avait appris que quelques rudiments d'anglais. Le garçon a pris le combiné.

« Allô ? »

« Écoute, là, a dit mon père, avec son accent. C'est moi, le gars qui t'a frappé hier soir. »

Le garçon a sacré à l'autre bout du fil. « Quessé qu'tu... »

« Et je voulais m'excuser. Savoir comment tu vas. »

« ... ah. »

« Je suis désolé », a dit p'pa. Il a jeté un coup d'œil de biais à sa mère, et il a vu qu'elle avait reconnu le mot et compris la situation. Ses yeux se sont adoucis et sa grande fatigue a semblé la quitter d'un coup.

« C'est... », le garçon ne savait pas quoi dire. Il s'est arrêté et, pendant un moment, p'pa s'est demandé s'il avait raccroché, mais il a fini par l'entendre respirer à l'autre bout du fil. « J'ai mal à la tête, a-t-il fini par dire. Le médecin dit qu'il faut que je me repose. »

« Je suis désolé, a dit p'pa. Repose-toi bien. »

Le garçon a expiré, puis a inspiré. « Faut que j'y aille, là. »

« OK. »

En replaçant le combiné, p'pa a senti ce qui restait des racines noires se dissiper, et le creux dans son ventre se refermer. Il s'est levé et s'est senti léger, plus léger qu'il ne l'avait été depuis longtemps. Il avait l'impression qu'il pourrait flotter et s'envoler dans le ciel, et sa mère a sursauté, ébahie, quand il l'a serrée dans ses bras en riant.

•

« J'veux pas dire que Coup d'coude 'tait un mauvais prêtre, là, a dit Alfred dans le canot. He wasn't a bad priest, but y en avait, des drôles d'idées. »

J'ai hoché la tête, mais je l'écoutais à peine, troublé par l'idée que mon père avait failli tuer quelqu'un. Je me demandais si ça le hantait toujours. Sur notre passage se dressait un pin immense. L'eau clapotait autour de sa traîne d'aiguilles et, soudain, Alfred a grogné. Il s'est retourné sur son siège, et le canot a chancelé.

« J'pense qu'on devrait tourner d'bord. »

On s'est mis à tourner, décrivant une boucle lente à travers les broussailles, entre les trembles et les bouleaux dénudés jusqu'à l'os qui surgissaient de l'eau. Le fond a été à nouveau éraflé par le bois mort – on passait sur un tronc submergé. Puis j'ai aperçu quelque chose dans un arbre. Ça ressemblait à une chaise en bois sans pattes qu'on aurait clouée une quinzaine de pieds dans les airs. C'était une vieille cache.

« Regarde, Menoncle », j'ai dit.

Il y a eu un silence. Je n'entendais plus que le bruissement de l'eau parmi les arbres, mais je n'en ai rien pensé, au départ. Puis j'ai senti une profonde tristesse croître derrière mon dos, comme si un abîme s'était ouvert sous notre canot et s'était mis à tout avaler. J'ai jeté un œil par-dessus mon épaule et j'ai vu qu'Alfred fixait la cache, et c'est là que j'ai compris qui l'avait installée là. C'était l'endroit d'où Alfred était tombé et s'était blessé le dos, le jour où sa vie avait été bouleversée. Alors, dans la gueule froide de cet abîme silencieux, j'ai frissonné et, sans mot dire, je me suis mis à pagayer pour nous éloigner du triste monument.

Après avoir cassé le bras d'un mennonite et presque cassé le cou d'un garçon, p'pa a été expulsé de la ligue et n'a plus jamais joué au hockey. Mais le printemps suivant, dans la file de communion quand il a tendu

ses paumes vers Coup d'coude pour recevoir l'hostie, le vieux Duhamel l'a examiné en souriant.
« T'as-tu déjà joué au baseball, mon gars ? »

5 – QUAND LA CARAPACE A CRAQUÉ

La quincaillerie sentait les guenilles imbibées d'huile à moteur qu'on aurait laissé traîner trop longtemps. L'air était saturé de poussière, et les néons vacillaient en bourdonnant au-dessus des longues tablettes surchargées. Même les cloches de la porte semblaient être usées par le temps – elles sonnaient à contrecœur, comme si leur langue s'était rouillée après des années d'abandon.

Le banc derrière le comptoir était vide. Des voix flottaient dans les allées, mais je ne voyais personne, alors j'ai attendu près de la caisse pour demander aux employés si mon père était passé par là. J'ai parcouru du regard l'équipement de pêche suspendu au mur – la dernière fois que j'étais entré là, c'était avec Becky, plus d'un an auparavant, avant qu'elle ne parte pour la ville. Je voulais acheter des leurres pour remplacer ceux qu'on avait perdus dans les quenouilles en pêchant parmi les troncs gorgés d'eau qui se massaient sur la rive, mais elle m'en avait dissuadé. On pêchait dans la Seine, et on y attrapait surtout des brochets trop petits. On avait passé de longues heures à lancer nos lignes dans cette eau boueuse, à travers ses nappes de glu vert lime, dans la sécheresse comme sous le déluge. L'endroit était niché à l'orée d'un champ, au sud-est du village, là où un bras mort s'enfonçait dans la terre et où on avait laissé pousser de grands chênes. Les poissons avaient cessé de mordre, mais ça n'avait aucune importance.

J'avais goûté ma première bière sur ces rives-là. J'avais suivi Monique et son chum, qui m'avait gavé d'alcool pour montrer à ma sœur à quel point il était généreux. Peu de temps après, quand elle l'a laissé, il m'a pris en grippe, et j'ai été obligé de lui casser le nez. Un jour, entre deux cours, il m'a acculé à un casier dans le couloir et m'a dit ce qu'il pensait de Monique avec son poing posé sur ma poitrine. Je savais qu'elle en rirait plus tard, quand je lui raconterais ce qu'il avait dit, mais sur le coup, écrasé par son poids et devant les paroles odieuses qui s'écoulaient de sa bouche, j'ai réagi en lui envoyant mon front dans le nez.

« J'ai pas besoin que tu prennes ma défense, Rich », a dit Monique après avoir fini de rire.

Quand on était beaucoup plus jeunes et qu'on vivait encore sur le petit terrain au bord de l'eau, à l'entrée du village, je m'asseyais près de la rivière et je guettais les tortues. Un ami m'a dit qu'il y avait des serpentines, et j'étais devenu obsédé par l'idée d'en attraper une. J'avais seulement vu des tortues peintes prendre le soleil sur une bûche à moitié submergée. Elles avaient tout au plus la taille d'une petite assiette, mais mon ami m'avait assuré que les serpentines pouvaient devenir aussi grosses qu'un chiot. D'un côté, je savais qu'il me menait en bateau, mais de l'autre, je voulais que ce soit vrai. L'idée que de petits dinosaures patrouillaient encore ces eaux lentes était trop belle pour que je n'y croie pas tout à fait.

•

À la quincaillerie, Becky et moi nous sommes arrêtés devant les présentoirs où bruissait tout un éventail de crochets et de broches chargés d'appâts, de leurres, de cuillères, de gréements, de lests et de turluttes ; de bobines de fil de pêche, de moulinets, de filets, de pinces long-nez et de flotteurs à rayures rouges. Devant l'embarras du choix, j'ai pris une turlutte Red Devil dans mes mains en me demandant si elle attirerait la carange.

« Trop grosse », a dit Becky.

J'ai remis le leurre à sa place et j'en ai touché un noir, plus petit, moucheté de jaune.

« Rich », a dit Becky.

« Hm-mmm. » J'ai retourné la petite cuillère pour regarder le prix.

« Je déménage à Winnipeg. »

Je fixais la cuillère et je n'arrivais pas à compter le nombre de mouchetures. Dès que je passais de l'une à l'autre, le total s'estompait, et je devais revenir en arrière. Je recomptais sans cesse la même, incapable de les additionner. D'un côté, je m'y attendais. Ça faisait un moment que Becky songeait à retourner aux études. Elle en avait parlé sérieusement chez Carlson, l'autre soir, mais j'espérais qu'elle choisirait de rester vivre ici et de faire l'aller-retour tous les jours. Enfin, j'ai levé les yeux vers elle.

« Qu'est-ce que tu veux dire, tu déménages à Winnipeg ? »

« Ben, je vais faire mes valises, les mettre dans l'auto et les charrier jusqu'à Winnipeg. Qu'est-ce que tu crois ? »

Elle s'est croisé les bras en fronçant les sourcils pendant que je balbutiais des mots brisés. Ses yeux s'étaient durcis, mais je voyais bien que c'était un masque. Comme si elle avait tenté de retirer un pansement, mais qu'il s'était accroché à la peau et l'avait déchirée. Je n'arrivais pas à déterminer la peau de qui – la mienne ou la sienne. Peut-être les deux.

« C'est juste que... je me suis raclé la gorge. J'espérais que t'aurais envie de rester. Me semble qu'on avait parlé d'emménager ensemble ? »

Elle a secoué la tête.

« Je veux encore qu'on emménage ensemble. Mais en ville, Rich. Je peux plus vivre ici, pas pendant que je suis aux études. Je peux pas faire la route tous les jours. »

« Pourquoi pas ? Tout le monde le fait. Pis c'est juste la moitié de l'année. Y en a qui le font à l'année longue. »

« C'est pas vrai, ça. Et de toute façon, c'est pas ça, la question. Comment je vais faire pour me trouver une job qui a de l'allure, ici ? Je veux pas rester serveuse chez Fritz. Y en est pas question. » Elle a secoué la tête puis, souriant doucement, m'a touché le bras. « Viens avec moi, Rich. »

•

Alfred m'a dit d'essayer avec un bout de viande. Il était venu nous voir à la maison, on était assis sur la galerie qui donnait sur la rivière pendant que mes parents préparaient à manger. Je lui ai parlé des tortues. Les serpentines aiment la charogne, m'a-t-il expliqué, et un morceau de poisson ou de poulet pourrait les faire sortir de l'eau. Le lendemain, sans trop savoir où trouver de la viande, je me suis faufilé au sous-sol, là où il y avait le congélateur, et j'ai piqué une petite saucisse dans un sac Ziploc pour l'emmener au bord de la rivière. Je l'ai attachée au bout d'un fil de pêche, que j'ai envoyé par-dessus une branche pour que la saucisse reste suspendue au-dessus de l'eau, près de la rive. Puis je me suis assis et suis resté sans bouger, à attendre. J'ai répété l'opération pendant près d'une semaine. Tous les soirs, une fois que ma mère m'avait crié d'aller me coucher, j'allais lancer de la viande congelée dans la rivière. Puis, un jour, le bras dans le congélateur, les pieds dans les airs, j'ai entendu la voix de ma sœur.

« Quessé qu'tu fais ? »

Penaud, je me suis laissé glisser au sol et, le sac de saucisses derrière mon dos, je lui ai parlé des tortues.

« C'est ben niaiseux, a dit Monique. Fais pas le cave. Remets ça à sa place avant que m'man te voie. » Puis, plongeant à son tour la main dans le congélateur, elle a cueilli un carré de nanaïmo du plateau de friandises de Noël que notre mère préparait des mois à l'avance, et l'a avalé avant de remonter les marches en sautillant.

Quelques heures plus tard, assis au bord de la rivière, je jetais des morceaux de saucisse en direction des arbres à moitié submergés où flottaient peut-être les serpentines. Et c'est là que je l'ai vue, la tortue, avec sa coquille large et foncée qui frôlait la surface, sa tête émergeant prudemment de l'eau. J'ai figé. Elle a reniflé et s'est tournée vers moi, vers la rive jonchée de morceaux de saucisse au chevreuil. Puis elle a dérivé dans ma direction. Je suis resté immobile tandis qu'elle remontait sur la terre ferme en dodelinant, avant de se saisir de la viande d'un coup de mâchoire. Après un moment, elle s'est arrêtée, a tourné vers moi son museau pointu et a raclé mon petit corps figé de son regard. Enfin, elle s'est retournée, s'est glissée dans l'eau et a filé dans le courant.

Elle est revenue le lendemain et, attirée par l'odeur de la chair à saucisse, est remontée sur la rive. Je me suis mis à lui en lancer des petits morceaux, et alors qu'elle s'approchait de plus en plus, je reculais en remontant la pente, craignant qu'elle prenne une bouchée de ma chair ou qu'elle me sectionne un orteil avant de s'enfuir dans l'eau. Jour après jour, la serpentine revenait, remontant la pente toujours plus loin, vers l'extrémité de la cour, où mon père avait installé un petit étang pour les canards et les outardes qui survolaient le terrain.

De l'autre rive, j'ai observé la tortue découvrir ce nouveau plan d'eau, plus petit, et en inspecter le fond et les rives. L'eau était peu profonde, et l'étang n'était pas très spacieux, juste assez pour que les petites créatures y trouvent du répit. Mes parents s'asseyaient sur la galerie et regardaient les oiseaux passer, p'pa avec les vieilles jumelles qu'il avait rapportées du service militaire et qui devaient bien peser quinze livres appuyées sur la rambarde. Ce serait une belle surprise pour eux, qui n'avaient jamais vu de serpentine dans l'étang, me suis-je dit en y déversant le restant du sac Ziploc avec les derniers morceaux de saucisse. La tortue, qui semblait roucouler et glousser de plaisir, s'est glissée dans l'eau. Après avoir dévoré la viande, elle s'est mise à attraper les miettes de pain gonflées d'eau que Monique lançait parfois dans l'étang pour essayer d'y attirer un canard ou un autre oiseau. Elle tentait de les dessiner et de les peindre, les soudoyant avec du pain pour qu'ils restent le temps qu'elle esquisse leurs silhouettes sur le papier, avant d'ajouter des détails et des ombres à leurs plumages aux motifs raffinés.

Une fois rassasiée, plutôt que de ressortir de l'étang et de redescendre la pente pour regagner la rivière, la tortue s'est engouffrée dans la boue sous une motte de terre et y a élu domicile.

Pendant près d'une semaine, elle a vécu là sans rien craindre. Puis, un samedi, quand Monique est sortie avec son cahier à croquis et s'est mise à jeter des miettes de pain dans l'étang pour attirer les oiseaux, tout a basculé. Un canard s'est posé sur l'eau, et par la fenêtre de la salle à manger où je mangeais paresseusement mon bol de céréales matinal, je l'ai vu circuler sur l'étang, plongeant son bec dans l'eau pour y cueillir des morceaux de pain. Monique a lâché un cri. Le canard se débattait, le cou piégé dans la gueule de la tortue, qui avait surgi de la surface pour l'assaillir. J'ai laissé tomber ma cuillère et je suis sorti à toute vitesse, dévalant les marches vers la cour. Monique avait laissé tomber son carnet dans l'herbe et lançait des roches à la tortue. Le canard poussait des cris rauques et aigus, battant des ailes sur la surface de l'eau. Puis Monique a couru vers la rivière, s'est saisie d'une branche brisée dans le boisé puis, rebroussant chemin à toute vitesse, s'en est prise à la tortue, armée de la branche comme d'une batte de baseball.

« Non, arrête ! Don't hurt him ! » je criais en courant vers l'étang.

« Y faut que j'sauve mon canard ! » elle hurlait en brandissant la branche. Dans sa rage aveugle, Monique frappait encore et encore, son bâton s'écrasant dans l'embrun rosé saturé d'éclaboussures et de plumes déchiquetées. Enfin, quand ses bras affaiblis sont retombés comme des nouilles le long de son corps et que l'énorme branche lui a glissé des doigts, p'pa est sorti en courant du garage, figeant devant la scène qui se jouait devant ses yeux. Monique était debout dans l'étang, l'eau colorée de rouge lui arrivait aux genoux, et un canard au cou flasque flottait, ventre en l'air, à ses côtés. La tortue s'accrochait hasardeusement à la rive, comme si elle avait tenté de fuir avant que Monique lui assène le coup de grâce qui a fait craquer sa carapace, révélant une plaie rouge béante qui palpitait.

« Misère », a chuchoté p'pa.

Je me suis écroulé dans l'herbe et j'ai fixé la tortue, me rendant à l'évidence qu'elle ne bougerait plus jamais.

Monique a grimpé hors de l'étang et est tombée à genoux en tressaillant.

•

Les voix qui résonnaient dans les rayonnages se sont approchées, se réverbérant tout autour à plein volume.

Evelyne Groscœur et madame Champdeau, la propriétaire de la quincaillerie, ont surgi au bout d'une allée.

« Ah ben ! » s'est exclamée Evelyne Groscœur en m'apercevant. Les bras chargés de pinceaux et de rouleaux à peinture, elle s'est approchée de moi et m'a envoyé un coup de coude joyeux dans le flanc. « Fancy seeing you icitte ! Mon doux, Richard ! Comment ça va ? »

« Ah, ben... » Je me suis tu aussitôt, ne sachant pas quoi répondre.

« Tiens, Evelyne », a dit Madame Champdeau en débarrassant le comptoir et en lui faisant signe de poser ses articles. Evelyne Groscœur s'est exécutée dans un vacarme de poignées qui ont percuté la vitre. « Un sac ? » a demandé madame Champdeau.

« Oui, oui », a dit Evelyne en me souriant.

Evelyne Groscœur me connaissait depuis ma naissance. Ma mère et elle étaient amies depuis longtemps, et je m'étais toujours demandé ce qui les avait rapprochées. Elles étaient tellement différentes, a priori. Evelyne était exubérante et fougueuse, une vraie tête dure. S'il vous arrivait de perdre pied sur un trottoir glacé, elle commencerait par éclater de rire, puis elle vous conduirait à l'hôpital pour s'assurer que vous n'aviez rien de cassé. Ma mère n'avait jamais été aussi expansive, à ma connaissance, mais j'avais entendu des histoires qui laissaient entendre le contraire, et j'en avais eu de petits aperçus en les surprenant en pleine réunion de comité. Vois-tu, ma mère siégeait au Comité culturel avec Evelyne Groscœur et quelques autres, et elles se rencontraient une ou deux fois par semaine, débouchaient une bouteille de vin et manigançaient notre résurgence culturelle.

Au secondaire, j'étais brièvement sorti avec la fille d'Evelyne, Roxanne. Quand ma mère l'a appris, elle m'a confronté dans la cuisine en enfonçant son doigt dans ma poitrine.

« Richard Joseph, tu vas traiter cette jeune femme-là avec respect ! »

J'ai avalé et hoché la tête.

Puis la tête de Monique a surgi furtivement du salon : « Et oublie pas qu'on se parle entre nous. »

C'est pourquoi, sous le pont ferroviaire, au bord de la Seine, quand Roxanne Groscœur a soulevé son chandail pour me permettre de lui palper les seins, mes mains ont figé, et j'ai pensé à toutes les histoires qui émergeraient de cet instant. Roxanne a ri, a laissé retomber son chandail, puis m'a planté un baiser mouillé.

« So, Richard. J'embouteillais du vin hier soir avec les girls, and on parlait de monter une pièce de théâtre. *La chasse-galerie*, a dit madame Groscœur en pinçant les lèvres. Except, plus updaté. Une histoire métisse. Pour le carnaval, c't'hiver. Détourner l'attention historique du masculin – quessé qu't'en penses ? J'disais aux girls hier soir que le festival efface l'histoire des femmes métisses, alors... »

« Evelyne », a dit madame Champdeau.

Evelyne Groscœur a cligné des yeux. « Oh, oh. Pardon. » Elle a esquissé un petit sourire gêné, puis a sorti son portefeuille et a payé ses pinceaux. Après avoir emballé le tout dans deux sacs plastique, elle s'est retournée vers moi et a posé la main sur mon bras. « Anyhoo. J'en parlerai avec ta mère. C'était bon de te voir, Richard. I've got things to do, comme y disent ! »

Les cloches ont tinté au-dessus de la porte, et j'ai jeté un œil à madame Champdeau, qui avait repris place sur son tabouret.

« Richard. Y était temps que tu viennes chercher ton moulinet ! »

« Mon quoi ? »

« Donne-moi deux secondes, là, and I'll grab it from the back. »

« Attendez, désolé, je... » Les mots sont restés coincés dans ma gorge comme un moteur qui surchauffe. « ... je sais pas trop. Je pense pas avoir commandé un moulinet. »

Madame Champdeau a sourcillé. « Ben là. Je me rappelle pas exactement quand est-ce que t'as commandé ça, mais j'ai une boîte dans l'back avec ton nom dessus. »

« Ça se peut pas, Madame, j'ai secoué la tête. J'ai pas commandé ça. »

« Ben ça fait pas d'sens, là, a soupiré madame Champdeau. Pourquoi qu'j'aurais une boîte à ton nom, d'abord ? »

« Ben, j'sais pas... »

Elle s'est levée en faisant crisser les pattes du tabouret. « Attends, je vais aller voir. »

« Non non, c'est correct, je voulais juste demander... », j'ai tenté, mais elle a disparu au fond d'une allée, et j'ai été pris d'un étourdissement soudain qui m'a cloué sur place. Je me suis penché sur le comptoir en fermant les yeux. Dès que je buvais trop de café à jeun, je devenais étourdi, et celui du restaurant devait être trop corsé. De toute façon, mes souvenirs d'Alfred me tournaient autour comme des nuées de moustiques. Ils s'acharnaient, me piquaient, aspiraient ma force vitale.

Après quelques instants, madame Champdeau est revenue avec une petite boîte, qu'elle m'a tendue. Je l'ai examinée et j'ai laissé échapper un soupir : c'était un moulinet Shimano.

« Je peux pas me payer ça. »

« Ben, une chance que c'est déjà payé », a dit madame Champdeau. Elle a retourné la boîte et a tapoté du doigt l'étiquette d'envoi. La date de la commande – au printemps dernier, quand Becky et moi étions ici ensemble – figurait sur l'étiquette, au-dessus de son nom, et les mots : payé en totalité.

C'est là que je me suis rendu compte qu'elle avait déjà tout compris. Becky savait, avant même que j'en prenne conscience, que j'allais décider de rester et que je la laisserais partir, et elle m'avait déjà pardonné ce choix obstiné. En passant mon pouce sur la boîte poussiéreuse, je m'émerveillais de ce cadeau qui me semblait être une invitation ouverte, signe que ce n'était pas tout à fait fini entre nous, et pourtant, toutes les fois où je m'étais arrêté chez elle en ville, quand j'étais de passage et qu'elle était réveillée et disposée à me recevoir, elle n'avait jamais évoqué le moulinet. Attendait-elle que je change d'idée ? Combien de temps était-elle prête à attendre ? Le lien qui nous unissait s'était aminci pour ne devenir qu'un fil de pêche ténu. J'ai raclé ma gorge, cligné des yeux pour chasser les larmes et fourré la boîte sous mon bras. J'ai regardé madame Champdeau, qui s'était réinstallée derrière le comptoir, et j'ai demandé : « Vous auriez pas vu mon père ? »

6 –
UNE LANGUE SI TRANCHANTE QU'ELLE PERCE LE CUIR

« La revanche des berceaux, ça marche seulement si les gens restent dans le coin, a dit Monique. Sinon, c'est quoi le but ? On fait juste créer plus d'ennemis, t'sé. »

On se passait une cigarette à l'ombre du feuillage, dans la cour chez Alfred, et Monique s'énervait, comme toujours quand on en venait à parler de politique ou de langue. Et ces temps-ci, c'était toujours elle qui ramenait le sujet, depuis qu'elle avait reçu un ordinateur et qu'elle s'était mise à lire toutes sortes de choses en occupant la ligne téléphonique. Elle avait délaissé Rage Against the Machine et les magazines *Adbusters*, et passait le plus clair de son temps à éplucher le web. Elle s'était mise à citer toutes sortes de commissions royales et à s'enflammer sur l'histoire métisse. J'essayais de me tenir à distance quand elle s'attaquait à nos parents, leur reprochant leur manque de connaissances.

« Vous avez jamais entendu parler des scrips !? » elle hurlait à table.

Ce soir-là, elle était passée porter des vêtements et me transmettre un message.

« M'man est déçue », elle a fait en riant. Elle m'a tendu le sac, que j'ai largué sur le petit lit de camp que m'avait installé Alfred.

Il l'avait invitée à entrer, et Monique était restée pour le souper. Assis à table, dans la cuisine, on épluchait des pommes de terre pendant qu'Alfred était parti chercher de la saucisse de chevreuil dans le congélateur. Il avait gardé le silence depuis notre expédition en canot, et je me réjouissais que Monique accepte de rester un moment. C'était curieux de la voir à l'œuvre. Elle détonnait dans la cabane d'Alfred – avec son t-shirt Che Guevara et sa veste en jean ornée de macarons punks, ses cheveux mauves rasés et sa boucle de nez, elle jurait avec la tête de chevreuil accrochée au mur. Avec le couteau qu'elle tenait à la main, elle semblait avoir plus de chances de poignarder quelqu'un que d'éplucher des patates. Mais quand elle se mettait en tête de faire quelque chose, elle s'y consacrait tout entière ; une pluie d'épluchures s'est abattue sur la table. Après avoir pelé une demi-douzaine de pommes de terre, elle a levé les yeux vers moi.

« Pis, quessé qui s'est passé ? »

« Je veux pas en parler. »

« Paraît que t'as cassé le nez à Martin Chaput. »

« J'ai pas fait exprès. »

« Vous étiez pas en train de vous battre ? »

« Ben, ouais. Mais je voulais pas y casser le nez. »

« C'est le deuxième que tu casses c't'année. »

Alfred est revenu en douce dans la cuisine, un énorme sac Ziploc rempli de saucisses entre les mains. Il l'a posé sur le comptoir, puis s'est mis à fouiller dans ses armoires à la recherche d'un poêlon.

« J'essayais juste de le faire reculer, t'sé. M'arranger pour qu'y arrête de parler. Ça a d'l'air que son nez était dans l'chemin. »

Monique a hoché la tête. « T'aurais dû lui envoyer ton genou dans les gosses. Un p'tit coup rapide de même. » Elle a pompé ses poings vers le bas en propulsant son genou dans les airs. « Y se s'rait plié en deux. »

« C'est pas comme ça qu'on se bat entre hommes », j'ai ricané.

Elle a levé les sourcils, rétorquant d'un air moqueur : « Tu veux dire, efficacement ? »

Alfred a ri dans sa barbe, et j'ai baissé les yeux.

Monique avait pris des cours de taekwondo à La Broquerie, et pendant un temps, elle se délectait de sa capacité à désarmer les brutes, à l'école. Elle avait déjà nargué Justin Leclair jusqu'à ce qu'il lui envoie un coup de poing, qu'elle avait balayé pour mieux l'envoyer au carreau d'un rapide rond de jambe. Même si tout le monde savait qu'elle l'avait provoqué – Monique était première de classe, une étoile brillante dans un ciel bouché, comme avait déjà dit un enseignant exaspéré devant les autres élèves –, le directeur l'avait seulement suspendue pour une demi-journée, à l'école même, tandis que Justin Leclair avait dû rentrer chez lui pour le restant de la semaine.

« Quessé qu'y a dit ? » a demandé Alfred en se relevant pour placer un poêlon en fonte sur la cuisinière. Il a boité vers la table et s'est assis devant moi. Monique a mis les pommes de terre dans le chaudron. Alfred a saisi sa tasse de thé – il en avait toujours une au bout des doigts –, a pris une petite lampée. « Ben, il a répété. Quessé qu'y a dit ? »

« Qui ça ? »

Alfred a pris une autre gorgée et a semblé disparaître un instant, caché derrière sa vieille casquette camouflage, ses lunettes teintées et sa tasse. Monique nous a regardés tous les deux.

« Le gars à qui qu't'as cassé le nez », a dit Alfred.

« Menoncle, j'ai dit. Je sais pas si je... »

« Câlisse, Rich, a lancé Monique. Fais juste y dire... »

Alfred a posé sa main sur son bras, et elle s'est tue. Puis il s'est retourné vers moi et, après un long moment, a hoché la tête. « Une fois qu't'es prêt. » Il a posé sa tasse de thé, a pris appui sur la table et s'est hissé de sa chaise. Monique est allée porter les pommes de terre vers le four. Quand elles se sont mises à bouillir, Alfred a jeté les saucisses dans le poêlon.

On a mangé en silence pendant qu'Alfred nous racontait comment il avait chassé la biche. Où il l'avait vue, comment il l'avait traquée, puis tirée. Elle avait tourné autour de la cabane tout l'été, et elle mangeait ses plantes, les fleurs qu'il faisait pousser dans de vieux bidons de lait et dans les pots qu'il suspendait au bord de ses petites fenêtres. Il faisait pousser des herbes – des aromates, des remèdes, disait-il – et la biche y avait pris goût, en avait dévoré quelques-unes. Les fleurs, c'était une chose – ça ne dérangeait pas tellement Alfred qu'elles se retrouvent dans le ventre de la bête – mais les fines herbes, c'était une autre histoire.

« Je le goûte, le romarin ! » s'est exclamée Monique. Alfred a ricané. Puis, retrouvant son sérieux, il s'est mis à expliquer comment il s'y était pris pour abattre la bête. Il s'était posté à sa fenêtre, le fusil à ses côtés, et avait attendu qu'elle revienne.

« Drette là. » Il a indiqué de sa fourchette la petite fenêtre près de l'entrée.

Au début, quand elle est sortie du bois, pas loin de la cabane, il l'avait surveillée du coin de l'œil. Elle errait sur le terrain, remuant sans cesse ses oreilles raidies, guettant le moindre son. Plongeant la tête dans un seau, elle a goûté l'eau puis l'a bue. Elle s'est approchée d'une touffe de mauvaises herbes qui poussait dans un vieux tracteur rouillé qu'Alfred avait garé là pour décorer. Elle est restée à mâcher un bon moment avant de se retirer dans la forêt. Jour après jour, Alfred l'observait aller et venir. Il avait dû attendre près d'une semaine avant qu'elle se retrouve parfaitement cadrée par la fenêtre. Alfred l'a aperçue dans la lumière de fin d'après-midi qui traversait les nuages et les cimes des bouleaux et des frênes. L'air sentait la pluie, et l'odeur du paillis en putréfaction s'élevait du pot suspendu au bord de la fenêtre. Alfred a levé son fusil et a visé.

« Bang ! » il a crié en tapant la table. Monique a poussé un cri aigu, et moi, je me suis étouffé sur ma bouchée.

La biche a chancelé, puis s'est relevée et s'est élancée vers la forêt.

« Mais j'savais que j'l'avais eue. »

« Parce qu'elle a failli tomber ? »

« Ben ça, oui, a dit Alfred en riant. Pis l'paquet d'sang par terre itou. »

La biche ne s'est pas rendue bien loin. Alfred l'a pourchassée dans le bois, suivant les branches cassées et les taches de sang sur le feuillage et dans l'herbe. Quand il l'a retrouvée sous un vieil érable, elle était morte, alors il s'était mis à saigner sa carcasse. Ensuite, il avait fallu trouver un boucher au milieu de l'été. « Mais ça, a dit Alfred, c't'une aut' histwayr. »

•

Après avoir aidé Alfred à débarrasser la table, à faire la vaisselle et à mettre de l'eau à bouillir pour une énième théière, Monique et moi, on s'est esquivés dehors pour partager une cigarette. J'avais commencé à fumer récemment. Après avoir fouillé en vain dans le sac à main de Monique pour lui emprunter un billet de vingt, je lui avais piqué deux cigarettes et j'en avais allumé une derrière le cabanon. Monique l'avait deviné – je pensais avoir été malin en mâchant de la gomme à la menthe pour masquer mon haleine, mais j'avais oublié mes vêtements. Elle m'avait donné quelques coups de poing, puis m'avait invité à en griller une avec elle.

« Tu sais... a dit Monique, puis elle s'est tue pour avaler la fumée et la faire sortir par ses narines. On devrait vraiment parler français plus souvent. »

J'ai gloussé et j'ai pris la cigarette d'entre ses doigts tendus.

« What the fuck, de quoi tu parles ? »

Monique a froncé les sourcils, puis a jeté un œil vers la cabane. « Ben, you know. Menoncle Alfred. Mémère. Mémère baragouine à peine l'anglais... »

« En français ça se fait-ait-ait », j'ai chantonné.

Monique m'a fusillé du regard. « T'es vraiment cave, Rich. J'essaie d'être sérieuse, là. C'pas fair d'toujours les parler en anglais. »

« Sure, j'ai dit, en lui repassant la cigarette. But come on. »

Monique s'est raclé la gorge, s'est redressée puis, pressant jusqu'à la dernière goutte toute la sagesse de ses dix-sept ans comme le jus d'une orange, elle a déclaré : « La revanche des berceaux, ça marche seulement si les gens restent dans le coin. Sinon, c'est quoi, le but ? On fait juste créer plus d'ennemis, t'sé. »

Je l'ai dévisagée sans comprendre. Après qu'elle a fini de m'expliquer que la revanche des berceaux, c'était une sorte de baby-boom qui visait à revigorer notre population décroissante, j'ai hoché sagement la tête, envoyé le mégot dans le gravier puis, l'écrasant avec ma semelle, j'ai décoché un crachat bruyant et lâché un petit pet aigu.

« T'es fucking con, Rich. »

« Oh, come on, c'tait pour rire. »

« Non. Tu sais quoi ? C'est pour ça que les gens partent, qu'y arrêtent de se parler, c'est pour ça qu'on perd toute notre français pis notre culture pis... »

« Attends. T'es-tu en train de me dire que je détruis notre culture un pet à la fois ? Holy shit ! Est-ce que j'ai un superpouvoir ? Je suis fucking Thunder Butt ! »

Monique a fouillé dans son sac à main et en a tiré les clés de sa voiture, puis m'a lancé un regard assassin. « Arrête de faire le cave, Rich. »

7 –
LA TERRE ALENTOUR D'ICITTE

Dans la Buick, j'ai fermé les yeux et me suis laissé retomber contre le dossier. Une envie constante de bâiller me démangeait la mâchoire. Des larmes sentimentales ne cessaient de remonter derrière mes paupières, les franchissant peu à peu comme une débâcle printanière sur le point de faire céder une digue. J'ai essuyé une nouvelle crue et j'ai balayé du regard le village, les arbres à moitié dépouillés, l'herbe brune et rabougrie sur le boulevard, les voitures et les camions stationnés, recouverts d'une fine poussière de gravier. Au loin, une figure s'avançait péniblement, et je me suis demandé ce qu'elle faisait là.

Peu de temps après avoir fini le secondaire, Monique avait déménagé à Winnipeg. Elle rentrait au village à l'occasion, mais ses visites s'étaient espacées jusqu'à ce qu'elle cesse de revenir tout à fait. Après avoir eu ses enfants, elle s'est remise à venir plus souvent, mais ce n'était plus pareil. Quelque chose s'était perdu. Une certaine intimité s'était effilée, comme si les liens qui nous unissaient autrefois s'étaient usés jusqu'à la corde.

Beaucoup de gens sont partis, il faut dire, et il n'y avait pas que la langue et la culture pour les retenir ou les faire fuir. Je n'arrêtais pas de repenser aux vieux du restaurant et à leurs histoires. À ces gens qui s'accrochaient si fort à leur idée du français qu'ils n'avaient pas vu les choses se déliter. Il me semble qu'une gang de francophones qui travaillent ensemble dans une usine anglo, ç'aurait fait une communauté plus forte que ces mêmes francos-là dispersés partout comme du sable dans le vent. Certains se sont installés à Montréal ou à Ottawa, mais la plupart sont partis vers l'ouest – à Winnipeg, à Calgary, à Vancouver. Ils ont rangé leur langue maternelle dans un placard ou un grenier, comme une guitare oubliée, poussiéreuse, aux cordes rouillées et au timbre faux, une mélodie qu'on ne pratique plus. Des mots manquants comme des notes absentes.

Puis j'ai pensé à p'pa et à sa famille, à tous les oncles et les tantes, aux dizaines de cousins éparpillés dans les villes et les villages d'ici jusqu'aux Rocheuses. Tant d'entre eux étaient partis et, pourtant, nombreux sont ceux qui demeurent. Monique les avait déjà tous comptés, mais j'ai cessé de la suivre après une cinquantaine. Cinquante cousins germains seulement du côté de mon père. Je ne connaissais même pas la moitié de leurs noms. Il y en avait quelques-uns que je n'avais jamais rencontrés ; ils étaient partis avant ma naissance.

J'ai entrouvert la portière et envoyé un crachat épais sur le bitume.

Le moulinet de Becky a oscillé sur le siège du passager. Je n'avais pas osé ouvrir la boîte.

« Chez son frère », avait dit madame Champdeau. C'était là, selon elle, que je trouverais p'pa. Chez son frère. Elle ne savait pas lequel. Il avait parlé de dégager des arbres morts.

P'pa avait une poignée de frères un peu partout dans le sud-est – Sainte-Geneviève, Richer, Saint-Labre, La Coulée, Giroux. Un à Winnipeg et un autre dans l'ouest. La plupart avaient des boisés sur leurs terrains, et n'importe lequel d'entre eux aurait bien pris un coup de main de mon père et de sa tronçonneuse.

J'ai ouvert le cendrier et j'ai fouillé dans les cendres, avant de me souvenir que j'avais déjà vidé les mégots, ce matin-là. Déçu, j'ai refermé le couvercle d'un coup sec et j'ai jeté un œil désespéré aux porte-gobelets.

En démêlant peu à peu mes pensées, je me suis dit que p'pa devait être chez menoncle Dave. Diabétique, il avait perdu quelques orteils, mais il boitillait toujours sur son terrain, à nettoyer les sentiers et à réparer les clôtures qui protégeaient le potager de sa femme des chevreuils. Il se gardait occupé avec toutes sortes de projets de bricolage, mais il en était venu à dépendre davantage de l'aide de mon père dans les dernières années. Les enfants de Dave avaient déménagé en ville il y a longtemps déjà, et s'ils revenaient se chercher un chevreuil tous les ans – leur père avait installé quelques caches permanentes en bordure de son terrain, près des champs de foin où les bêtes circulaient –, leurs visites s'étaient considérablement espacées.

J'ai ouvert le coffre à gants et j'ai farfouillé dans les papiers à la recherche d'un vieux joint ou d'une vieille cigarette. Il me fallait absolument quelque chose pour émousser la mélancolie qui m'assaillait. À l'époque, je gardais une petite boîte d'Altoids dans le coffre à gants pour ranger mes mégots, mais Becky les avait découverts et avait déchiré les vestiges noircis et huileux pour en faire un super-joint rezzy et multigénérationnel. Ça goûtait l'huile, comme si on tirait sur une vieille pipe en verre tachée de suie, mais ça faisait l'affaire. J'aurais bien pris une bouffée de résine là aussi, si je n'avais pas perdu ma pipe. En fait, je soupçonnais Becky de me l'avoir piquée. Dans un élan de sentimentalisme, sous le coup de la boisson, j'en étais venu à interpréter ce menu larcin comme une autre sorte de cadeau de départ, en souvenir du temps qu'on avait passé ensemble. Mais en voyant le moulinet Shimano sur le siège, je me suis dit que c'était un échange bien inégal, et je me suis demandé ce que signifiait ce présent, l'invitation tacite qu'il renfermait. Tenait-elle toujours ?

En tout cas, la boîte d'Altoids n'était plus là, la pipe était perdue et le coffre à gants était rempli du mauvais type de papier. Je l'ai refermé et j'ai aperçu à mes pieds la flasque que j'avais ramassée sur le terrain de Gauthier. Elle avait dû tomber quand le camion avait fracassé mon miroir. Je l'ai saisie, et la brûlure a fusé à nouveau le long de ma jambe, m'arrachant une grimace. J'ai tenté d'ignorer la douleur en examinant la flasque dans mes mains, en me concentrant sur son revêtement d'acier lisse. J'essuyais les traces de boue et d'herbe qui la recouvraient, et j'y voyais mon reflet – une tache sombre, informe, qui laissait deviner mes cheveux bruns, mes yeux foncés, ma mâchoire hirsute. Méconnaissable. J'ai dévissé le bouchon et reniflé le goulot. Ça sentait le whiskey. J'ai agité la flasque, et quelques gouttes ont roulé dans le fond, alors je l'ai renversée et l'ai secouée pour les faire tomber sur ma langue.

« Tu commences un peu tôt là, hein, Pichenotte ? » a dit J.-P. Gauthier. Son rire étouffé m'a fait sursauter et tousser. J'ai échappé la flasque entre mes jambes. Penché près de la fenêtre, J.-P. épiait l'intérieur de la Buick.

« Quessé qu'tu fais icitte ? » j'ai demandé en baissant la vitre.

L'haleine chaude de J.-P. a envahi la voiture. Il s'est redressé en grognant, les mains plantées dans les reins, et s'est arqué le dos. J'ai bronché en voyant sa bedaine s'avancer vers moi et j'ai détourné le regard de son nombril, visible à travers le tissu usé de son chandail. Les boutons sur le point d'éclater. Des poils noirs s'enroulant dans les boutonnières. J.-P. s'est repenché vers l'avant et a passé sa tête par la fenêtre.

« Tu sais que t'as perdu un miroir sur le côté ? »

« Je l'ai pas perdu, J.-P. Il est sur le siège, juste là. »

J.-P. a tordu son cou. « Je l'vois pas. »

J'ai regardé à mon tour et j'ai vu qu'il était tombé.

« Un peu trop bu hier soir, hein ? a ri J.-P. Je t'ai vu assis dans ta minoune avec une fille. Comment t'as fait ? Elle t'a poli le piton ? »

« Quoi ? Non. Je pense qu'on est cousins. »

« Cousins ? » J.-P. a sourcillé. Il s'est relevé en examinant la Buick. « Pas du côté de ton père, en tout cas. Elle vient de la ville, hein. Une nouvelle prof à l'école. »

« Elle m'a dit que sa mère venait du coin. Elle a déménagé quand elle était petite. Faque. » J'ai haussé les épaules. « T'sé. Y a des chances. »

« Ah, J.-P. a souri. Faque t'as essayé d'embrasser ta cousine, hein ? C'est pour ça, ton miroir ? »

« Fuck's sake. » Je lui ai raconté l'histoire du camion Dodge brun sur la route, ce matin-là. Il s'est frotté le menton comme s'il réfléchissait profondément.

« Ça pourrait être le camion au vieux Krawchuk, mais y te donnera pas une cenne. » Il a tapé dans ses mains. « Mais avec un rouleau de duct tape, tu vas être correct. Une chance t'es juste en face d'une quincaillerie ! Faudrait pas qu'tu te fasses arrêter avec un miroir brisé comme ça, tu te f'rais remorquer drette là ! »

« Sérieux, J.-P., quessé qu'tu veux ? Why are you here ? »

« Ben, le vieux voulait voère son beau-frère. » Il a envoyé son pouce derrière son épaule. Dans le rétroviseur, j'ai vu le camion de J.-P. Je n'avais pas remarqué le monstre de diesel arriver. Des touffes de cheveux blancs dépassaient du tableau de bord ; le vieux Gautier avait beaucoup rétréci. « Anyway, là, on t'a spotté, faque j'suis venu voir comment t'allais. Je pensais qu'tu serais à l'hôpital, t'sé ? Didn't you hear about Alfred ? »

« Évidemment que je suis au courant. Tu penses-tu que je serais là, sinon ? »

J.-P. a jeté un autre coup d'œil vers la quincaillerie Champdeau, par-dessus le toit de la Buick.

« Je cherche mon père, j'ai poursuivi. Pour lui dire. Il a encore oublié son cell à la maison, j'essaie de le trouver. »

« Ah, a dit J.-P. en hochant lentement la tête. J'comprends. » Il s'est redressé en grognant et a pressé encore une fois sa bedaine dans ma fenêtre. Puis, en se penchant, il m'a envoyé son poing sur l'épaule. « T'as-tu checké au bar ? » Il a ri. « Mais y te laisseront p't'être pas entrer avec tes yeux rouges, hein ! »

« Crisse, y est pas un peu tôt pour boire ? »

J.-P. a levé les sourcils. Il a regardé la flasque qui était tombée entre mes jambes. « Ah ouain, tu trouves ? » Il a ricané, puis d'un coup, il a perdu son sourire. « Heille, c'est ma flasque ! » Il s'en est saisi. « Je la cherchais partout ! Mon ostie d'voleur ! »

J'ai eu le temps de lui dire que je l'avais trouvée dans l'herbe ce matin-là, mais pas avant qu'il m'assène un autre coup. Je me suis frotté l'épaule. « Elle traînait à terre, toute sale et mouillée. T'es chanceux que je l'ai retrouvée. Elle serait rouillée, sinon. »

« C'est du stainless, mon homme. »

Après un troisième coup de poing sur l'épaule, un rire bien gras et une pantomime de générosité hypocrite où il faisait mine de me pardonner mes errements, J.-P. a pris sa flasque, a boitillé vers son camion et a pris péniblement place derrière le volant. Le moteur s'est éveillé en rugissant, et le camion a dévalé la rue vers l'autoroute, avec un petit salut des doigts du conducteur.

•

Son absolution pulsait encore dans mon épaule. J'ai démarré la Buick, j'ai fait demi-tour et me suis mis en route vers l'est, en direction des arbres, passé l'étrange église protestante à l'entrée du village, les champs vides et les fermes de moutons, passé la cour à scrap rouillée, puis je me suis enfoncé dans le bois, vers La Coulée.

J'ai croisé une fourgonnette bleue qui filait vers l'ouest ; le conducteur a levé les doigts, et j'ai fait de même. Je le reconnaissais de mes années de hockey, quand j'étais défenseur pour les Aces, avant que les frais d'inscription ne deviennent trop chers et qu'on déménage dans le bois.

C'est drôle, quand même. On parle beaucoup de ceux qui partent, mais certains font exprès de revenir.

Mes parents l'ont fait. Ils s'étaient rencontrés en ville, et après s'être mariés, ils y sont retournés pour fonder leur famille. On avait commencé par vivre au village, mais après une douzaine d'années, p'pa a acheté trente acres de chênes et de bouleaux au bord d'une crête en gravier et nous a déménagés là. Je n'ai jamais pu obtenir de réponse satisfaisante quant à la raison de notre départ, mais je soupçonne que c'était lié aux conneries habituelles de village : le commérage des voisins, les regards indiscrets, les impôts élevés et l'impossibilité de tirer du fusil par la fenêtre quand bon nous semblait. Monique était furieuse. Elle avait l'impression qu'on la punissait. On l'avait emportée dans la nuit pour la forcer à démarrer une nouvelle vie au milieu de fucking nulle part, se plaignait-elle. Elle ne changeait même pas d'école, avaient rétorqué nos parents. Mais c'était trop tard. Elle n'a jamais su s'acclimater. Dès qu'elle a pu, elle a plié bagage et a levé le camp pour Winnipeg.

Mais certains n'étaient jamais partis. Et en regardant défiler les arbres et les maisons et les granges, les cabanons pleins de skidoos, de VTT, de tracteurs, de camions et de panaches de chevreuil, j'ai commencé à percevoir cette alchimie singulière qui poussait les gens à rester – ce mélange complexe et grisant de circonstances et de passion. C'était une formule informe et changeante qui combinait famille, carrière, passe-temps, mode de vie, langue et culture. Mais au fondement de tout cela était le territoire. Avoir une terre ou pas. Malgré toute sa frustration, J.-P. Gauthier n'était jamais parti parce qu'il allait hériter de la ferme. Et je me suis demandé si, au fond, dans toute ma malchance - ma carrière avortée, mes boulots de marde, mes amis perdus et mes relations ratées - si moi aussi, je ne restais pas dans l'espoir d'hériter d'une terre que mes parents pourraient me léguer un jour, ce lopin de broussailles dont ils avaient fait un chez-soi.

Contrairement à Monique, je m'étais attaché à ce territoire et j'en étais venu à l'aimer. À force de passer du temps dehors avec Alfred, de me promener en VTT dans les vieux sentiers de bétail avec le chien à mes côtés, de me soûler dans le bois avec mes amis, j'ai fini par m'en imprégner. Des racines s'étaient immiscées en moi, s'enroulant dans mes tripes, et s'étaient raidies dans mon ventre, jusqu'à ce que je n'arrive plus à m'imaginer ailleurs. Incapable d'exprimer la profondeur de ce lien, je n'avais pas été en mesure d'expliquer à Becky pourquoi je ne pouvais pas déménager en ville, et elle n'avait pas su comprendre ma réticence. Mais devant le cliquetis du moulinet encore dans sa boîte, j'ai échappé un petit rire. Peut-être que Becky avait compris, en fait. Peut-être qu'elle me connaissait mieux que je me connaissais moi-même.

8 –
LA TRACK À TINKER TOWN

Le long de la Dawson, passé l'endroit où la route pénètre la forêt à l'est du village, un lieu connu sous le nom de La Coulée – ou alors la vallée des voleurs, comme l'appellent encore quelques vieux francophones –, là où le paysage, jusque-là plat comme une crêpe, rasé par les glaciers, s'incline tout d'un coup, repose le lac Riviera. Alimenté par un ruisseau et creusé de main d'homme, ce petit plan d'eau a toujours paru déplacé, comme un hommage détonnant à la Côte d'Azur, planqué en bordure de la prairie parmi les chênes, les trembles, les bouleaux et les pins en bataille. Niché au milieu des dunes anciennes d'Agassiz, le lac Riviera est apparu subitement. Personne ne se souvient qui l'a bâti ni pourquoi. Pendant un temps, il y a eu une plage publique – p'pa racontait s'y être baigné, enfant – et même un festival de musique. Des groupes de rock et des musiciens folk de la ville se rassemblaient le temps d'une fin de semaine pour une grosse orgie de musique, d'alcool et de pot. On raconte que Burton Cummings est déjà venu jouer et que, conformément à la tradition locale, il a défilé dans la boîte d'un pick-up. La plage n'existait plus quand je suis né, et les terres au bord du lac ont été sectionnées, écartelées et vendues à des gens qui y avaient construit de grosses baraques face au lac, mais comme la plupart des plans ici, ça a échoué. De nos jours, hormis une poignée de maisons, le lac Riviera est majoritairement vide, une pancarte « À vendre » usée plantée de travers près de la route de gravier menant aux *manoirs*.

C'est la propriétaire de l'une de ces maisons qui me l'a dit. Tandis qu'on admirait la lumière qui traversait le feuillage sur son terrain et peignait d'or la surface de l'eau, le camion de pompage de mon oncle Joe bourdonnait derrière nous. La pompe geignait de temps en temps. Une bouillie de merde et de pisse s'évidait de la fosse septique et serpentait dans le tuyau de trois pouces et demi renforcé d'acier qui gisait à nos pieds.

« L'eau est assez stagnante, l'été, a dit la femme. Parfois, elle se recouvre complètement d'une sorte de couche verte. »

« Ça arrive dans la Seine aussi. Trop de marde de canard, ou quelque chose du genre. »

« De fertilisant. Les débâcles l'emmènent dans les ruisseaux et les rivières, ça débalance les nutriments. »

« Ah oui, c'est ça. » Le tuyau s'agitait à mes pieds, et quand je me suis penché pour l'ajuster, le moteur a gémi plus fort. L'embout a surgi de l'eau souillée, et une bulle d'air a traversé le tuyau, qui s'est tordu dans mes bras.

Il me battait les côtes, et tout en le serrant contre moi, j'ai forcé l'embout à replonger dans la fosse.

La femme a reculé en grimaçant. Je n'étais pas sûr si c'était l'odeur ou le son qui l'avait dégoûtée. L'odeur était prévisible dans les circonstances, mais le son, c'était autre chose : une chorale d'enfants aspirant de la sloche.

« Il est vivant ! » J'ai ri. La femme avait pâli, était devenue grise autour des oreilles. « Parfois, le tuyau a sa volonté propre. »

Elle a hoché la tête et puis s'est retournée en toussotant.

« Tu sais quoi, elle a fait dans un filet de voix. Viens chercher ton chèque à la maison quand t'auras fini. »

Je l'ai regardée remonter la côte. À mi-chemin, elle a figé, s'est penchée vers l'avant et, les mains sur les genoux, s'est convulsée avant de cracher par terre. Je trouvais qu'elle s'en était plutôt bien sortie jusque-là : elle était restée à discuter avec moi, ignorant la puanteur. Ça faisait seulement quelques semaines que je donnais un coup de main à Joe. La première fois, j'ai failli vomir dans l'herbe après avoir retiré le couvercle de la fosse. Mais dès la fin de la première semaine, je m'étais habitué à l'odeur et je ne la remarquais presque plus. Je me demandais parfois si je m'y étais vraiment accoutumé ou si la puanteur avait anéanti mon odorat. Mais, dans la voiture, il m'arrivait de remarquer soudain un fond de fumier flottant dans l'air. Des jours plus tard, je plissais le nez en détectant l'odeur, comme si les relents de vieille merde s'accrochaient à mes vêtements même après le lavage. Rendu à la deuxième semaine, je me suis mis à laver mes vêtements deux fois avant de les porter. Je gardais un déodorant et une bouteille de Febreze dans l'auto. J'avais remarqué que la femme de la veille avait froncé le nez après m'avoir embrassé sur la joue, et j'avais craint de l'avoir offusquée. Je me suis demandé un instant, tandis que mon arbre généalogique s'effeuillait sur mes genoux, si c'était l'odeur de marde qui l'avait fait fuir. J'aurais bien travaillé nu sous ma salopette, mais on était à la mi-novembre, et même s'il n'y avait pas encore de neige, il faisait assez frais. Debout au-dessus de la fosse, dont les émanations me tiraient des larmes, j'ai tenté de me convaincre qu'en fait, c'était le son qui me dérangeait le plus, alors je me suis mis à chanter de vieilles chansons : *en roulant ma boule roulant, en roulant ma boule...*

•

Malgré ces désagréments, j'aimais bien travailler pour Joe. Ce qui me plaisait surtout, c'était de faire de la route. Pendant des années, j'avais travaillé à l'intérieur, enfermé dans une petite cabine de peinture où défilaient des pièces de métal suspendues à un convoyeur. Me retrouver tout d'un coup dans le monde, à arpenter les petites routes sous le soleil et les nuages, avait été une révélation. Voir un lieu sous un angle nouveau après être passé devant pendant des années en me demandant à quoi pouvait bien ressembler le terrain, ce qui se cachait derrière la maison, à l'abri de la route. En plus, j'aimais bien dire aux gens que je conduisais une honeywagon.

« Ça va pas durer, a dit p'pa un soir, au souper. Ça va finir par t'écœurer. » Il me dévisageait par-dessus ses patates pilées, et j'ai regardé ma mère du coin de l'œil. Elle a levé les yeux au ciel en hochant les épaules. Je ne comprenais pas ce que mon père avait contre l'entreprise. Quand je lui ai dit que j'avais croisé Joe et qu'il m'avait offert du boulot, mon père avait tenté de me dissuader.

« Ça va t'écœurer », il avait dit, déjà à ce moment-là.

« C'est compliqué », a dit ma mère quand je lui ai posé la question, une fois p'pa endormi sur le divan du salon. Elle a souri tristement, avant d'aller porter la vaisselle sale dans l'évier.

J'ai fini par en parler à Joe. Je venais de laisser le camion chez lui, au sud du village. Il possédait quelques acres près du chemin de fer, sur Seine Road, assez pour un vaste atelier et pour garer ses camions de pompage. On était dans sa cour, près de son modeste bungalow avec sa grande galerie tout autour. Il avait aménagé son terrain avec des petites collines recouvertes de gazon et des plates-bandes en forme de croissants pour ses fleurs. Sept jeunes chênes ponctuaient le terrain. Un jour, p'pa lui a demandé pourquoi il plantait des chênes, alors que ceux-ci mettaient des années à pousser, et Joe lui a répondu d'ouvrir un maudit livre d'histoire. Joe était fier de sa terre. Quand il ne vidait pas des fosses septiques, il arrachait des mauvaises herbes, travaillait le sol. Devant la maison, il avait installé un mât et y faisait alterner des drapeaux : la feuille d'érable rouge, le drapeau franco-manitobain, celui avec la drôle de touffe d'herbe, même s'il parlait à peine le français. Mais le drapeau qu'il hissait le plus souvent, c'était le symbole de l'infini. En fin de journée, il s'installait souvent sous sa boucle de l'infini qui battait dans le vent, un gros cigare entre les lèvres, et regardait ses chênes pousser.

On inspectait le camion que je venais de ramener – pour s'assurer que les tuyaux étaient bien fixés, que l'outil qui ressemblait à une machine de torture médiévale, avec ses lourdes lances d'acier hérissées de petits crochets, était enclenché sur le plateau – quand j'ai évoqué les remarques de mon père.

Joe a gratté sa barbe clairsemée. « Il est drôle, ton père. »

« Je pense pas qu'il blaguait. »

« Je veux pas dire drôle comme dans ha-ha. »

« Ah. »

« Je veux dire bizarre. »

« Ouais, je vois. »

On a fait le tour du camion pour inspecter la soupape de détente. Au-dessus, il y avait une grosse abeille joyeuse avec un phylactère : *#1 with your #2 !* De chaque côté, des signes de l'infini semblaient battre dans le vent. Joe avait une vision pour l'avenir, m'avait-il dit. Il voulait faire grossir son entreprise. Ajouter quelques camions. Breveter le nom. Il se voyait comme le Roi du Sud-Est.

« Régner sur toutes les petites abeilles dans leurs honeywagons. » Il a ri, a renâclé puis a craché par terre.

Si j'avais eu une grande gueule comme Monique, je lui aurais dit que les abeilles n'avaient pas de rois.

On inspectait la peinture à l'arrière du camion quand Joe a placé un pouce sur sa narine, a projeté bruyamment sa morve sur le gravier, puis s'est essuyé le doigt sur son jean avant de se racler la gorge.

« Ton père t'a déjà parlé de la job de Tinker Town ? »

« Le parc d'attractions sur l'autoroute, juste en dehors de la ville ? »

« C'est ça. »

J'ai secoué la tête.

Joe a plongé la main dans sa poche, en a sorti un paquet froissé dont il a extirpé deux cigarettes d'un geste rapide du poignet. Il m'en a passé une et a replongé la main dans sa poche pour en tirer des allumettes.

« Ben, pas longtemps après qu'ton père pis moi on a parti la business, a dit Joe en allumant sa cigarette, on a coupé l'herbe sous le pied à d'autres gars pis on a eu la job à Tinker Town... »

« Attends, quoi ? Vous avez lancé l'entreprise ensemble ? »

« Ouais, mais j'ai racheté sa part après un an et demi », a dit Joe. Il m'a offert l'embout rouge de sa cigarette, et j'y ai pressé la mienne jusqu'à ce qu'elle s'embrase. « Tu savais pas ça ? »

« Ben, je savais qu'il avait travaillé pour toi un bout. Mais je savais pas que vous aviez parti l'entreprise ensemble. »

« T'as toujours été un p'tit ignorant. » Joe a éclaté de rire. « C't'un compliment, là. »

« OK. »

« Genre, t'étais heureux dans ton coin, à jouer avec tes jouets, ou je sais pas trop, là. Anyway. »

Joe a gesticulé avec sa cigarette en pointant le camion.

« L'été, fallait qu'on passe par Tinker Town chaque deux jours. Y avait des grosses fosses dans un coin du parc, pis ça se remplissait vite. Y devait ben y avoir mille enfants avec leurs parents qui buvaient du jus pis de la liqueur, pis qui se faisaient brasser et revirer dans tous les sens – ça fait pisser pis chier, ça. Faque on passait la moitié de la journée là, à pomper les eaux usées vers l'usine de traitement au sud, juste à l'est de Saint-Norbert. C'était une job stable, même si ça payait pas tant que ça. En tout cas, l'affaire, c'est qu'il y avait un chemin de fer, t'sais, pour enfants, là, avec un petit tchou-tchou miniature, pis son sifflet, pis les petits wagons avec des sièges pour transporter les enfants et les parents... »

« Je sais, Joe, je suis déjà allé. »

« Bon, faque le chemin de fer, là, il passe juste à côté des fosses septiques, t'sé ? Une fois de temps en temps, on pompait, pis le train faisait son virage. On entendait le petit moteur au début, peut-être le sifflet aussi, si le conducteur avait envie. »

« On dirait une fucking toune country. »

Joe a ri.

« L'affaire, c'est qu'on entendait les enfants. T'sé, les fosses étaient énormes, pis elles relâchent plein de gaz, pas comme les petites maisons unifamiliales. Tu trouves qu'a puent ? Crisse. Ces tanks-là étaient épouvantables. Faque, dès que le train passait, les enfants commençaient à crier – ouaaaaaache ! – et les plus petits commençaient même à pleurer, t'sé, y se demandaient peut-être pourquoi leurs yeux étaient en train de fondre, ou quelque chose du genre, pis là ils nous voyaient, en salopette, avec ces fucking tuyaux, pis ils faisaient un plus un. »

« C'est quand même drôle, pareil. »

« On penserait ça, hein ? Ben ça l'était, la première fois. On a souri pis on leur a envoyé la main. Mais là ils reviennent, encore et encore, et y en a qui crient, d'autres qui nous pointent en riant, le nez bouché, et là on commence à s'attendre à leurs hurlements – Ouaaaaache ! Ouaaaache ! Ton père en pouvait plus, que tous ces enfants et leurs parents le voient là, en train de nettoyer de la marde. Comme s'il était au-dessus de cette job-là. »

« Il avait honte ? »

Joe a tiré sur son mégot, puis s'est rendu compte qu'il avait brûlé jusqu'au filtre et l'a jeté. Il a hoché la tête. « Ça me fait encore chier d'y penser. »

« C'est fucké, ça. »

Joe a haussé les épaules. « La cerise sur le sundae, c'était quand j'ai fait imprimer ça. » Il a montré du doigt l'inscription sous l'abeille : *Métis Owned and Operated*. « Ça, ton père, il l'a pas pris. Y a toujours été un peu opportuniste, j'imagine. Il s'en fait trop pour ce que les autres vont penser. »

Pendant que je réfléchissais à tout ça, la cigarette entre mes doigts s'est réduite en cendres. Quelque chose ne collait pas dans le récit de Joe. Je savais qu'il disait vrai, en partie. M'man et ses frères et sœurs, y compris Joe, n'avaient découvert leurs origines métisses que dans les années quatre-vingt-dix, quand quelques-uns d'entre eux ont fini par vouloir vérifier des rumeurs familiales. Joe s'est retrouvé là-dedans comme un poisson dans l'eau. Il est allé s'acheter une ceinture fléchée, un chapeau de fourrure et une demi-douzaine de drapeaux. P'pa, lui, avait toujours été un peu mal à l'aise avec ces choses-là. À l'époque où on allait encore à l'église, le dimanche, Monique et moi, il fallait qu'on soit tirés à quatre épingles, les cheveux parfaitement peignés. M'man faisait bien ça, mais notre père nous examinait dans le rétroviseur et lui reprochait un pli dans mon col, une mèche rebelle dans la coiffure de Monique. Une fois, après avoir bu quelques verres de vin, ma mère avait laissé échapper que celle de p'pa l'avait « drôlement élevé », mais elle s'est ravisée, s'est tue et n'a plus jamais rien dit à ce sujet.

Mais je me souvenais aussi que lorsqu'on était petits, mon père nous avait parlé des Métis, du fait que plusieurs s'étaient retirés vers l'ouest ou s'étaient fait repousser en-dehors de la colonie, tandis que les Anglais inondaient le territoire en provenance de l'Ontario. Il nous racontait que pépère avait perdu la ferme. Que ses frères et sœurs aînés se faisaient intimider, ignorer, ostraciser, et d'autres choses encore qu'il n'osait pas dire, et qu'à l'époque, ils avaient du mal à trouver du travail, à ouvrir un compte bancaire. P'pa marmonnait contre les câlisses d'Anglais, pis les Français too qui sont venus après, qui charriaient leurs bigoteries avec eux, et comment nous autres on était mitchifs itou, mais dans le monde, quand il arrivait qu'on lui demande d'où il venait, p'pa répondait qu'il était canadien-français.

Il était assez blanc pour que ça passe. Cheveux bruns, yeux bleus, un bronzage qu'il expliquait par une vie passée à travailler dehors. Les gens le dévisageaient, sourcillaient parfois, mais finissaient par accepter sa réponse. P'pa faisait une blague, et le moment était passé. Plus tard, dans la voiture, il avouait : « C'est plus simple de même. »

Joe avait en bonne partie raison – p'pa était « drôle » –, mais une chose lui avait échappé. J'avais entendu mon père discuter ouvertement avec ses frères et sœurs des cartes de Métis qu'ils avaient l'intention d'obtenir, du gros procès sur les droits de chasse qu'ils suivaient tous – quelqu'un avait refusé de payer une amende pour avoir chassé le canard près de Turtle Mountain, et partout dans la province, on attendait le verdict. Mais avec les inconnus, mon père se fermait comme une huître. Il préférait n'importe quel sujet à celui-là. Et c'était ça, au fond : certaines choses n'étaient simplement pas pour les autres.

Quand Monique a décidé de retourner aux études après quelques années à traîner en ville, elle est rentrée demander à nos parents de se procurer leurs certificats de naissance et notre arbre généalogique. « J'ai pas besoin d'une fucking carte pour dire aux gens qui je suis et d'où je viens », avait-elle déclaré, mais elle a expliqué que ça lui permettrait d'obtenir une aide financière pour ses droits de scolarité de la part de la Fédération métisse du Manitoba. Quand on en a discuté tous ensemble, assis à la table de cuisine, p'pa hésitait. Il s'accrochait à ses histoires, les serrait contre lui dans ses mains crispées.

Patiemment, Monique retirait ses doigts un par un, lui expliquait que les choses avaient changé, que de nos jours, c'était moins dangereux, même si tout était relatif. Les gens s'étaient remis à parler, à se réunir, à réapprendre à se connaître. Ils dépoussiéraient les vieilles histoires, celles que mémère avait emballées et rangées, que pépère avait fourrées dans une boîte abandonnée au grenier. Ils tendaient l'oreille vers ceux et çelles qui n'étaient jamais partis, ne s'étaient jamais cachés, en avaient été incapables, et qui avaient préservé le rêve à leur corps défendant. Monique parlait et parlait, mais p'pa n'était pas convaincu. Une telle transparence lui semblait risquée. Et si le gouvernement s'emparait des listes ? S'ils décidaient de rassembler tous les Métis et de les déporter quelque part ? Ils avaient déjà fait ça à d'autres, il n'y avait pas si longtemps.

M'man a levé les yeux au ciel, mais n'a rien dit.

« Papa, a dit Monique en secouant la tête. Le chat est sorti du sac. »

« Comment ça ? »

« S'ils veulent savoir ces choses-là, ils ont juste à regarder dans les archives. Tout est là. »

P'pa a grogné, mais il a relâché la poigne, et les récits se sont mis à couler.

Quelques années après Monique, c'était au tour de mon père de demander sa carte de Métis. Quand elle est arrivée par la poste, il l'a regardée longuement, caressant du pouce son nom et la petite roue de charrette, les fusils et la tête de bison estampés dans le coin. Il me l'a montrée ce matin-là, et je l'ai examinée, les yeux bouffis de sommeil.

« Cool », j'ai dit, indifférent.

Il a grogné, a repris la carte et l'a replacée soigneusement dans son portefeuille.

En y repensant, je revoyais sa petite fierté friable, comme des os mal nourris qui se renforcent sous l'effet du soin et de l'attention, et tandis que j'écoutais Joe disserter sur la passion de p'pa, les paroles de mon père résonnaient dans mes oreilles. Je me suis demandé s'il n'avait pas voulu dire tout à fait autre chose avec son « ça va t'écœurer ».

Ma mère avait raison. C'était compliqué.

9 –
DANS LA COULÉE

Passé le ruisseau qui alimente le lac Riviera, sur la ligne à Faucher, il y a une route qui vire à l'ouest, vers La Coulée. Il y a quelques années, menoncle Dave a acquis des terres pas loin de là. Il a construit une maison avec un atelier, a abattu des arbres pour créer un réseau de sentiers dans les bois pour que matante Louise et lui puissent profiter de leur retraite. Mais matante Louise est morte d'une crise cardiaque avant qu'il termine son projet. Après ça, menoncle Dave avait du mal à rester dans la maison, où tout lui faisait penser à elle, alors il passait le plus clair de son temps dehors. En l'absence de sa femme, il s'est mis à mal manger. Presque tous les jours, il se rendait au village pour s'acheter un cheeseburger-frites. Il a fini par perdre le contrôle de son diabète, puis quelques orteils. C'est là qu'il s'est acheté un quatre-roues et s'est mis à se promener partout sur son terrain, sur la route, à rendre visite aux voisins, aux amis, à la famille. Quand une tempête de vent arrachait des arbres le long de ses sentiers, il tentait de les dégager lui-même. Il glissait un câble autour du tronc, puis l'accrochait au treuil installé à l'avant de son quatre-quatre et tirait l'arbre d'un coup sec. Pour les plus gros, comme ces trembles vertigineux qui, dans leur chute, restaient pris dans un chêne plus trapu, il lui fallait une tronçonneuse. En attendant d'avoir de l'aide, Dave s'est mis à boire. Quelques bières ici et là, puis un six-pack par soir. Puis, en soirée, il apparaissait sur son quatre-roues dans la cour, la bouche empâtée, et p'pa lui lançait un de ces regards, mais il ne disait jamais rien parce que Dave était l'aîné. Le six-pack est devenu une caisse de vingt-quatre la fin de semaine, puis il a remplacé la bière par du fort. Du whiskey cheap et du Coke diète, à cause du diabète. Cet été-là, Dave avait pris le quatre-roues pour rendre visite à quelqu'un après un coup de trop, comme à son habitude, et avait foncé dans un ponceau. Il avait failli perdre ses roues avant et s'était cassé le bras. Il n'avait plus son plâtre, mais il était devenu maigre, émacié. Des cernes foncés sous les yeux.

Son allée serpentait dans la forêt auprès d'un talus, et on la raterait à coup sûr si ce n'était des deux réflecteurs qui surgissaient du sol. On ne voyait pas la maison à partir de la route, mais on apercevait quelques chevreuils en plastique entre les branches. À l'approche de la maison, on était accueilli par une silhouette féminine en bois plantée de travers dans la terre, autrefois peinte en couleurs vives, penchée comme pour jardiner. La peinture de son jupon blanc – désormais gris – s'écaillait.

Le camion de p'pa était stationné devant le garage. Le vent bruissait dans les cimes, arrachant les feuilles, qui venaient ponctuer le sol. Ici, l'air était plus chaud, plus lourd, comme récemment exhalé. Chargé de l'odeur du bois mort. Des tronçonneuses grondaient au loin, et j'ai tourné sur moi-même pour tenter de comprendre où elles se trouvaient, mais le son se réverbérait sur les arbres, puis s'estompait au passage du vent, et retentissait ailleurs.

Le sous-bois était épais, alors je m'en tenais aux sentiers, retournant quelques fois sur mes pas en tentant de m'orienter au son des tronçonneuses. Au fil des années, le réseau de sentiers de menoncle Dave s'était étendu dans la forêt comme une toile d'araignée. Certains chemins menaient à des petites clairières, avec des tas de bois empilés pour le séchage, ou alors des bancs sculptés dans des bûches, des lieux simples où s'asseoir et simplement exister. D'autres esquissaient une boucle et vous recrachaient sur la route, à l'écart de l'allée. L'un des sentiers menait à un petit étang que Dave avait creusé lui-même et ensemencé de poissons. Ceux-ci avaient fini par mourir, et à présent, il n'y avait plus que des quenouilles et des maringouins. Les tronçonneuses grondaient de plus en plus rageusement, un grognement de plus en plus aigu tandis que leurs dents grugeaient l'écorce et le bois encore vert.

« Sacrament ! j'ai entendu. Watch out, là. Tu vas péter la chaîne ! »

Les craquements de bois s'écoulaient comme de l'eau sur la terre. Les cimes tressaillaient.

« Donnes-y du gaz ! » aboyait p'pa, et le quatre-roues de menoncle Dave a rugi, et le bois a craqué encore plus fort. Les arbres se berçaient, les branches tanguaient au-dessus de leurs têtes, faisant pleuvoir des feuilles séchées.

« Fucking marde, y'é stuck ! » a lancé Dave en tentant d'enterrer le moteur de sa voix.

« Papa », j'ai crié, mais ni lui ni Dave ne parvenaient à m'entendre.

La tronçonneuse a hurlé, et des nuages de poussière de bois ont fusé entre les arbres. Quittant le sentier, je me suis avancé dans la broussaille pour couper jusqu'au chemin suivant, quand un autre crac a retenti. Devant moi, le bois s'est momentanément ouvert, et j'ai vu menoncle Dave sur son quatre-roues qui me regardait, les yeux s'écarquillant de plus en plus tandis que la forêt se refermait à nouveau, et un fouillis d'arbres s'est abattu sur moi.

•

Quand mon père avait douze ans, il a été enterré vivant avec une fille sous un tas de pierres. C'était la fin du printemps, et il était sorti en douce de la maison, tard le soir, avait pédalé jusqu'au parc derrière l'église pour aller à sa rencontre. Ils s'étaient tombés dans l'œil à l'école et s'étaient tournés autour pendant un temps, circonspects, s'approchant peu à peu l'un de l'autre, de plus en plus nerveux, aimantés par le désir. Ils se frôlaient en se croisant lentement dans le couloir, avant d'entrer chacun dans sa classe. À l'époque, les sœurs séparaient les filles des garçons. Même dehors, les deux groupes jouaient chacun de son côté, aux deux extrémités de la cour, tandis que des religieuses vigilantes patrouillaient le long de la frontière. Mais un jour, la fille a dépassé cette limite en faisant exprès de trébucher et de tomber sur mon père. En se relevant du sol, ils se sont dépêchés de chuchoter pendant que les sœurs accouraient vers eux, et la fille a suggéré qu'ils se retrouvent quelque part après la tombée de la nuit.

« Où ça ? » a demandé p'pa.

« Dans la grotte ! »

Les sœurs se sont élancées vers eux et les ont séparés, les traînant chacun de son côté de la large frontière invisible.

Dans le parc derrière l'église se trouvait une vieille grotte, une arche de pierres et de mortier formant une sorte de caverne qui abritait la statue blanche, étincelante, de la Vierge Marie. Les gens venaient de loin – de Giroux et de Dufresne – pour la prier, lui toucher les orteils et lui frotter les pieds, comme si sa sainteté était contagieuse, un virus capable de conjurer l'influence du diable. En été, les prêtres célébraient parfois la messe à l'extérieur, surplombés par la Vierge, qui regardait fixement les foules prostrées au son des prières marmonnées en latin.

Ce soir-là, en pédalant vers le cœur du village, p'pa avait à peine remarqué l'air qui s'abattait sur lui. Un air lourd, épais, gorgé d'humidité. Des nuages orageux se massaient dans l'ouest, suspendus dans la vallée au-dessus de la Rouge, miroitant d'éclairs lointains, silencieux.

Mon père a appuyé son vélo contre celui de la fille, sur l'estrade où on installait l'autel, et s'est dirigé vers la grotte. La fille se tenait dans l'ombre et l'observait, sa silhouette illuminée par une foudre de plus en plus vive. Ils entendaient à peine le tonnerre, enterré qu'il était par leurs cœurs battants. P'pa s'est approché, et ils se sont touchés doucement, se sont enlacé les doigts. Ils se tenaient sous l'arche quand la pluie s'est mise à tomber. Le monde s'est évanoui au moment où ils se sont étreints et que leurs lèvres se sont touchées – du moins c'est ce que j'imagine.

L'histoire a été rapiécée à partir d'une douzaine de demi-récits, de quelques allusions chuchotées et des longs échos du folklore local. C'était devenu une légende. P'pa était le garçon enterré vivant. Lui et la fille s'étaient retrouvés dans les journaux. *Miracle !* clamaient les manchettes. Dans les articles, on répandait des rumeurs sordides sur leur union. La famille de la fille a fini par déménager, chassée par le scandale, et on avait peu à peu oublié son côté de l'histoire, mais mon père est resté, tout comme son histoire à lui, sans cesse racontée, transformée jusqu'à devenir méconnaissable et loufoque. Il n'en parlait jamais – comme de tant d'autres choses –, et les gens ont appris à ne pas évoquer l'épisode devant lui après qu'il a assené un coup de bouteille de Labatt sur la tête d'un homme qui avait eu le malheur de le mentionner.

La seule façon d'y croire, c'était d'imaginer que p'pa et la fille étaient si amoureux, si obnubilés par leur premier baiser qu'ils n'ont pas remarqué la pluie, ni le déluge qui s'était mis à gruger le mortier retenant les pierres au-dessus de leur tête. Agenouillés aux pieds de la Vierge comme pour la prier, ils collaient leurs lèvres ensemble, et la Vierge les bénissait. Quand les pierres ont cédé et que l'arche s'est effondrée, la statue a basculé vers l'avant, abritant p'pa et la fille, blottis dans une poche d'air entre le sol et le socle, en panique, tandis que les pierres s'accumulaient autour d'eux.

Ils n'ont été retrouvés que tard le matin suivant, quand un petit vieux de La Villa, le nouveau foyer pour personnes âgées, sorti se balader, a aperçu les vélos sur l'estrade. Il s'est approché et s'est rendu compte que la grotte était rasée, et qu'à sa place gisait un tas de pierres.

« Miséricorde ! » il s'est exclamé, et en pressant les mains sur les roches, apercevant des fragments de la Vierge à travers les trous, il a entendu de faibles pleurs.

Bientôt, une foule s'est massée, et les hommes se sont précipités pour enlever les pierres, les retirant doucement de la pile avant de les placer sur le côté. Ils criaient dans les interstices, cherchaient à savoir qui était là, et mon père et la fille, timides, ont chuchoté leurs noms en claquant des dents, frappés d'hypothermie. La police, arrivée sur place, a repoussé la foule, et les pompiers ont pris le relai, enlevant méthodiquement pierre après pierre. Le vieux Coup d'coude a rappliqué pour guider une prière à la Sainte Vierge. Quelques-uns ont placé des paris sur le temps qu'on mettrait à sauver les tourtereaux. Mémère a débarqué de la voiture du voisin, a joué du coude dans la foule puis s'est mise à hurler aux pompiers de se grouiller. Quelqu'un a pris une photo au moment où les pompiers relevaient la statue pour révéler p'pa et la fille couverts de boue et tremblants, blottis contre le socle. La statue, légèrement abîmée, luisait toujours derrière eux. Pendant des semaines, la photo a fait le tour de la province, en une du *Carillon*, de *La Liberté* et du *Free Press*.

P'pa s'est terré chez lui un moment, pour se reposer et se remettre de toute l'attention. Certains journalistes ont tenté de lui soutirer un entretien, allant même jusqu'à se présenter sur la galerie et regarder par les fenêtres de la maison, mais mémère les interceptait à la porte avec une grosse cuillère en bois et leur tapait sur les mains pour les chasser. L'histoire a fini par s'éclipser quand l'attention des gens s'est estompée, et mon père a enfin pu retourner à l'école, où il a appris que la fille avait déménagé. J'ignore s'il a fini par savoir pourquoi elle était partie - ou avait été contrainte de partir - ni où, mais p'pa avait toujours eu l'impression que les parents de la fille lui en voulaient. Mon père avait tendance à se sentir coupable de tout ce qui allait mal autour de lui. Il portait le poids des erreurs de tout le monde, comme si ça lui permettait de racheter des événements malheureux ou d'expier ses propres manquements.

•

Des lames de lumière traversaient la canopée en lambeaux, grise, brune et orangée. Des nuages d'haleine chaude gelaient devant mon visage. L'odeur de la terre, si proche.

« Tabarnak ! Y est-tu mort ? » a crié Dave.

Un filet de sang s'écoulait de ma tempe et s'égouttait de mon menton. J'étais assis par terre, les mains dans la boue froide. Des troncs lourds de bouleaux gisaient à quelques pieds, leurs branches m'entourant comme un dôme tissé d'os.

« Richard ! » a crié p'pa.

« Je suis là. » J'ai levé les yeux vers mon père, qui tassait des branches de ses pieds, tentant de m'atteindre. « J'suis correct. » Je me suis relevé, chancelant, et en regardant l'arbre, j'ai constaté à quel point il m'avait manqué de peu – deux pieds à gauche pis ça m'aurait fendu la tête.

P'pa a ôté une branche, a enjambé le bouleau et m'a avalé dans ses bras. Puis il m'a pris par les épaules. « Christophe, Richard ! »

« Enfant d'chienne ! s'est exclamé Dave. J'ai besoin d'un drink, moé ». Il a boitillé vers son quatre-roues.

« Tu saignes de la tête, Richard », a dit p'pa.

Je me suis touché le front et j'ai grimacé au contact de mes doigts. « C'est rien qu'une grafigne. »

P'pa m'a guidé jusqu'au quatre-roues de Dave et m'a fait asseoir sur le garde-boue pendant qu'il fouillait dans un petit coffre à la recherche d'une bouteille d'eau.

Dave a secoué la tête. « Ostie d'chanceux. » Il a tiré une flasque de la besace accrochée à son quatre-quatre et a pris une rasade, puis me l'a tendue. Je l'ai penchée contre mes lèvres avant de la lui redonner.

P'pa m'a lancé une bouteille d'eau, et j'ai pris une gorgée pour chasser le goût du whiskey. « Quessé qu'tu fais icitte ? a demandé mon père. T'aurais pu te faire tuer… »

« Écoute. » J'ai levé la main dans les airs. J'ai repris une gorgée d'eau et j'ai frissonné en sentant le froid s'étendre dans ma poitrine, jusque dans mon ventre. Je me suis penché pour cracher par terre, puis j'ai relevé les yeux vers p'pa. « Menoncle Alfred a fait un AVC. »

Le visage de mon père s'est défait, tout le sang l'a quitté. Dave a lâché un grognement consterné en replongeant la main dans sa besace.

« Y est à l'hôpital. À Saint-Boniface. »

SAINT-BONIFACE

10 –
À QUATRE PATTES

« Y l'ont retrouvé à quatre pattes, son téléphone dans' main. Can you believe that ? » P'pa était assis dans le siège passager de sa camionnette, qui dévalait l'autoroute. Le bras tendu, il tenait son Motorola Razr – celui qu'il avait laissé à la maison, ce matin-là – et plissait les yeux pour fouiller dans sa liste de contacts. M'man, derrière le volant, hochait la tête. À l'étroit sur le petit banc derrière mon père, j'ai grogné en sentant la brûlure dans ma jambe. Mes orteils fourmillaient.

« Encore ton dos ? » M'man a froncé les sourcils dans le rétroviseur. « J't'ai déjà dit d'aller voir un médecin. »

« À quatre pattes. Tu nous l'as d'jà dit, p'pa. » J'ai fait mine de ne pas entendre la remarque de ma mère.

« Oui, elle a renchéri. Trois fois déjà, Émile. »

« Ben, imagine... a répondu mon père. Avoir la présence d'esprit. À son âge, itou. »

Ma mère avait insisté pour que je les accompagne dans la camionnette. J'avais protesté, mais elle avait pris ma tête entre ses mains et l'avait abaissée pour voir la blessure. On était à la maison, et on avalait de la soupe aux tomates et des grilled cheese avant de se rendre en ville. En sentant ses pouces dégager mes cheveux, j'ai grimacé. Elle a serré plus fort pour examiner la plaie. Avec ses mains chaudes autour de ma tête et le doux son de son haleine dans mes oreilles, j'ai fermé les yeux.

« Commence pas à ronfler, là ». Elle a plissé le nez. « Faudrait que tu prennes une douche, aussi. » Puis elle a grogné. « Misère, t'as été chanceux. »

« Deux pieds à gauche, pis... »

« Ouais, ouais. Va mettre du peroxyde là-dessus. »

Quand j'ai refusé de monter avec eux, ma mère a ri.

« T'as pas d'miroir, là. La police va t'arrêter sur l'highway, and then what are you going to do ? Walk ? »

Alors je me suis glissé derrière mon père et me suis installé sur le petit siège rétractable. Mon père ne voulait pas conduire, trop perturbé. Il passait un appel après l'autre à tous ses frères et sœurs.

« Quoi ? il a crié dans son téléphone. Ils l'ont trouvé à quatre pattes ? »

Il s'est retourné vers ma mère. « Ils l'ont trouvé à quatre pattes ! »

« J'ai entendu, Émile. »

•

On roulait le long d'un train du CN, sur l'autoroute, et j'ai regardé défiler les wagons par la fenêtre. Des poteaux électriques passaient en coups de fouet. Les wagons étaient recouverts de taches bariolées et de lettres en forme de bulles éclipsant les graffitis ordinaires. Je me suis mis à compter ceux qui étaient affublés de grosses touffes de blé, mais mon esprit s'est égaré, et je me suis rappelé l'époque où, plusieurs années auparavant, Becky et moi, on avait traversé la Saskatchewan. On était partis sur un coup de tête, et on avait conduit pendant quatorze heures vers les montagnes. On avait pris des photos devant le lac qu'on voit sur le billet de vingt. La Buick avait surchauffé sur la route du retour, et on avait passé la nuit à Swift Current, en attendant qu'un mécanicien remplace le tuyau du radiateur.

« *Saskatchew-on, and on, and on* », chantait Becky tout au long de la route. Les pieds sur le dash, les cuisses en l'air, elle riait quand je me plaignais de la maudite ritournelle ou de ses pieds, ou du fait qu'elle ne m'avait pas payé une cenne pour l'essence. On avait l'impression de ne pas avancer du tout - des fourmis sur une table éternelle.

Sur la banquette arrière, j'ai laissé tomber ma tête dans mes mains et j'ai grogné, incapable de stopper mes pensées, qui bondissaient sans cesse entre Alfred et Becky. La dernière fois que je l'avais vue, une semaine environ après avoir perdu mon poste à l'usine, avant de commencer à travailler pour Joe, on faisait la vaisselle dans sa cuisine, et je lui ai dit que je n'avais pas les moyens de continuer à venir la voir en ville. Elle a laissé tomber une assiette et s'est retournée vers moi pour me planter son doigt dans la poitrine.

« Y a en masse de job en ville, Rich. »

« Beck... »

« Tu veux pas faire quelque chose de ta fucking vie ? »

Je suis resté bouche bée, avec mon linge à vaisselle qui s'égouttait sur le plancher de linoléum rayé. Becky a soupiré en se retournant vers l'évier. Elle a ressorti l'assiette de l'eau et s'est mise à frotter, le bras en marche comme un piston, furieux et intense, qui retirait des couches de graisse à chaque mouvement, polissant le plat jusqu'à ce qu'il brille, en marche vers une impression de finitude.

•

« À quatre pattes, Edmond. J'te l'jure ! »

J'ai soupiré en fermant les yeux, et j'ai tenté de me reposer sur l'appuie-tête, mais le camion ne cessait de cahoter, bondissant sur l'autoroute abîmée par le gel.

« V'là Deacons », a dit m'man.

Winnipeg n'était plus bien loin. En fait, la ville n'était pas bien loin au départ : un trajet d'une demi-heure à partir du village, et on y était. « C'est pas comme dans le temps », disait p'pa. Avant la transcanadienne, son père devait sillonner des routes de gravier en carriole pour se rendre en ville. Avec mémère, ils mettaient une demi-journée à se rendre, puis passaient l'après-midi à faire des courses. Ils s'arrêtaient à Lorette sur le chemin du retour et passaient la nuit chez le beau-frère. À l'époque, les voyages en ville duraient deux jours. P'pa m'a déjà raconté que son père avait refusé d'acheter une auto jusqu'à ce que son cheval meure ; il avait passé trop de temps à dompter son poulain, à l'entraîner à tirer. Mais pépère est mort avant son cheval. J'ai toujours trouvé que c'était assez borné de sa part, mais je ne l'ai jamais révélé à p'pa. Il parlait de son père et du cheval avec tellement de respect.

La circulation s'est rétrécie à une voie au chantier du canal de dérivation. On avait commencé à agrandir le tablier du pont pour ajouter une voie. Le pont entier était en construction : on élargissait le canal pour qu'il détourne encore plus de courant. En contemplant l'immense fossé où ne s'écoulait qu'un mince filet d'eau, je me suis interrogé sur la décision de le construire. Pas sur la raison, que je connaissais. J'avais entendu parler de la grande inondation de 1950 et des flots qui avaient traversé la ville. Personne n'avait jamais vu la Rouge monter si vite et si haut. Plus vite et plus haut que bien avant que cet endroit s'appelle le Canada, quand ses habitants ont chargé des charrettes de la rivière Rouge de leurs bagages et ont transhumé leurs bêtes jusqu'aux terres élevées près de Birds Hill et de Silver Heights. Non : je m'interrogeais sur le trajet du canal, là où il coupait la Seine. Larry Lechene m'avait déjà expliqué comment ils avaient bâti ce canal sur notre petite rivière. Je m'étais demandé comment on pouvait faire se croiser deux rivières tout en les gardant séparées. Larry a dit qu'ils avaient détourné la Seine sous le canal à l'aide d'un siphon.

« Faque la rivière fait juste disparaître ? »

« Ouaip, sous la terre. »

Pour une raison ou une autre, ça m'a vraiment ébranlé. On fumait un joint dans son sous-sol et on parlait de se rendre en ville à bord d'un canot, juste pour voir si c'était faisable. On faisait des plans qu'on ne suivrait jamais. L'idée que chaque printemps, on coupait la Rouge en deux, redirigeant la moitié de ses eaux autour de la ville par-dessus notre petite rivière me semblait aberrante.

« C'est comme une fucking douve ! »

« Une quoi ? »

J'ai secoué la tête en songeant à cette étendue de prairie qui avait été déterrée et tellement abîmée – une plaie jamais refermée – qu'elle en était méconnaissable.

« Y ont déplacé plus de terre que pour le Canal de Panama, presque », a dit Larry.

Larry était un drôle d'oiseau. La première fois que je l'ai vu, il tirait des bouteilles de bière posées sur des poteaux chez les Fleurette, à l'extérieur de Marchand. Il tenait une 22 et a proposé de m'acheter ma Buick. J'ai refusé, mais on s'est bien entendus quand même. Il m'a offert une bière tiède, et on est devenus amis, une amitié brève, chaotique et délirante. Tantôt on tirait sur des pancartes d'autoroute, assis dans le vieux pick-up d'Al Verrier, tantôt on philosophait sur l'existence en se passant un gros joint dans le sous-sol chez sa mère. On n'aurait peut-être pas deviné ça à le regarder – avec ses jeans déchirés et ses mains tachées d'huile à moteur –, mais Larry était un lecteur. Avant de tuer la fille des Fleurette dans un accident de voiture, Larry était enjoué et curieux, et il me racontait toutes sortes de choses sur notre village et notre histoire.

« Mais c'est-tu la même rivière, quand elle ressort de l'autre côté ? » Je lui ai tendu le joint, qu'il a pris en hochant la tête.

« Ben, apparemment. La même eau, en tout cas. »

« Oui, mais est-ce que c'est la même rivière. Je veux dire, les poissons, y arrivent-tu à passer ? »

« J'suis pas ingénieur, je fais juste te dire ce que j'ai lu. »

J'ai secoué la tête à nouveau. « Moi, je pense qu'ils ont tué la rivière. »

« Peut-être. » Larry a haussé les épaules en prenant une bouffée.

•

Mon père a balayé du regard les travailleurs, les chenilles et les pelles mécaniques, les tas d'armatures et de gravier. « Ça, c't'une job. »

« Quoi ? »

« Ça, c't'une job. » Il a montré du doigt l'équipe de travailleurs sur le tablier du pont.

J'ai gloussé. « Ça va pas durer. » Je les ai regardés s'éloigner derrière nous. J'ai souri en voyant mon père froncer des sourcils sans les quitter des yeux. « C'est vrai, j'ai poursuivi. Une fois que le travail est fini, ils font quoi ? »

« Y a toujours des routes à réparer, Rich. »

« C'pas comme si on allait manquer de marde. »

Mon père a gloussé à son tour, puis on s'est tus, chacun perdu dans ses pensées, fixant l'horizon. Peu de temps après qu'on a traversé le Périmètre, j'ai vu la grande roue s'élever parmi les arbres, les portes colorées surmontées de drapeaux bigarrés. Le stationnement vide, la saison terminée.

« V'là Stinkertown », a dit m'man.

« Ouaaaache ! » j'ai dit, et j'ai senti d'un coup mes intestins se serrer. J'ai retenu mon souffle en attendant que p'pa grogne. Il a dit qu'il s'arrêterait bien pour un café. J'ai laissé tomber la tête entre mes genoux en grognant.

« Y a un Tim's à l'hôpital, Émile. »

« Ah oui, c'est vrai. »

M'man s'est raclé la gorge et a levé le ton.

« T'es correct, toi, en arrière ? »

« Ça va. »

« Quoi ? »

« J'ai dit ça va. »

Elle a reniflé. « Fais juste me dire quand tu veux que je m'arrête. »

« C'est correct. »

•

On a pris l'échangeur pour entrer dans la ville. Symington Yards, le gros entrepôt ferroviaire du CN, s'étalait à nos pieds comme le delta d'une rivière à sec, hachuré de coutures et de cicatrices. Des locomotives allaient et venaient bruyamment sur les rails, aiguillées çà et là. Ma mère a tourné sur Lag, vers Marion. P'pa a grimacé. Je sentais bien à ses grognements et à ses regards en coin à ma mère qu'il était mécontent. Il détestait ce chemin. Il se plaignait toujours de l'odeur. Au coin de Marion et de Lag, une usine de traitement des viandes crachait sans arrêt une fumée épaisse, et l'air environnant était saturé de combustibles et de carcasses qu'on brûlait.

« T'as l'nez fin », a dit m'man.

« Ben, tu fais exprès. »

« Je m'en crisse de ton nez, Émile. J'essaie d'arriver au plus vite. »

P'pa a grogné de nouveau en regardant par la fenêtre. Des sirènes hurlaient au loin. La camionnette de mon père bondissait dans les nids-de-poule des rues scarifiées par des années de gel et de dégel, et on a survolé une série de chemins de fer. On sentait nos dents vibrer dans nos têtes.

Je me suis mis à rire.

« Tu trouves ça drôle ? » a dit p'pa.

« Ben non. »

•

Être entassés comme des sardines nous retournait toujours les uns contre les autres. On se chamaillait pour des vétilles – où s'arrêter pour un café, quelle route prendre –, mais c'était plus que ça. C'étaient les disputes elles-mêmes. Un petit truc absurde suffisait à nous enflammer. Comme si, à passer trop de temps ensemble, on cherchait des raisons de se sauter à la gorge. Cette corrosion familière que j'avais commencé à éprouver après le départ de Becky nous avait rongés depuis longtemps, nous avait infectés, avait transformé notre confort en mal-être. Pour une raison ou une autre, quand on était tous ensemble, une force se mettait à croître parmi nous, comme celle qui repousse les aimants. Plus on était nombreux, plus elle croissait vite et prenait de l'ampleur, jusqu'à ce qu'on ne puisse plus la retenir et qu'on se mette à hurler et à cracher.

Souvent, on parvenait à ne pas laisser les choses s'envenimer, et l'un d'entre nous partait avant qu'il y ait des flammèches, désamorçant l'énergie explosive. Mais de temps en temps, ça éclatait, et l'un de nous disait quelque chose qu'il finirait par regretter.

11 –
DES CIGARETTES

La pièce était tamisée et silencieuse. Seules les machines au chevet d'Alfred bourdonnaient, émettant une faible lueur. Il était immobile, les yeux fermés, et sa poitrine se gonflait et retombait suivant la cadence de sa respiration régulière. Une toile de tuyaux et de câbles jaillissait de ses bras, de sa poitrine et de sa tête, alimentant les machines avec des chiffres que celles-ci recrachaient et que je lisais sans les comprendre. P'pa se tenait près du lit et regardait son oncle. Un muscle se contractait en sautillant à l'arrière de sa mâchoire. Prudemment, il a pris la main d'Alfred dans la sienne et l'a serrée. J'ai reculé d'un pas et me suis laissé tomber dans un fauteuil.

Debout dans le couloir, m'man discutait avec quelques matantes qui étaient restées quand elles avaient appris que mon père s'en venait. Toute la journée, il y avait eu un flot continu de visites, une parade sans fin de neveux et de nièces, de petits-neveux et de petites-nièces, qui venaient rendre un dernier hommage à Alfred. Semblait-il que plusieurs avaient présumé qu'il vivait ses derniers instants et voulaient lui dire adieu, mais Alfred, avec sa tête de bœuf, s'accrochait à la vie. Autour de midi, aux dires de matante Yolande, il avait franchi un cap.

« Il a ouvert les yeux un instant. »

« Ah ben, a répondu m'man. C'est bien, ça. »

« Les médecins ont dit que c'était un réflexe, qu'il fallait pas trop l'interpréter. » Yolande s'est tue, et je l'entendais presque se pincer les lèvres comme à son habitude. « Mais, oui. Not a bad sign. »

Sur la petite table de chevet, on avait posé des fleurs ornées de rubans bleus et blancs. Quelques cartes de vœux s'appuyaient sur le vase. Il y avait aussi une image de la Vierge, avec un chapelet accroché sur le coin. On avait placé un petit drapeau avec le signe de l'infini sur la ridelle au-dessus de la tête d'Alfred. Deux cigarettes traînaient sur la table, et je me suis demandé ce qu'elles faisaient là, puis j'ai compris que c'était une offrande, mais je n'arrivais pas à deviner de la part de qui.

Alfred n'avait jamais vraiment parlé de sa spiritualité. J'avais toujours vu en lui une sorte de catholique un peu désinvolte qui préférait s'adresser directement aux saints, pas aux prêtres. Mais il avait assisté à chacun de nos rites, à toutes les cérémonies. À notre première communion ou à notre confirmation, Alfred était là, dans le banc d'en avant avec m'man et p'pa, puis il restait après la messe faire des blagues avec le curé.

« Menoncle. » Mon père chuchotait. Et comme s'il savait que je l'avais entendu, il s'est penché plus près d'Alfred et a baissé le ton pour lui souffler des mots inaudibles. La pièce est soudainement devenue trop petite, et ma présence trop grande, alors je me suis levé doucement de mon fauteuil et suis sorti en douce.

M'man m'a jeté un regard.

« Papa veut être tout seul », j'ai expliqué.

« Allô, Richard », a dit matante Yolande.

« Allô, Matante. »

« Give me a hug. » Elle m'a serré fort, puis m'a pris par les épaules. « Qu'est-ce que t'as à la tête ? »

« Oh, c'est rien. Just a cut. »

Matante a froncé les sourcils en hochant la tête. « T'as l'air fatigué. Tu dors-tu assez ? »

M'man a réprimé un petit rire amer.

« C't'une longue journée », j'ai dit, et mes jambes ont confirmé, chancelant soudainement au point de me faire flancher. Matante m'a retenu et m'a décoché un petit sourire qui n'a pas atteint ses yeux, puis a levé le menton vers le bout du couloir.

« Menoncle devrait être dans la waiting room, là, avec une couple d'autres. »

En m'échappant de sa poigne, je l'ai remerciée d'un signe de tête et me suis dirigé vers la salle d'attente.

Mes oncles étaient là, menoncle Frank et menoncle Roger. Ils m'ont tous les deux accueilli avec une poignée de main ferme et quelques mots. « C't'un maudit temps ! » Je me suis laissé glisser dans un fauteuil, et on est restés en silence un moment. Puis Roger s'est tourné vers Frank et lui a parlé de sa nouvelle carte. Les yeux des deux hommes dans la soixantaine se sont mis à briller comme si c'étaient des enfants.

« Celle-là, c't'une carte de récolte », a dit Roger en la sortant de son portefeuille pour la tendre à Frank. Frank l'a tenue loin de son corps et a plissé les yeux pour l'examiner à travers ses verres fumés.

« Faut que je m'en pogne une comme ça itou. »

Ils ont discuté un moment des chevreuils qu'il y avait cette année – ils étaient tous deux préretraités et vivaient à l'est du village, plus près de Giroux que de Richer, alors ils avaient le temps de les observer. Comme plusieurs de leurs frères et sœurs, ils avaient passé leur vie à travailler, à échanger la force de leur corps contre la chance de vieillir là où ils avaient grandi, de profiter un peu du territoire avant leur mort.

« So, j'l'ai promis une hanche de chevreuil pour une chaudière de saskatoons et un seau de pembinas. Figured c'était un bon trade. »

« Pas sûr c't'un bon deal, là. »

Roger a haussé les épaules. « Y avait pas d'fruits chez nous c't'été. Mais y a des biches en crisse. »

Ils parlaient de chasse et de pêche, de cueillette de petits fruits et de plantes, de troc. En les écoutant, je me suis demandé comment ils déterminaient la valeur des choses. Combien de canards pour de la viande d'orignal ? Combien d'amélanches contre un doré ou un brochet ? De temps en temps, un casseau de baies se retrouvait sur notre perron, et je me disais que quelqu'un était venu en porter, mais je ne savais jamais trop en échange de quoi. Sans doute contre le travail de menuiserie de p'pa.

Menoncle Roger a repris sa carte et l'a remise dans son portefeuille.

« Tu vas-tu t'pogner un moose c't'année, Menoncle ? » j'ai demandé.

Roger m'a souri, puis a secoué la tête.

« J'pense qu'j'ai fini d'chasser les orignaux, c'trop dur sul'dos, t'sé. »

« À moins qu'tu veux venir à' chasse avec nous, a dit Roger. Pour charrier la viande. »

J'ai dévisagé mes oncles en me grattant le menton. L'invitation me semblait sincère, même si lancée à la va-vite, et j'ai voulu accepter, mais une chose me retenait. J'ai fini par cracher le morceau.

« J'suis jamais allé à' chasse. »

« Quoi ? »

« P'pa m'a jamais montré. »

« Baptême ! C'tu vrai ? »

« Ben, we'll have to fix that... »

« Roger, mon enfant d'chienne ! » La voix de J.-P. Gauthier a résonné dans la pièce. Il nous envoyait la main depuis l'entrée, et son père se tenait derrière lui, à moitié caché par la bedaine de son fils. « T'es t'encore icitte !? » J.-P. s'est dandiné vers nous, le vieux Gauthier à ses trousses. « Je pensais qu'tu serais déjà parti. »

Il a mis les mains sur les hanches et nous a souri de haut, ses dents scindant en deux son visage rond.

« Ben, on parlait d'aller souper bientôt, après être passés voir Alfred, t'sé », a dit Roger. Frank a hoché la tête.

« Pas besoin de s'grouiller, là. »

« Le père wanted some lunch, eh, a dit J.-P. Faque we popped over to the Chicken Chef sur Marion, là. » Il a fait mine de se lécher les doigts. « Hey, p'pa, what d'you think about that chicken ? What ? La poule, j'dis. Wha'd'you think about it ? Quessé qu't'en penses, ostie ? »

Le vieux s'est abaissé délicatement pour atterrir dans un fauteuil. Il a regardé son fils en tremblotant. « Hein ? »

« La poule, crisse. Quessé qu't'en penses ? »

Le vieux a cligné des yeux et a remué les lèvres péniblement pour former des mots : « 'tait sèche. »

J.-P. a balayé les paroles du revers de la main et, embrassant la pièce du regard, m'a souri. « Ah ben, Pichenotte ! You finally made it. »

« J.-P. », je l'ai salué.

« Vous savez que c't'enfant d'chienne là a couché dans son char la nuit dernière ? » Il a éclaté de rire. « La première affaire qu'y a faite à matin, j'l'ai vu parce que je faisais mon café, t'sé, c'tait d'aller pisser avec mes vaches. Ah ben, can you believe it ? Y a pissé partout sur ma clôture ! Tout un show ! »

Roger a rigolé, et Frank m'a jeté un coup d'œil rapide.

« C'est pas ça que les gens font après une nuit de boisson, d'habitude ? »

« Harceler les vaches ? »

« Non, sortir pisser », a dit Frank.

« Ouais, ouais. »

Roger s'est penché vers l'avant. « J'ai entendu dire you had a big party last night, J.-P. »

« Ah, you should have seen it, Menoncle. » J.-P. a fait un grand geste de la main comme s'il dévoilait un prix fabuleux dans un jeu télévisé. « On avait des feux d'artifice, de la musique live et... »

« I guess nos invitations got lost in the mail, eh ? »

J.-P. a cligné des yeux, et son visage déjà rouge s'est empourpré de plus belle. « J'imagine... désolé. » Il s'est retourné vers son père. « Hey, p'pa, t'es prêt ? »

« Hein ? »

J.-P. a envoyé son pouce derrière l'épaule. « Le vieux veut faire des traces. Faudrait qu'on retourne dans la chambre à Alfred. Voère le beau-frère une dernière fois avant qu'y crève. » J.-P. s'est approché de son père et l'a aidé à se relever.

« Salut, Menoncle », a dit Roger. Le vieux Gauthier s'est retourné lentement, et l'a salué d'une main tremblante, jusqu'à ce que J.-P. l'attrape par le coude et l'entraîne dans le couloir. On s'est penchés pour les regarder partir. Puis Roger s'est adossé en secouant la tête.

« Misère. »

« Si c'était pas parenté... » a soupiré Frank. Ce qui devait être un moment de répit, de tranquillité pour reprendre notre souffle une fois passée la tornade des Gauthier, qui a siphonné tout l'air de la pièce, est devenu un silence las, méditatif. J.-P. avait toujours cet effet-là sur les gens. Sa présence nous aspirait – pas comme un aimant, mais comme un puits sans fond, dont le cœur crépitait et tonnait d'un soleil ardent, explosif, avec une langue dégoulinante de feu. Frank avait allongé ses pieds dans l'allée et fixait ses bottes. Roger a plongé la main dans son manteau pour en extraire un téléphone. Il l'a tenu loin devant lui pour tenter de lire sur l'écran. Après quelques instants, je me suis raclé la gorge, et mes oncles ont levé les yeux.

« Avez-vous déjà cleané vos fosses septiques ? »

Roger a cligné des yeux, a pris le temps d'encaisser un virage aussi brusque dans la conversation, puis a hoché la tête. « J'ai appelé un gars la semaine dernière. »

« Reason I ask is j'ai pogné une job avec mon menoncle Joe – ma mère, son frère. Doing the odd tank when he's too busy. »

« Ah ben, a dit Frank en se frottant le menton. J'vas peut-être l'appeler, d'abord. »

« Toutes les jobs sont bienvenues », j'ai répondu, mais je sentais bien qu'il avait dit ça par politesse. Un gars de fosse septique, c'est comme un barbier : après s'être habitué à son travail et avoir établi un lien de confiance, on préfère garder le même plutôt que de se risquer à en essayer un nouveau et de se retrouver avec une pelouse toute arrachée ou pleine de merde. Le silence est retombé comme une chute de neige mouillée. Lourd et épais. C'était curieux ; les frères de p'pa étaient bavards, en général – parfois même bruyants et tapageurs. C'était étrange de les voir tranquilles et renfermés sur eux-mêmes. Comme si j'avais pénétré un espace intime réservé au chagrin.

Après un moment, Frank a levé les yeux et a dit : « So, est' où, ta sœur ? »

« Monique ? J'sais pas. A doit être quelque part dans le coin. M'man a dit qu'a travaillait. »

Frank a hoché la tête, et je me suis tortillé sur la chaise en sentant un pincement parcourir le nerf dans ma jambe. Mes orteils fourmillaient.

« Boy, J.-P. me donne le goût de boire », j'ai dit.

« Moé itou », a dit Frank en riant.

Roger s'est raclé la gorge : « V'là les femmes. »

On s'est retournés et on a vu ma mère s'approcher de la salle avec matante Yolande et matante Carole. Yolande était la sœur de Frank et de Roger, que Carole avait épousé. Frank était divorcé depuis quelques années, mais personne n'arrivait encore à y croire – un catholique comme lui. On racontait que lorsqu'il avait voulu quitter la ville pour s'installer sur un lopin de terre sur la Seine, sa femme avait refusé de le suivre. Elle ne voulait pas déménager. Ils avaient tenté de faire des compromis, mais en fin de compte, c'était irréconciliable : Frank en avait assez de la ville, et matante Elizabeth s'y était habituée. Ils ont fini par s'entendre sur une séparation, et Frank est allé vivre à la campagne, où il s'est construit une petite maison – une cabane, en fait, pas plus grosse que celle d'Alfred. Elle, elle a gardé la maison en ville. Après avoir vécu séparément un certain temps, ils ont officialisé les choses. Personne n'en parlait. Dès que quelqu'un prononçait le nom d'Elizabeth, on ne savait pas quoi dire, alors on baissait les yeux et on examinait nos souliers.

Quand les femmes sont entrées, je me suis levé pour saluer matante Carole, qui m'a tout de suite pris dans ses bras et m'a planté un bec mouillé sur la joue. Doucement, je me suis dégagé et, avec un sourire désolé, j'ai indiqué que j'allais sortir. Ma mère, mes oncles et mes tantes se sont mis à planifier un souper tous ensemble. Je me suis esquivé.

P'pa se tenait devant une machine à café et pesait sur un bouton à répétition. En m'arrêtant devant la porte d'Alfred, j'ai jeté un coup d'œil rapide dans sa chambre, et j'ai vu que les Gauthier étaient partis, alors je suis entré et me suis approché de son lit. Mes yeux ne cessaient de glisser d'Alfred comme des gouttes d'eau qui s'accumulaient au sol. Vu de près, l'entrelacs de tuyaux et de câbles était plus dur à encaisser. Sans parler du visage pâle et maigre de mon grand-oncle, ses yeux creusés et ses pommettes fragiles. Ses longs cheveux blancs comme de la neige maculée de gravier, ébouriffés et pleins de nœuds, lui auréolaient la tête.

« Menoncle », j'ai réussi à prononcer, avant que les fondations de mes mots ne cèdent. Je me suis raclé la gorge, mais en tentant de parler à nouveau, j'ai constaté que celle-ci s'était soudée. Une grenouille s'était emparée de ma langue, et je ne pouvais former que des mots inaudibles. J'ai soupiré. Faisant bien attention de ne pas déplacer l'appareillage, j'ai pris la main d'Alfred et j'ai serré ses doigts. Mes yeux se sont mis à me brûler, et je les ai essuyés rageusement avec ma manche. Même si on savait déjà que ce n'était qu'une question de temps – Alfred ne pouvait pas vivre éternellement dans sa petite cabane –, je me suis rendu compte que je n'étais pas du tout prêt à une telle fin. Alfred avait toujours été là. Et l'idée qu'il le serait toujours me réconfortait. À présent, j'assistais, impuissant, à l'écroulement de ce fantasme, comme un voile qui retombe, froissé, dans la neige. Mon ventre s'est chargé d'une tristesse dense et profonde faisant bouillonner la crue des rivières, qui débordaient de leurs lits et inondaient le territoire. J'ai laissé les digues de mes yeux céder et j'ai pleuré doucement. Puis, comme un enfant, j'ai essuyé mon visage avec ma manche. « Menoncle, j'ai une histoire à te raconter quand t'iras mieux. »

En relâchant la main d'Alfred, j'ai balayé la pièce du regard en sourcillant : quelqu'un avait fait tomber le drapeau de l'infini. Je me suis penché pour le ramasser. En le plantant dans le vase avec les fleurs, j'ai remarqué que les cigarettes n'étaient plus là. À genoux, j'ai regardé sous le lit, derrière les roues et le long des fils électriques qui traversaient le sol. Rien. Entre la table et le mur, j'ai aperçu un vieux stylo, mais pas de cigarettes. Mes yeux glissaient d'un coin à l'autre de la pièce comme des araignées d'eau. Au départ, je n'arrivais pas à m'imaginer que quelqu'un pouvait les avoir prises, mais en repensant aux dernières personnes à être passées dans la chambre, et en me rappelant les remarques frondeuses de J.-P., je me suis demandé si lui ou le vieux les aurait subtilisées en sortant. J'ai vu très clairement J.-P. faire tomber le drapeau en empochant les cigarettes. Le choc de l'image – lourd, mouillé, étouffant – m'a écrasé la poitrine. En retombant dans le fauteuil, j'ai tenté de réfléchir, mais mes pensées ne cessaient de m'échapper, s'esquivant dans l'inconnu.

« Fuck. Fuck », j'ai marmonné.

Des frissons ont parcouru mes bras et mes jambes, un tremblement tendu comme un fil de pêche aspiré dans les profondeurs par des forces inconnues. Je me suis levé et me suis mis à agiter les bras, à donner des coups de poing dans les airs pour tenter de me soustraire à la pression croissante sur ma poitrine. J'envoyais des coups de pied, remontant mes genoux contre mon ventre l'un après l'autre, encore et encore, et ma poitrine s'est relâchée peu à peu. Enfin, comme un élastique qu'on étire sans fin, la bulle de choc s'est rompue. La chaleur m'a inondé à nouveau, et j'étais de retour au chevet d'Alfred, à le regarder en pleurant.

« Motherfucker », j'ai murmuré. Puis je me suis retourné et j'ai ouvert la porte d'un coup sec – la lumière a inondé la pièce – avant de sortir dans le couloir.

« Attention », a dit p'pa quand je lui ai fait renverser du café par terre en lui fonçant dedans. « Heille ! il m'a crié tandis que je m'éloignais. Tu vas où ? »

« Je sors. Y me faut des cigarettes. »

12 –
LE RELIEF DE LA VÉRENDRYE

Ce qu'il me fallait vraiment, en fait, c'était quelque chose pour émousser les pensées qui me lacéraient l'esprit. Mais quand j'ai poussé la porte avec mon épaule pour sortir dans la rue, j'ai décidé de m'en tenir à une cigarette. J'ai demandé à la première passante que j'ai croisée si elle en avait une.

« Pardon ? »

« Avez-vous une cigarette ? » j'ai répété en français.

« Ah, non. » Elle a secoué la tête en s'éloignant. « Je ne fume pas. »

Je me suis retourné en grognant et j'ai regardé au loin. Joe me devait encore ma paie de la semaine précédente, et je ne voulais pas dépenser le peu qu'il me restait en tabac. Pas avec ce miroir brisé qui traînait dans la Buick, à la maison. En gardant l'œil ouvert dans l'espoir de croiser un fumeur, je me suis dirigé vers le trottoir, longeant Taché vers le parc, de l'autre côté de la rue. La circulation grondait autour de moi, déchirant la rue Goulet. Tout est devenu plus bruyant quand j'ai contourné l'hôpital et que je me suis retrouvé devant la Rouge. Une brise raide m'a fouetté d'une salve de brindilles. J'ai été frappé par l'odeur de l'eau, de la boue, des relents d'égouts et des plantes en putréfaction, une odeur épaisse, âcre, maladive qui suintait dans l'atmosphère. Des clochettes ont retenti avec insistance, et j'ai fait un pas de côté pour laisser passer un peloton de cyclistes roulant à toute allure. Des sirènes retentissaient sur l'autre rive. Leurs hurlements se répercutaient dans les ravines entre les bâtiments. Les roues d'un train crissaient et cliquetaient au loin, et les tours, de l'autre côté, scintillaient dans l'air gelé. Je me noyais dans une mer de sons et d'images. Les rayons de soleil se fracassaient dans le ciel et se reformaient en des linceuls de cristaux en chute libre ; la glace et la neige flottaient doucement, fondant dans les airs et s'évaporant avant d'arriver au sol.

Je me suis arrêté près d'un homme assis sur un petit banc qui donnait sur la rivière et je lui ai lancé : « Buddy, bum a smoke ? »

L'homme m'a dévisagé par-dessus son épaule.

« Get a job. »

« Well, fuck you too », j'ai répondu en poursuivant mon chemin pendant qu'il me décochait une pluie d'insultes. Je me suis retourné, et en marchant à reculons, je lui ai décoché un doigt d'honneur. « Hey, fuck face », j'ai crié. « Suce ma bine ! » L'homme s'est levé et, sans cesser de hurler, m'a envoyé un geste obscène du bras. Je me suis retourné et j'ai brandi mes deux majeurs bien haut dans les airs.

Après quelques pas, j'ai traversé Taché à la course en direction du parc, où une femme m'a envoyé la main en criant. Le soleil rasait le sol derrière moi, plongeant au cœur de la ville. Les ombres des arbres s'étiraient sur l'herbe sèche et brunie. Je me suis demandé un instant qui pouvait bien me connaître ici et, tout en retournant le salut de la femme, j'ai poursuivi mon chemin sur Taché, mais elle m'a envoyé la main de nouveau, avec plus d'insistance, et j'ai entendu mon nom porté par le vent. Je me suis arrêté et j'ai plissé les yeux dans la lumière déclinante, tentant de déchiffrer son visage.

« Fuck's sake, Rich ! Viens-t'en icitte ! »

« Monique ? »

Ma sœur m'a encore envoyé la main. Elle était installée à une table de pique-nique, à l'ombre de deux grands ormes. En m'approchant, j'ai vu qu'elle portait son uniforme d'infirmière, des espadrilles blanches et les cheveux en queue de cheval. Un demi-sandwich couvert de Saran Wrap traînait sur la table. L'air abasourdi, Monique m'a regardé prendre place devant elle.

« C'est quoi ton ostie de problème ? » elle m'a demandé avant même que j'aie posé les fesses.

« Quoi ? »

Elle a tendu le bras en direction du banc, de l'autre côté dans la rue. « T'essayais-tu de te battre avec c'te gars-là ? »

« Ah, t'as vu ça ? »

« La moitié de la fucking rue a vu ça ! »

« Ben là... » J'ai baissé les yeux vers la table et j'ai tracé du doigt les contours d'un cœur que quelqu'un avait gravé maladroitement dans le bois, avec des initiales à moitié effacées au centre. « J'ai un peu perdu le contrôle, j'imagine. » J'ai haussé les épaules.

Avec un soupir hautain, Monique a pris son sandwich, l'a déballé et a pris une bouchée. Ses yeux me transperçaient tandis qu'elle mastiquait. Je me suis reculé un peu et j'ai étiré les bras par-dessus ma tête en me penchant vers l'arrière.

« Écoute. Je suis désolé. Je viens de voir Alfred. »

Monique a tiré une bouteille du sac à ses côtés et a pris une gorgée d'eau. « Ouais, j'comprends. Fais juste pas chercher la marde. »

« Je sais. C'était stupide. »

Monique a hoché la tête et a pris une autre bouchée.

« So, comment ça t'es pas à l'hôpital ? » j'ai demandé.

Elle a froncé les sourcils et, la main devant la bouche, a dit du coin des lèvres : « Je suis en pause. »

« Je veux dire avec Alfred. »

Monique a mâché un peu plus, puis a avalé. « C'est ma journée de travail. »

« Mais t'es en pause. »

La bouche pleine, Monique a figé et m'a fusillé encore une fois du regard. Elle a posé son sandwich. « Tu me niaises-tu, là ? Je l'ai vu plus tôt, avant que t'arrives. »

« Ah. Non, je te niaise pas. »

« Bon. »

« Heille, Mon. T'as-tu une cigarette ? »

Elle a scruté mon visage en sourcillant.

« M'man t'a interdit ? »

« Non. »

Elle a tiré un paquet de son sac d'un air dubitatif et me l'a lancé. J'en ai sorti deux cigarettes et les lui ai montrées en levant les sourcils. Monique a roulé des yeux, mais a approuvé d'un signe de la tête, alors j'en ai glissé une derrière l'oreille, pour Alfred, et l'autre entre mes lèvres.

« Maarssi. »

« Tu m'en dois une », a dit Monique, toujours la bouche pleine.

« Je vais avoir ma paie bientôt. » J'ai envoyé le paquet dans son sac, puis j'ai allumé et pris une bouffée, expirant la fumée vers les branches au-dessus de ma tête.

« T'sais que ça va te tuer, ça », a dit Monique.

« OK, madame l'infirmière. »

Monique a souri et, plongeant la main dans son sac, a cueilli une cigarette, me l'a tendue, et j'y ai appuyé l'embout rouge de la mienne.

« Comment tu vas, Rich ? »

« Correct. » J'ai haussé les épaules. « J'ai commencé à travailler pour Joe, en attendant de trouver mieux. »

« J'ai su ça. C'est bien. »

On est restés un moment sans se parler, à fumer et à écouter la ville. Je me suis dit que je pourrais m'endormir comme ça et j'ai fermé les yeux en tendant l'oreille au loin. Je devinais qu'un train contournait le stade de baseball, plus loin sur la rivière, avant d'entrer en gare à Union Station. Les roues crissaient. Toujours le crissement. Un son si familier. Les ormes au-dessus de nos têtes tremblaient dans la brise automnale, leurs branches presque nues s'entrechoquant comme des cuillères. Une alarme de voiture hurlait dans l'allée. La circulation émettait un bourdonnement constant d'insecte. Le vacarme des charrettes et l'odeur de la bouse de bison. Au loin, un hachement régulier. Un escadron d'hélicoptères. C'était trop.

« T'as déjà remarqué cette statue ? » Monique a frotté le bout de sa cigarette sur la table, puis l'a pointée avec le bout fumant. J'ai ouvert les yeux pour suivre son bras vers le milieu du parc, et j'ai aperçu un vieux monument de cuivre qui ressemblait à une case de BD émergeant d'un mur de pierre. Trois hommes en relief, l'un tenant une croix et scrutant l'horizon. Un troisième agenouillé devant les deux autres.

« C'est qui ? »

« La Vérendrye. Le grand explorateur », a gloussé Monique.

J'ai examiné la statue quelques instants puis j'ai reniflé. « Il a pas l'air si grand que ça. »

« Je pense que c'est à cause du monde autour », a dit Monique. « Tu vois le prêtre qui lui indique le chemin ? Et l'Autochtone agenouillé devant lui. Genre, même la statue semble admettre que sans les deux autres, ce bozo-là aurait pas su trouver son chemin vers son propre cul. »

J'ai ri en examinant la statue.

« C'est drôle que le gars qui connaît vraiment le chemin est à peine dans l'image... »

« Comme secondaire. »

« ... avec ces deux autres qui s'élèvent au-dessus de lui. »

« Belle bullshit, hein ? Ça fait mentir sa propre histoire. Genre, c't'évident que tout ça est bâti sur un mensonge... »

« C'est une statue de marde », j'ai interrompu.

Monique a hoché la tête. Elle a roulé en boule son emballage de sandwich et l'a envoyé dans son sac, puis s'est relevée du banc. « Bon, faut que j'aille travailler. »

« OK. »

« On se voit là-dedans dans pas long ? »

« Je sais pas. Je vais peut-être aller voir Becky. »

Pour une raison que j'ignorais, confronter Becky sur la question du moulinet me semblait plus facile que retourner dans la chambre d'Alfred. Ma poitrine se tendait à l'idée de m'y retrouver.

Monique m'a regardé un bon moment, puis a hoché la tête. « OK, ben à plus. » Elle s'est retournée et s'est dirigée vers l'hôpital pendant que j'examinais à nouveau la statue, parcourant des yeux ses formes foncées. Plus je la regardais, plus elle m'énervait. J'avais envie de lui envoyer mon poing dans la face, à La Vérendrye.

« Ah, pis Rich ! » a crié Monique. Je me suis retourné vers elle, et elle est revenue sur ses pas, puis s'est arrêtée pour m'indiquer la route qui menait vers Provencher. « Fais attention à l'armée ! »

« Hein ? »

« L'armée. »

« Okééé... »

« Je suis sérieuse ! »

« Quoi ? »

Elle s'est approchée de moi. « Je suis sérieuse. Fais attention à l'armée. Ils s'entraînent en ville. Y en a une gang qui se promène avec des guns pis des tanks. »

« Tu me fucking niaises ? »

Monique a grimacé. « T'en as pas entendu parler ? Operation Charging Bison, y appellent ça, si tu peux le croire. Y ont installé un poste de commande au-dessus du Canot, des snipers, et tout. Fuck, va voir si tu me crois pas. Mais fais attention à toi, y pourraient oublier pourquoi sont là et se mettre à terroriser ton p'tit cul de Métis. »

13 –
C'T'UNE FOIS UN SOLDAT

P'pa a servi dans l'armée avant de rencontrer ma mère. On ignorait presque tout de ce passé, parce qu'il n'en parlait jamais, mais on savait qu'il était en Europe pendant la guerre froide. Il a été ballotté entre l'Allemagne, la France et Chypre. Il conservait des photos de cette période dans un vieil album dans sa chambre où, enfants, Monique et moi hésitions à entrer. Il l'a sorti quelques fois pour nous montrer des photos de lui en habit de camouflage, avec des bandes de peinture foncée sous les yeux, un fusil à l'épaule, son jeune visage plein de détermination et de bravade. Il y avait des photos d'hommes dans des baraquements, couchés sur des lits identiques. Il y en avait une de p'pa sur un char d'assaut, un six-pack de bière entre les mains. Une autre de lui se gonflant le biceps en envoyant un baiser dans les airs. Il nous a présenté ces photos sans commentaire, sans récit qui aurait permis de les relier entre elles. Mais il nous a parlé longuement de la moto qu'il avait achetée en Allemagne, et nous a raconté comment, avec celle-ci, il avait parcouru le Vieux Continent.

Monique tentait de réconcilier le passé de notre père avec sa propre vision du monde. Elle voyait dans ses années européennes un fantasme de vengeance anti-impérialiste, comme s'il avait fait partie d'une brigade de justiciers et de gardiens de la paix menée par des Autochtones qui, si on l'en croyait, avait empêché « ces factions archaïques continuellement en guerre de se massacrer ».

« Anti-quoi ? » On était assis sur des chaises de jardin déchirées dans la cour, sous les chênes. Un petit feu brûlait dans un rond à nos pieds. Monique roulait un joint. Elle m'a regardé en secouant la tête de découragement.

« Anti-impérialiste. »

Puis elle m'a dépeint l'image d'un monde où il n'y aurait pas de guerre, de racisme, de pauvreté, de colonialisme...

« Comme la chanson de Lénine », j'ai renchéri.

« Euh, ouais. *Imagine.* »

« Imagine quoi ? »

« C'est la chanson. »

« Ah oui, celle-là ! »

On a fumé le joint pendant un moment, puis j'ai sourcillé. « Faque. Comment ce gars-là a fait pour passer de révolutionnaire russe à frontman d'un band hippie-folk britannique des années soixante ? Je veux dire, fuck, il avait pas genre quatre-vingts ans ? »

« Fuck's sake, Rich. »

J'ai éclaté de rire en reculant dans ma chaise pour éviter le coup de poing de Monique. La chaise s'est balancée, puis a basculé vers l'arrière, et je me suis retrouvé sur le gravier, le souffle coupé.

« Ça t'apprendra », a dit Monique.

Je suis resté couché là un moment, à admirer le firmament à travers les feuilles et les branches. J'ai entendu Monique soupirer. Elle a fait basculer sa chaise doucement et s'est couchée à mes côtés, et ensemble on a regardé à travers les arbres la poudre d'étoiles qui parsemait le ciel. Parfois, le clignotement d'un satellite interrompait le tableau. Des braises s'élevaient, se hissaient dans les airs comme des morts s'envolant vers un paradis inconnu.

« Je vais avoir des bibittes dans les cheveux », s'est plaint Monique.

« Quels cheveux ? Sont plus courts que les miens ! »

Elle m'a passé le joint, qui avait rétréci à la taille d'un Tic-Tac. « Y est peut-être éteint. »

J'ai tenté de tirer, mais rien, alors je l'ai envoyé dans le rond de feu.

« T'sais, Rich, t'as sûrement raison. C'est un fantasme. » Monique a remué sur le sol et a tiré une roche de sous son dos, puis vérifiant rapidement si c'était un os, l'a lancé dans le bois. « C'est toujours la même bullshit, tout le temps. Les mêmes fucking hommes blancs qui pensent tout savoir. »

« Dad was just a poor boy, with a big family », j'ai chanté, puis j'ai grogné en recevant le coude de Monique dans le flanc.

Puis elle a éclaté de rire. Elle s'est relevée, a entouré ses genoux de ses bras et m'a regardé. « C'est pas faux, ce que tu dis. »

« Je dis rien, je fais le cave. »

« Je le sais, t'es cave pas à peu près. Mais quand même. Même un cochon aveugle trouve parfois un gland. »

« Hein ? »

Elle s'est penchée vers moi et m'a planté un baiser sur le front. J'ai grogné en essuyant sa salive. « What the hell, Mon ? »

Elle s'est relevée. « À plus, Rich. »

•

Je suis resté assis un moment sur le banc de parc, à fixer La Vérendrye. Enfin, j'ai envoyé mon mégot vers la statue et me suis levé. J'ai jeté un œil vers l'hôpital, puis en direction du musée et de la cathédrale pour repérer le nord. Becky louait le dernier étage d'une maison, passé le collège. Je pouvais m'y rendre assez rapidement à pied, alors je me suis dit que je passerais la saluer.

Le soleil s'était couché derrière les édifices qui longeaient la rivière, donnant au ciel la couleur d'un jeune feu. Les feuilles craquelaient sous mes pieds.

J'entendais les bruits métalliques des blindés. Au loin, j'ai aperçu une colonne d'hommes en tenue de camouflage tourner un coin. Quelqu'un a crié. D'autres ont hurlé. Je me suis éloigné du bruit en prenant une route transversale. Je me suis demandé si p'pa avait déjà fait ce genre de chose. En y repensant, je me suis rendu compte que c'était Alfred qui m'avait raconté le plus d'histoires sur la vie militaire de mon père. Après avoir quitté l'armée, p'pa était allé vivre quelques mois avec son oncle, le temps de se réhabituer à la vie dans le monde.

« T'as-tu déjà tué quelqu'un ? » lui a demandé un jour Monique, quand on habitait encore tous ensemble.

P'pa a toussé en s'étouffant sur son thé puis a secoué vigoureusement la tête, l'air blessé, et s'est exclamé : « Comment tu peux dire ça ? »

« Ben, t'étais dans l'armée. C'est pas ça qu'on fait, là-bas ? » Monique avait aiguisé sa langue jusqu'à ce qu'elle soit pointue comme une aiguille – elle aurait pu percer du cuir si elle l'avait voulu. M'man ne se mêlait jamais de ces discussions pour éviter d'avoir à prendre parti, et faisait mine de ne pas voir les regards que p'pa lui lançait en quête de soutien.

« L'armée aide les gens, aussi, Monique », il a finalement répondu.

Monique a gloussé amèrement. « C'est pas avec deux-trois bonnes actions qu'on devient un saint. »

•

Le matin après que mon père m'a laissé chez Alfred pour avoir cassé le nez du garçon, je me suis fait réveiller par de la musique. Bernie Elastic and his Rubber Band. Le chant des violons que crachait le petit radiocassette remplissait la cuisine, faisant danser les ustensiles qu'Alfred avait disposés sur la table. Les murs du salon vibraient, les cadres tremblaient au-dessus de ma tête, et je me suis recroquevillé sous le drap dans mon petit lit de camp.

« T'es-tu réveillé, mon homme ? On a d'l'ouvrage en masse aujourd'hui. »

Alfred voulait se construire un nouvel abri, un petit espace couvert pour garder son bois au sec. L'ancienne remise était entourée d'un demi-pied d'eau, avalée par le lac qui avait surgi du bois derrière la cabane. Toujours caché sous mon drap, j'ai jeté un coup d'œil furtif à Alfred, dans la cuisine. Il mettait encore une fois des saucisses dans un poêlon, mais ce matin-là il semblait plus heureux, sans doute ragaillardi par la visite de Monique, qui était passée apporter mes vêtements la veille et était restée à souper. Elle l'avait déridé avec sa répartie. La tristesse qui avait fait surface, plus tôt, l'avait quitté. Ou du moins, elle était bien cachée, ensevelie. Je me suis mis à douter de mon souvenir de la veille. Je n'arrivais pas à imaginer Alfred comme ça – bouleversé, abattu. C'était le même homme qui avait chanté pour conjurer la mort en rampant dans le bois avec une jambe fracassée. Le même homme qui, dans son délire, avait trouvé son chemin vers la chaleur et le réconfort. Je ne pouvais pas l'imaginer en homme brisé. Je me suis demandé si c'était pour ça que je n'en avais pas parlé à Monique.

« OK, mon homme. L'déjeuner est presque prêt. »

Alfred a fait tomber les saucisses sur deux assiettes. Sur la table, il y avait un bol d'œufs brouillés et une petite montagne de toasts. Tassant le drap avec les pieds, j'ai basculé mes jambes d'un côté du lit de camp et me suis habillé.

On a avalé le repas rapidement, aux sons des danses carrées et des violoneux. Le soleil, encore caché derrière les arbres, pénétrait à peine par les fenêtres. Alfred m'a versé une tasse de thé, et on a tous les deux siroté doucement en attendant que la vapeur se dissipe. Emportant nos tasses dehors, on les a posées sur une petite table derrière la cabane, près du cabanon où Alfred suspendait ses biches pour les saigner. Ç'avait commencé par un petit appentis qu'il avait construit à l'arrière, avec une charpente robuste et une poutre quatre par six, mais au fil des années, il avait ajouté des murs et des portes, des tablettes et des tiroirs, et deux gros comptoirs disposés face à face. Le cabanon est devenu plus gros que la cabane elle-même. Il y rangeait un vieux triporteur et sa souffleuse à neige, qu'il sortait quand il devait saigner un animal. Dans un coin, il y avait deux chevalets qu'Alfred m'a demandé d'installer dans la cour. On a déblayé la neige avec nos pieds pour enfoncer les pattes dans la terre et former une base solide. Puis on est allés chercher des deux par quatre dans la pile de bois recouverte d'une bâche, à l'orée du bois. Nos chaussettes s'imbibaient peu à peu de neige fondante. Le sol suintait en s'enfonçant sous nos pieds.

L'air était frais, mais à force de charrier du bois, j'ai fini par avoir chaud et me mettre à transpirer. J'ai commencé à retirer mon manteau, mais Alfred m'a dit de le garder pour ne pas attraper froid. Il m'a recommandé de boire plutôt mon thé, qui devait s'être assez refroidi. En prenant quelques gorgées, j'ai grimacé – Alfred sucrait toujours trop – tout en balayant le terrain des yeux. Au fil des années, depuis la première fois où mes parents m'y ont laissé pour une fin de semaine, j'en étais venu à connaître intimement ce lopin de terre. J'avais six ou sept ans à l'époque, et Monique avait un tournoi de ringuette à Grand Forks. Je suppose que mes parents avaient pensé que ça m'ennuierait ou que je serais trop dérangeant. Une fois qu'ils sont partis, je me suis mis à pleurer. Alfred m'a pris par la main et m'a fait faire le tour de sa petite cabane pour me montrer son terrain. Il a pris le temps de tout nommer et de m'expliquer à quoi lui servaient tous les objets. Chacun avait son histoire, sa raison d'être.

En sirotant mon thé, j'ai jeté un coup d'œil vers la cabane et la girouette sur le toit. Elle y était toujours, après toutes ces années. Alfred m'avait raconté, à l'époque, que ç'avait été un cadeau, que son frère Alexandre la lui avait ramenée d'Europe pour son anniversaire, qui avait eu lieu pendant qu'il était sur le front. Son frère s'était battu contre les Allemands. Alfred avait tenté de s'enrôler, lui aussi, mais au bureau de recrutement, les médecins avaient déclaré qu'il avait les pieds trop plats et l'avaient renvoyé chez lui. En le voyant honteux et abattu, l'un des médecins lui avait donné une tape dans le dos et lui avait dit de ne pas s'en faire, que le pays avait aussi besoin de fermiers. Mais les terres entre Richer et Saint-Geneviève, marécageuses, saturées de gravier et couvertes de denses sous-bois de chêne broussailleux, ne pouvaient pas être cultivées. On ne pouvait qu'y élever du bétail. Alfred n'est jamais devenu agriculteur.

« Richard, viens m'aider icitte. »

J'ai posé ma tasse et suis allé rejoindre mon grand-oncle. Il avait sorti sa scie circulaire et avait placé les deux par quatre sur les chevalets. Il avait déjà fait ses marques au crayon de plomb. J'ai retenu les planches pendant qu'il les sciait, et le bran de scie a revolé autour de nous.

Construire le petit abri à trois murs ne nous a pas pris de temps. Alfred avait déjà tout planifié. Il a essuyé son front en souriant, puis il m'a pris par l'épaule et m'a dit : « J'apprécie ton aide, mon homme. »

« Ouais », j'ai répondu.

Il a indiqué d'un signe de tête l'ancienne remise, entourée d'eau. « Tu sais, c'est drôle. C'est ton père qui m'a aidé à la construire, celle-là. Quand yé revenu d'l'armée. »

« Ah ouais ? »

« Yé resté pour un temps, you know. While he figured out what he wanted to do. J'pense qu'y était un peu perdu, t'sé. Comme un cheval dans une tempête. »

J'avais aucune idée à quoi pouvait bien ressembler un cheval dans une tempête, alors j'ai froncé les sourcils. « Quesse tu veux dire ? »

« Y'était peut-être un peu épeuré », a dit Alfred, le regard fuyant. Il a soupiré en secouant la tête. « T'sé qu'y a vu des morts, hein ? Friends killed. »

De plus en plus mal à l'aise, j'ai avalé ma salive et j'ai regardé Alfred. « Qu'est-ce qui s'est passé ? »

« Ché pas exactement, mon gars. Mais ça l'a affecté, c'est clair. Biggest change was his self-discipline. Pis ça, c'était pour le mieux. T'sé y en avait d'la misère avant, hein, keeping that temper in check ! Oh, y essayait. Y essayait. For a while, ç'avait d'l'air comme y arrivait. Mais de temps en temps, tout d'un coup, pang. » Alfred a tapé dans ses mains. « Quetchose l'écœure, pis y jette des coups de poing dans' face d'un gars. » Alfred a sorti un mouchoir de sa poche pour s'essuyer le front. Le soleil chauffait plus fort à présent, et la neige fondait rapidement autour de nous. Malgré ses efforts, p'pa s'emportait, éclatait comme un élastique quand on le poussait – ou tirait – trop loin. L'armée avait réglé ses problèmes de colère et lui avait appris à la maîtriser, mais à quel prix ? Alfred a haussé les épaules et a secoué la tête. « Anyways, là. » Il m'a tapé dans le dos et a pointé du doigt l'ancienne remise. « Tu serais mieux de commencer à charrier le bois avant qu'y parte sur l'eau. »

Alfred est rentré refaire du thé, et moi j'ai commencé à transporter les bûches d'un côté à l'autre du terrain. C'était du frêne, du tremble, du chêne, du pin et de l'érable à Giguère. Le bois était sec, assez léger pour que je puisse transporter une demi-douzaine de bûches dans mes bras. Elles faisaient autour de seize pouces – du bois de cordage régulier. Après quelques allers-retours, le visage en sueur, j'ai ôté mon manteau et l'ai laissé tomber sur le banc. Quand Alfred est arrivé avec une nouvelle théière, il a grogné en le voyant, mais n'a rien dit. Il s'est assis, s'est versé une tasse et m'a regardé transporter le bois.

« Good job, mon homme, il a lancé en prenant une gorgée bruyante. There's more tea icitte. »

En laissant tomber une brassée de bois au sol, j'ai jeté un coup d'œil à Alfred en plissant les yeux. Quelque chose dépassait de son épaule. J'ai levé la main pour me protéger du soleil.

« Quessé que t'as là, Menoncle ? »

« Oh, ça ? » a dit Alfred en se revirant lentement dans sa chaise, puis en balançant un fusil de son épaule.

« C'est ma *grande* carabine ! » Il a souri, attendant visiblement que j'éclate de rire, et devant mon silence, il a sourcillé. « *La grande* », il a répété.

« OK... » Je ne saisissais pas la référence.

« Tabarouette, il a secoué la tête. J'pensais qu'on pourrait avoir un tchi peu d'fun après avoère mouvé l'bois, pis tchirer d'la carabine. »

« Sounds good. » Baissant les yeux, j'ai donné un petit coup de pied à une touffe de gazon qui dépassait de la neige et j'ai avoué que je ne savais pas tirer du fusil.

« Djis-quoé ? »

« P'pa m'a jamais montré. »

« Tabarnak. » Alfred s'est approché de moi et m'a tendu la carabine. « Tchiens. Prends-la. »

J'ai levé le fusil vers mon œil, comme je pensais devoir le faire, mais Alfred a grogné en posant la main sur le canon pour l'abaisser au sol. Il m'a dit de ne jamais lever l'arme à moins d'être prêt à tirer, puis il m'a montré comment regarder dans le viseur en la tenant fermement, et m'a conseillé de respirer avant de tirer. Il m'a expliqué à quoi servaient les différentes composantes, les a nommées une par une, puis m'a indiqué comment les entretenir.

Et ensuite, il m'a appris à tirer.

14 –
UN APPART AU DEUXIÈME À SAINT-BONIFACE

« Oh fuck, oui. Juste là », a gémi Becky. J'ai grogné, chassant une envie irrépressible, et comme un porc fouillant dans l'auge, je l'ai sciée en deux avec ma langue, enfouissant mon nez dans ses poils pubiens. Ses cuisses se sont resserrées sur mes oreilles, et j'ai glissé mes doigts en elle. Agrippant mes cheveux, elle me retenait la tête. On s'était à peine salués que déjà on s'arrachait les vêtements.

Sur le palier d'un deuxième étage surplombant une cour en friche de Saint-Boniface, j'avais frappé à la porte. J'entendais de la musique à l'intérieur, des cuivres qui s'égosillaient, accompagnés de guitares acoustiques et de scies musicales larmoyantes. Une voix hurlait des paroles étranges. Enfin, Becky a ouvert la porte et m'a dévisagé. Sa bouche a formé quelques mots silencieux avant de dire : « What the shit, Rich ? »

« J'ai reçu ton moulinet. »

Et à présent, ma tête était enfouie entre ses jambes, entre ses cuisses refermées en étau. La voix d'homme qui résonnait dans le système de son clamait son amour de Jésus.

« Fuck, fuck, fuck », gémissait Becky. Ses ongles s'enfonçaient dans mon crâne, tordaient mes cheveux à la racine. Inspirant son odeur, emplissant mes narines comme un nageur qui remonte à la surface après avoir passé une éternité sous l'eau, j'étais satisfait, repu. Il y avait quelque chose de serein, d'enivrant dans la familiarité de ses replis – un sentier battu menant de la maison jusqu'au puits que l'on emprunte les yeux fermés, tandis qu'un vent frais nous caresse la peau, fait dresser nos poils et aspire notre souffle. Ça faisait des années que Becky et moi, on était ensemble, même si on s'était déjà laissés plusieurs fois. Quand elle a quitté le village pour déménager en ville, une part de moi était partie avec elle. Même si je lui rendais parfois visite, ce n'était plus tout à fait la même chose. La distance avait non seulement gangréné notre amour, comme des champignons de moisissure envahissent peu à peu une fondation, mais elle avait aussi tempéré et refaçonné cette partie de moi que portait Becky en elle, et qui concordait de moins en moins avec le reste de mon être. Chaque fois que je la revoyais, je ne parvenais pas à concilier la part de moi-même qui était restée à la campagne avec le moi que j'étais auprès d'elle. Mais à présent, tandis que ma langue la conduisait à l'extase, le contact entre nos peaux faisant crépiter des étincelles dans nos esprits, la distance s'effondrait, et toute la chaleur générée par nos corps ressoudait les deux parties de mon être. Je me rendais compte à quel point elle m'avait manqué. Et pas seulement pour notre façon de faire l'amour. Ce qui me manquait, c'était sa présence, sa manière d'être, cette perception si nette de moi-même qu'elle suscitait en moi.

Des larmes se sont mises à couler sur mes joues, et j'ai baissé les yeux des siens à son bas-ventre, où j'ai enfoui mon visage encore plus creux, appuyant mes lèvres contre les siennes. Becky a gémi en tressaillant, puis s'est mise à faire glisser mes pantalons de mes hanches du bout des orteils.

Elle s'est tordue et, faisant basculer les jambes pour me chevaucher, m'a pris dans sa bouche. Sur le tapis taché de vin de son appartement du deuxième, à Saint-Boniface, on se consumait.

Par la suite, couchés sur la petite courtepointe de laine que Becky avait tirée du divan, on contemplait, émerveillés, la nudité de l'autre, comme on examine des cartes anciennes de reliefs autrefois parcourus, les tracés des terres natales qu'on sillonne du bout des doigts. La tête posée sur ses genoux, je la regardais en caressant les cicatrices rouges sur sa peau pâle. Je savais qu'elles remontaient à son enfance quand, en visite dans sa famille sur un ranch d'Interlake, elle pourchassait des cousins plus vieux. En tentant de la semer, ceux-ci avaient sauté une clôture. Becky les avait suivis en courant et s'était emmêlée dans les barbelés. Les dents pointues l'avaient mordue et déchirée à plusieurs endroits ; les médecins l'avaient recousue, et les plaies s'étaient refermées tant bien que mal, mais les cicatrices physiques comme émotionnelles demeuraient.

« Arrête », a dit Becky en plaçant sa main sur la mienne.

« Désolé. » Je me suis relevé pour me rapprocher d'elle. Adossé au divan, je l'ai entourée de mon bras, et elle a laissé tomber sa tête sur mon épaule. On a fixé le vide tous les deux, respirant la sueur et l'épuisement de l'autre. La musique résonnait à tue-tête ; le chanteur criait à moitié une histoire d'avion qui fait pleuvoir des cendres.

Becky s'est mise à trembler, et je l'ai regardée, inquiet, puis j'ai compris qu'elle riait. Elle a levé la tête et m'a regardé.

« Tu te souviens de la première fois qu'on a fait ça? »

« Quoi ? »

« Ça ! » J'ai haussé les épaules. « Tu m'avais dit que tu voulais me faire du Cul-Nuit Lingus, et je pensais que tu voulais me réciter un poème érotique, ou quelque chose du genre, mais avant que je puisse comprendre ce qui se passait, tu m'as baissé les pantalons et t'as glissé ta langue dans ma nouche ! »

« Dans ta quoi ? »

Becky a éclaté de rire à nouveau.

« Ma nouche. C'est une fille dans mon cours d'études autochtones qui m'a appris ce mot-là. Elle vient du nord de la ville, t'sé. » Elle a levé le bras et a fait un vague geste vers le nord. « Saint-Ambroise. Près du lac Manitoba. »

« OK... mais ça veut dire quoi ? »

« Ah ! » Elle a souri. L'air espiègle, elle a glissé la main sur son ventre et a refermé les doigts entre ses jambes. « Ça, c'est ma pinouche. »

« Ah, euh, je... je vois », j'ai bafouillé. Malgré tout ce qu'on venait de faire, son manque d'inhibition m'a fait rougir.

« Et ça, Pichenotte, a ri Becky en attrapant mon pénis. C'est ta pissette. »

« Ah. » J'ai inspiré. « Faque ça... j'ai glissé la main dans ses poils pubiens, insérant mes doigts dans ses replis chauds et humides ... c'est une nouche ? »

Becky a collé la hanche contre moi, resserrant sa main tandis que je gonflais entre ses doigts.

« Et ça, mon muscle pulsait dans sa poigne, c'est une pissette? »

« Ton boutte », elle a dit, en plongeant la langue dans ma bouche, et en faisant glisser la mienne entre ses lèvres comme une cuillère.

Sa main dansait de haut en bas - la voix du chanteur gémissait dans les haut-parleurs.

« C'est... en quelle langue ? » j'ai demandé en plongeant les doigts entre ses jambes pour l'éplucher comme une mandarine.

« Ça... elle a frémi. C'est du mitchif, mon gars. »

•

Becky était métisse du côté de son père, mais elle avait grandi sans trop connaître son histoire. Il venait de quelque part dans le nord, dans l'Interlake, et avait déménagé en ville en quête de travail. C'est là qu'il avait rencontré la mère de Becky, qui avait des origines polonaises, allemandes et françaises, mais parlait seulement l'anglais. Ils ont vécu en ville quelques années, dans les environs de Wolseley. N'en pouvant plus des voisins qui siphonnaient leur essence la nuit, ils ont fini par déménager à la campagne. Les grands-parents de Becky sont morts quand elle était petite, et son père n'avait jamais été proche de ses cousins. Les visites dans le nord se sont taries, à l'exception des mariages et des funérailles. L'incident des barbelés n'a pas aidé. Becky était allée à l'école anglaise et n'avait jamais appris le français. On s'est rencontrés chez Fritz's, où elle était serveuse depuis le secondaire. On n'a pas couché ensemble avant quelques années. J'avais eu quelques fréquentations, rien de sérieux. Au début, c'était la barmaid qui m'intéressait, et j'y retournais essentiellement pour la voir. Mais un soir, Becky nettoyait les tables et s'est mise à me parler. Elle savait que j'étais francophone, et elle essayait d'apprendre quelques mots de français. Au début, c'était simplement pour parler aux clients – la moitié du village était francophone. Elle avait aussi des lointains cousins en

France, du côté de sa mère, et elle pensait aller leur rendre visite un jour.

« C'tu vrai ? » J'ai avalé les dernières gouttes de bière avant de lui tendre ma bouteille vide.

Elle l'a rangée dans le gros bac en plastique qu'elle portait contre la hanche. « Un jour, j'irai. »

Alors j'ai fait ce que je pouvais pour l'aider. Je lui ai appris l'essentiel : tabarnak, câlisse, ostie, sacrament, trou d'cul, enfant d'chienne, suce ma bine, guidoune.

« C'est magnifique, elle a dit. Ça veut dire quoi ? »

J'ai ri, puis je me suis excusé et lui ai appris à prononcer mon nom. Elle adorait le rouler dans sa bouche. « Reee-shaarrd ». Elle avait du mal à rouler ses « r » et ajoutait toujours le « d » à la fin. Je trouvais ça drôle. Elle se donnait tellement de mal.

« T'aimes ça, le "d", hein ? » Je riais, et elle rougissait et me donnait un coup de poing sur l'épaule.

On sortait partager une cigarette pendant ses pauses. Collés pour se tenir au chaud, on se cognait la tête ensemble en grelottant.

« Crisse, y fait frette », je disais, et elle étudiait le mouvement de mes lèvres.

« Frette », elle répétait. Une fois, après que j'ai jeté le mégot, elle a levé la tête et m'a embrassé, et je lui ai enlacé la taille. « J'aime ta langue », elle a dit.

« You love my tongue ? » j'ai ri.

Après un certain temps, je me suis rendu compte que je retournais chez Fritz's non plus pour la barmaid, mais bien pour Becky. Un soir, alors qu'elle s'approchait pour ramasser mes bouteilles vides, je l'ai attrapée par la main et je lui ai avoué que je pensais à elle sans arrêt. Elle a détourné le regard en rougissant, a rangé les bouteilles dans son bac. Puis, au moment de s'éloigner, elle s'est arrêtée et m'a regardé en souriant. Pendant sa pause, on s'est précipités vers la Buick et on s'est frenchés sur la banquette jusqu'à ce que quelqu'un frappe à la vitre pour lui dire que les tables étaient pleines à craquer.

Becky était gentille, brillante et drôle. Elle avait des visions d'avenir que je n'arrivais pas à comprendre – elle voulait voir le monde, visiter des musées et des galeries, rencontrer sa parenté lointaine et des gens d'ailleurs, de n'importe où sauf d'ici, des gens pour qui le bonheur ne se résumait pas à une caisse de douze au bord de la rivière. Mon ignorance l'exaspérait.

« Qu'est-ce que t'as contre les caisses de douze ? »

« Rien, Rich. Mais il doit ben y avoir autre chose, tu penses pas ? »

« Je sais pas trop, j'ai répondu quand elle m'a raconté ses projets de voyage. Ça me semble extravagant. »

« Du sac à dos en Europe, c'est pas extravagant, Rich. »

À son retour au pays, on est devenus un couple. Ceux qui orbitaient autour de nos vies, nos quelques vagues fréquentations, ont disparu dans la brume. Pendant un moment, j'ai cru qu'on était heureux.

•

On s'est débarbouillés après avoir refait l'amour sur le plancher, et pendant qu'on se rhabillait, Becky m'a offert une bière et une cigarette. « Fuck it », j'ai accepté. On a grimpé par la fenêtre pour s'asseoir sur le petit toit au-dessus de la galerie, qui donnait sur la rue. Becky a allumé une cigarette pendant que je décapsulais les deux pale ales.

« Tu t'en viens fancy ! J'ai regardé l'étiquette. Fort Garry, hein ? »

« C'est mieux que la marde que tu bois », a répondu Becky entre deux bouffées.

« Moi, je bois n'importe quoi. »

« C't'en plein ça. »

J'ai pouffé, puis j'ai levé le coude, pris mon élan et, du bout des doigts, envoyé le bouchon dans la rue, où il a rebondi sur l'asphalte, entre deux voitures stationnées.

« Rich, arrête ça. »

Je l'ai regardée en clignant des yeux.

« On est pas à la campagne », elle a ajouté.

« No shit. »

Becky a tapé du doigt sa cigarette, et la cendre a virevolté sur les bardeaux et dans la gouttière. Elle a ramené ses genoux vers la poitrine et les a enlacés de ses bras. Puis elle m'a regardé en sourcillant.

« À quoi tu penses ? » j'ai demandé.

« Je me demande ce que t'as l'intention de faire. »

J'ai secoué la tête. « J'ai rien de prévu. »

« Pas ce soir – je veux dire. J'ai des choses à faire. J'essaie d'écrire un travail. J'ai pas encore le tour, t'sé, pis, ben... elle a pris une bouffée de sa cigarette. C'est fucking chiant. »

« Ah ouais ? » Je me suis redressé. « Ça va comment, l'école ? »

« C'est dur. Je suis tellement plus vieille que les autres. C'est weird. » Elle a pris quelques gorgées de sa bière. « Tu sais que je suis considérée comme une *étudiante mature* ? »

« Immature ? »

« C'est ça. » Elle a secoué la tête. « Non, c'est dur. Mais j'aime ça. »

« C'est sûr que t'aimes ça. » J'ai ri. « Je veux dire, shit. T'es allée en Europe pendant combien de temps ? Pis toute seule à part de d'ça. C'est rien, ça, l'école. Crisse. Moi j'ai jamais quitté le fucking pays. »

« Je t'avais proposé de venir avec moi. »

« Je le sais ».

Becky a tambouriné la bouteille de ses ongles, un petit rythme nerveux, puis m'a regardé. « Pourquoi t'es pas venu ? »

J'aurais pu lui dire que je n'avais pas les moyens, mais à l'époque, je gagnais plutôt bien ma vie. J'aurais pu me payer un voyage si je ne buvais pas et ne fumais pas toute ma paie. La vérité, c'était que l'idée de quitter le pays me paralysait. Pour toute réponse, je l'ai regardée en haussant les épaules.

Becky a pris une gorgée en balayant la rue du regard. « Il est où, ton char ? »

« À la maison. » Je lui ai raconté pour Alfred, comment j'avais passé la matinée à chercher mon père pour lui annoncer son AVC. Comment j'ai failli me faire tuer deux fois. Le camion. L'arbre. Le trajet avec mes parents.

« Mon Dieu », a dit Becky. Elle a pris ma tête entre ses mains et a écarté mes cheveux pour examiner la plaie que ma mère avait nettoyée. « J'avais même pas remarqué. »

« Ben, à ta défense, c'est pas tout à fait là que tu regardais. »

Becky a pouffé de rire en relâchant ma tête. « Sont à l'hôpital, là ? »

« Peut-être. »

« Et toi, t'étais ici, en train de faire... ça ? » Elle a pointé la fenêtre de sa chambre par-dessus son épaule.

« Alfred est dans un coma. Mes parents doivent être chez Chicken Chef en ce moment. »

« Crisse, Rich. »

Je l'ai prise par la main. « Écoute, Becks. »

Elle s'est retournée et m'a dévisagé.

« Fallait que je te voie. Je veux dire. J'ai reçu ton moulinet à matin, pis quand j'ai vu Alfred, tout s'est mis à tourner, c'était genre... y avait plus rien qui allait. Tu vois ce que je veux dire ? »

Elle a soupiré, a retiré sa main et a passé son bras autour de mon épaule.

•

Quand Becky est partie pour la ville, elle m'a demandé de l'aider à déménager. On a empaqueté ses choses dans des boîtes en carton et des valises, et on les a empilées dans le coffre de la fourgonnette de son père. On a entassé sa commode, sa base de lit, son bureau et ses tables de chevet, comme dans un jeu de Tetris. Puis on a fixé son matelas sur le dessus, avec des câbles élastiques et de la corde jaune fluo. J'ai pris quelques objets dans ma Buick - un sac poubelle de vêtements, une guitare acoustique, des caisses de lait pleines de livres, et j'ai suivi son père sur l'autoroute. Le matelas branlait dans le vent comme un bardeau mal fixé sur un toit. L'un des câbles élastiques s'est rompu, et le matelas s'est élevé de plus belle. Le vent s'est mis à le dégager des autres attaches qui le retenaient, et en imaginant le carambolage qu'il causerait en revolant sur l'autoroute, j'ai accéléré jusqu'à me retrouver à côté de la fourgonnette et j'ai klaxonné. Le père de Becky s'est tourné vers moi et j'ai pointé son coffre. Il a freiné sec et s'est immédiatement rangé sur l'accotement.

« Bien vu, Rich », il m'a lancé quand, une fois garé, je me suis approché pour leur filer un coup de main. Il m'a montré l'embout effiloché de la sangle. « J'en ai jamais vu une péter de même. »

Becky a passé la corde dans un anneau soudé au coffre, puis l'a lancée à son père par-dessus le matelas. Il l'a passée dans le deuxième anneau et me l'a balancée pour que je l'attache à l'arrière. Becky est venue me planter un bec mouillé sur la joue. Puis on est entrés en ville sans autres embûches, et on a transporté ses affaires dans l'appartement. On est restés là un moment, à se partager une pizza et quelques bières, puis son père est parti, et Becky et moi, on s'est couchés sur le matelas pour fumer un joint. Elle a ouvert la fenêtre, et on soufflait la fumée dans l'épaisse canopée d'ormes. Je lui ai demandé pourquoi elle avait décidé de s'installer à Saint-Boniface alors qu'elle irait à l'Université du Manitoba, à l'autre bout de la ville.

« T'es même pas du bon côté de la rivière. »

Becky a haussé les épaules. « Ça me rappelle chez nous. »

« Comment ça ? »

« La moitié des gens sont des francophones qui parlent plus français. » Elle a souri, mais j'ai sourcillé. Elle a éclaté de rire et a secoué la tête. « Mais non, je te niaise. » Elle a contemplé le feuillage qui recouvrait la cour. « Non, c'est juste qu'il y a quelque chose que j'aime, ici. Genre, c'est là que tout a commencé. Ou en tout cas, que tout s'est rassemblé. » Elle a haussé les épaules, et je l'ai dévisagée. Je ne savais pas ce qu'elle voulait dire. « C'est plein d'histoire, ici, Rich. J'aime ça. Et en plus... » Elle a souri soudainement. « Le proprio, c'est mon cousin Jeremy, il me loue l'étage pas cher. »

« Ah, le chat sort du sac ! » j'ai ri. Et je l'ai tirée vers moi.

•

Depuis son déménagement, j'étais passé la voir à l'occasion, mais mes visites se sont espacées de plus en plus, jusqu'à ce que de longues semaines, puis de longs mois s'écoulent sans qu'on se voie. Pendant l'une de mes visites, il y avait du monde chez elle, des étudiants de l'un de ses cours, et ils préparaient ensemble une sorte de panneau explicatif sur des traités territoriaux ou une affaire du genre, et j'étais resté assis dans un coin, mal à l'aise, à rouler un joint que tous, même Becky, avaient refusé de sortir fumer avec moi.

Quand je suis revenu, les yeux rouges et tombants, Becky a annoncé à ses amis que j'étais métis, moi aussi. Ils ont tous levé la tête, comme s'ils attendaient que je dise quelque chose, mais j'ai grogné et je me suis esquivé dans la cuisine pour prendre une bière dans le frigo, puis je suis ressorti sur le toit pour les laisser travailler tranquilles.

Une fois ses amis partis, Becky m'a rejoint et s'est assise près de moi.

« C'était quoi, ça ? » elle a demandé.

« Quoi ? »

« Ça. »

« Tu veux dire comment tu m'as pris de court ? »

« Pris de court ? Je pensais juste que t'aurais quelque chose à dire là-dessus. Genre partager une histoire sur ta famille ou... »

« C'est pas de leurs crisses d'affaires, Becks », j'ai rétorqué sèchement. Becky a cligné des yeux et s'est écartée. La vérité, c'est que je ne savais pas quoi leur dire. Je n'avais pas d'histoire à raconter. Seulement des lambeaux de vérités et de rumeurs. Comme les photos d'armée de p'pa. Des fragments sans récit. Monique en savait plus que moi sur notre histoire familiale – c'était elle qui me poussait à aller chercher ma carte. Alfred avait quelques anecdotes, mais je ne savais pas ce qui en faisait des histoires métisses. Où était donc la frontière entre les francophones et les Métis, qui avaient grandi ensemble, voisins, qui s'étaient mariés, et dont les familles se sont enchevêtrées, au fil des années, comme les fils d'une fucking ceinture fléchée ? Je n'avais pas envie de commencer à démêler tout ça devant des inconnus dans un appartement du deuxième, à Saint-Boniface. J'ai regardé Becky. « Pourquoi tu leur racontes pas ton histoire à toi ? »

Elle a soupiré, tordant lentement ses cheveux couleur soleil entre ses doigts. « Je l'ai fait. Je pense qu'ils m'ont pas crue. »

•

Des wagons de train ont défilé. Leur ferraillement résonnait dans la rue et se réverbérait sur les murs de la maison. J'ai regardé en direction du pont Provencher, mais je ne le voyais pas.

« Savais-tu que la rue Des Meurons a été nommée en l'honneur de mercenaires suisses ? »

« T'écris encore un travail d'histoire ? »

Becky a haussé les épaules. J'allais prendre une gorgée, mais je me suis rendu compte que la bouteille était vide, et je me suis retenu pour ne pas la balancer dans la rue. Je me suis mis à arracher l'étiquette, roulant des morceaux de papier entre le pouce et l'index, puis envoyant les petites boules dans la cour.

« Monique dit que l'armée est en ville, pour un entraînement ou j'sais pas trop quoi. »

« Ouais. C'est fucké. L'autre jour, j'en ai vu une gang devant l'ancien bureau de poste, accroupis contre le mur comme s'ils se faisaient tirer dessus, genre, pis ils pointaient leurs maudits fusils dans la rue. Y en avait un qui était couché à terre, pis il gémissait comme si y avait vraiment reçu une balle. Fucking weird, j'te dis. »

« T'as pas quelque chose de plus fort ? » Je lui ai montré ma bouteille vide.

Becky m'a jeté un coup d'œil puis a disparu par la fenêtre. Elle a ressurgi un instant plus tard avec une bouteille de Jack et un joint derrière l'oreille.

« Tiens. Prends-le. J'en veux pas, moi. »

« T'as du travail à faire. » J'ai pris la bouteille de whisky, dévissé le couvercle et pris une bonne lampée.

« C'est ça. »

J'ai essuyé mes lèvres. « Je veux pas t'en empêcher. »

« Ben, c'est dur de travailler quand t'es assis là. »

« Bon, j'imagine que t'es trop occupée pour me voir. »

« Fais pas ça. Pas maintenant. »

« Je t'ai rien demandé, Becks. Mais avec menoncle, pis... »

« Essaie pas de mettre ça sur lui, a brusquement rétorqué Becky, et j'ai eu un mouvement de recul. C'est de toi qu'on parle. Je... je peux juste pas. »

« Quesse tu veux dire ? »

Becky a fixé un moment les bardeaux entre ses genoux, puis a levé les yeux vers moi. « J'en reviens pas que tu me forces à le dire. Fuck's sake, Rich. J'en peux plus d'avoir le cul entre deux chaises. »

J'ai attrapé la bouteille de Jack et j'ai pris une grosse rasade.

« Quand tu t'es pointé pis que tu m'as parlé du moulinet – fuck, ça fait tellement longtemps, ça – j'ai pensé que ça voulait dire que t'avais enfin décidé de venir. Mais non. Tu fais juste passer, pis tu repars, c'est ça ? Non. Tu peux pas juste aller et venir quand ça te tente, plus maintenant – attends. » Je commençais à bafouiller, et elle a levé la main pour m'arrêter. « Laisse-moi finir. Je veux plus que ça. J'ai besoin de plus, Rich. Y est passé où, le gars que j'ai rencontré chez Fritz's ? Celui qui était toujours partant pour n'importe quoi, hein ? Je veux plus pour toi ! Faque, soit t'embarques ou... » Elle s'est raclé la gorge, où ses mots s'étaient coincés.

« Je... » J'ai serré les paupières et combattu une vague de chaleur sombre. « Tu veux te marier ou quoi ? »

Becky a froncé les sourcils. « Tu me demandes vraiment ça ? »

« Ben... je sais pas. Je veux pas dire là maintenant, Becks. Genre, peut-être un jour. »

« Faque peut-être un jour. »

J'ai hoché la tête.

« Et toi ? » elle m'a relancé.

J'ai pris une autre rasade, et Becky a grogné.

« Je vois. »

« J'ai rien dit. »

« T'avais pas besoin de rien dire, Rich. » Elle a laissé tomber son regard sur les bardeaux.

Je me suis glissé vers elle et j'ai tenté de mettre mon bras autour de ses épaules, mais elle les a haussées pour se dégager, puis a levé les yeux – même dans la pénombre, je voyais qu'ils étaient rouges et mouillés – et a fait un signe du menton vers la rue.

« Je pense que tu devrais y aller, Rich. »

15 –
QUAND LES EAUX SE SONT DÉCHAÎNÉES

Tandis que je m'éloignais de chez Becky, mes pensées tourbillonnaient comme des remous. J'ai dévalé la pente douce, quasi imperceptible, vers la rivière. La cathédrale s'élevait à ma gauche. Ses vieux murs de calcaire jaune, noircis par les flammes, luisaient au crépuscule. Je m'y suis senti attiré comme un papillon de nuit. J'ai gravi les marches vers le parvis et j'ai contemplé le cimetière qui s'étirait au-devant, vers Taché. La tombe de Riel était là, entourée d'un petit parapet de pierre. Il y avait aussi celles de Lépine et de Provencher. Un jour, Alfred m'a raconté qu'au moment de l'inondation de 1950, c'était le cimetière qui avait sauvé la ville. Les digues autour du vieux Saint-Boniface étaient trop basses pour contenir les crues record de ce printemps-là, et tandis que l'eau montait, les digues s'affaissaient, laissant percoler l'eau, menaçant à tout moment de céder. Enfin, alors que la rivière avait atteint le sommet de la digue sans aucun signe d'accalmie, les hommes qui la retenaient sont allés demander l'aide du cardinal. Il leur fallait de la terre. Au début, il a refusé, craignant de profaner le cimetière, mais quand on lui a expliqué que si la digue cédait, la rivière décimerait non seulement le cimetière, mais son église aussi, il a obtempéré. Les hommes, des réservistes et des bénévoles, tous épuisés et barbouillés de boue, ont vite retiré les pierres tombales et les ont empilées contre le mur de la cathédrale, puis ils ont prélevé deux pieds de terre, qu'ils ont charriée sur la digue. Celle-ci suintait, mais a tenu bon. Par la suite, une fois la pointe de crue atteinte, les hommes ont demandé à voir les plans du cimetière pour replacer les pierres tombales, mais le cardinal a avoué qu'il n'y en avait pas. Les pierres ont donc été replacées de mémoire.

•

« C'est pour ça que Lépine a deux pierres tombales », m'avait expliqué Alfred. On était assis autour d'un petit feu qu'il avait allumé après le souper. On sentait la sueur et la boue et la fumée de tir, et je tenais une bière OV que mon grand-oncle m'avait tendue en disant que je l'avais méritée, mais de ne pas le dire à mon père. Je la sirotais tranquillement en l'écoutant me raconter l'histoire. Après le retrait des eaux, une fois que les hommes avaient replacé les pierres tombales, il n'en restait plus qu'une : celle d'Ambroise-Dydime Lépine. Personne ne se souvenait où il avait été enterré. Quelqu'un a suggéré qu'il soit déposé près de Riel, car il avait été son bras droit pendant la résistance. Des années plus tard, la famille de Lépine est revenue et a discrètement placé une pierre modeste sur sa véritable sépulture.

Alfred a ajouté une bûche, et le feu a crépité, et les braises ont tourbillonné dans le ciel noir. Le craquètement du bois n'enterrait pas tout à fait le clapotis de l'eau dans la forêt. Alfred a tiré sa pipe de son épaisse veste en flanelle rouge. Il l'a bourrée en sortant une blague à tabac de sa poche, puis l'a portée à ses lèvres et l'a allumée. Il a tiré plusieurs fois sur la tige, inspirant en de petits coups rapides qui faisaient sautiller ses joues pour que le tabac s'embrase. Enfin, de grandes trombes de fumée ont reflué de ses narines.

J'ai pris une gorgée de bière et je me suis raclé la gorge. « T'sé, Monique, a dirait que la pire flood est v'nue de l'est. »

Des ombres ont dansé sur le visage d'Alfred, creusant ses joues.

« Comment ça ? »

Imitant la voix basse de Monique, celle qu'elle prend quand elle veut semer la pagaille, j'ai dit : « Les Anglais ! »

Alfred a hoché la tête et s'est retourné vers le feu. En m'enfonçant dans ma chaise, j'ai pris une rasade de bière. Mes joues et mes oreilles chauffaient. Puis j'ai entendu Alfred ricaner. « Ça c't'une bonne. Elle a du feu, Monique. J'te bet qu'elle aurait fouetté Mair, elle itou. »

« Hein ? »

Tirant sur sa pipe, Alfred a tourné la tête vers moi. « Quand Annie Bannatyne a fouetté Charles Mair ? Non ? Sacrament, quessé qu'y t'apprennent à l'école ? »

•

Le parvis de la cathédrale luisait sous les projecteurs, dont les rayons couleur pisse s'écoulaient sur les ruines de calcaire. Je suis resté là un moment, adossé contre un cadre de porte, à fixer le ciel là où il y avait jadis un plafond. Les étoiles transperçaient les minces filets de nuages comme des pointes d'aiguilles. Le vent sifflait dans les fenêtres étroites au-dessus des ruines. J'entendais un char d'assaut rouler dans la rue, le crissement de ses engrenages, la morsure de sa chenille sur l'asphalte. Les cris des soldats. En me protégeant du vent dans un coin, là où s'était déjà dressée une tour, j'ai allumé le joint que m'avait donné Becky et j'ai rempli mes poumons de fumée. En expirant, j'ai suivi les volutes qui se hissaient vers le ciel, tourbillonnant au gré des courants d'air comme dans une cheminée. À cet endroit, on sentait le poids du passé s'insinuer dans le présent. Je me suis mis à marcher, et mes pas résonnaient sur les pavés. Chacun semblait exiger un effort, comme si des tendons et des nerfs germaient sur la plante de mes pieds et m'enracinaient au sol, comme si chaque fois que je levais le pied, j'arrachais des rhizomes. Le vent s'est levé, sifflant dans les brèches entre les pierres. Le bourdonnement des fantômes se mêlait à celui des fils électriques qui serpentaient sous mes pieds, alimentant les faisceaux lumineux. Un confluent de passé et de présent, lieu de rencontre entre les rivières, là où les courants s'enroulent les uns dans les autres. Peu importe si on croit ou non au bon Dieu, c'est un lieu où les vies se rassemblent dans un commun repos. Une fois dépassé l'arche, je me suis assis sur les marches donnant sur le cimetière, la rivière et la ville de l'autre côté. Mes pensées s'éparpillaient comme une horde de bétail au son d'un coup de fusil, et je m'émerveillais devant toute cette persistance. Comment les digues avaient-elles tenu ? Avait-on trop perdu pour pouvoir reconstruire ? La langue suffisait-elle à la tâche ?

J'entendais l'écho des paroles de Becky : cet endroit était plein d'histoire.

•

La douleur a descendu le long de ma jambe, les flammes ont léché mes orteils, cisaillant mes pensées. Le temps d'un instant, j'ai vu la population rassemblée sur la route, en détresse, gravir le pont Provencher. Me fondant dans la foule, je sentais presque l'ardeur du brasier qui florissait dans le ciel obscurci par d'épais nuages noirs. On a eu un mouvement de recul devant les vagues de chaleur qui nous assaillaient. Les sanglots.

Le fracas de la grande rosace, la pluie de verre qui éclatait sur les pierres. Les sanglots, le gong ultime, déformé, tandis que s'écrasaient les cloches, et puis la foule a laissé place à des hommes creusant le cimetière à la pelle, tandis que la rivière, derrière eux, déferlait vers le nord. Puis, un bruit de percussion a atteint mes oreilles et m'a tiré de ma rêverie. J'ai aperçu un hélicoptère survoler l'autre rive, et je l'ai fixé, le joint ballant entre mes doigts.

L'hélicoptère a dérivé, virant vers le nord, puis a longé la rivière. J'ai envoyé mon mégot sur les pavés et me suis relevé, dévalant les marches et coupant rapidement par le cimetière vers Taché, où je me suis retourné pour regarder de l'autre bord de Provencher. L'hélicoptère planait à droite du boulevard, et le projecteur qu'il braquait au sol balayait la rive. Combien de fois l'armée avait-elle débarqué en ville ? Les eaux ne la menaçaient plus, à présent, et pourtant, les militaires étaient de retour. Ils s'entraînaient pour la guerre. Je sentais la rage de ma sœur, son indignation irradier depuis l'hôpital. Les mots d'Alfred flottaient à la surface de mon esprit : faut que tu les watches.

Qui ça ?

Les Anglais.

•

« La première fois que l'armée est arrivée, ce n'était pas pour prêter main-forte », lisait Becky. Elle était assise dans son lit, son travail de fin de session à la main. Couché sur le flanc, j'ai caressé sa cuisse d'un doigt. Elle a repoussé ma main en fronçant les sourcils. « Écoute. Qu'est-ce que t'en penses ? » Sa voix s'est faite sérieuse. « Peu après que les Métis ont accepté d'intégrer le Canada pour former la province du Manitoba, le Canada a envoyé l'armée pour se venger d'un peuple qui avait osé résister à ses visées impérialistes, qui avait tout simplement refusé de se faire exproprier. Ne cherchant qu'à se battre... Rich, arrête ça », elle m'a lancé alors que je passais mon doigt sur sa hanche, là où sa culotte mordait fermement dans sa peau. « Ne cherchant qu'à se battre, les forces volontaires de l'expédition de la rivière Rouge ont assailli, violé et assassiné des Autochtones partout dans la vallée. Ils ont fusillé les chevaux et le bétail. Brûlé des granges et des maisons. Des gens d'aussi loin que Toronto, Montréal et New York ont appelé cela le "règne de la terreur"... » Alors que Becky lisait, je fumais une cigarette après l'autre, l'écoutant du mieux que je le pouvais. Mes doigts tremblaient d'une énergie tendue, comme un poing prêt à frapper, et je me concentrais sur les trombes de fumée qui emplissaient la pièce. À travers le nuage vaporeux, je devinais la silhouette nue de Becky, dont la voix s'éloignait à mesure que mes pensées s'insinuaient dans les interstices qui nous séparaient. Elle s'est arrêtée et a pris une grande inspiration sans quitter des yeux ses pages. L'air était lourd, écrasant. Je fixais le plafond, et elle m'a jeté un coup d'œil. « Pis, t'en penses quoi ? »

Au bord du feu, Alfred énumérait les horreurs, les mains tremblantes. Je l'écoutais en silence, la bouteille vide d'OV serrée entre les mains, m'enfonçant toujours plus profondément dans la chaise. Alfred s'est raclé la gorge puis a craché par terre. « Connais-tu l'histwayr d'Elzéar Goulet ? »

J'ai secoué la tête à contrecœur. Je ne l'avais jamais entendue. Le peu que j'en avais appris à l'école était de la bouse de vache : quelque chose qu'on avait laissé tomber puis oublié et qui n'attirait que des mouches. Alfred s'est penché vers l'avant – les flammes découpaient des traits durs sur son visage – et s'est mis à parler.

« Elzéar Goulet, y était mitchif. »

Un facteur de Pembina qui avait servi sous Riel. Le bras droit de Lépine. Cet automne-là, « après qu'lii anglais took over the fort », quand Goulet s'est aventuré dans un saloon à Winnipeg, il s'est retrouvé avec des ennuis.

« Y a trouvé un paquet d'orangistes. Quelqu'un l'a reconnu, pis y ont djit qu'y avait condamné Scott à mort. »

Démasqué, Goulet a pris la fuite. Il a couru vers la rivière, et les orangistes ont passé un par un la porte de la taverne pour le suivre à la trace. Ils l'ont pourchassé vers la berge, et il s'est jeté dans la Rouge. Espérant se rendre à Saint-Boniface, il s'est mis à nager vers la rive est, mais tous ces volontaires ontariens lui ont lancé des pierres, et l'une d'entre elles l'a atteint à la tête. Il a perdu connaissance et a disparu sous les flots.

« Pis y'é noyé. »

Fixant les braises dans le ventre du feu, j'ai tenté de faire abstraction de la flamme qui se gonflait dans mon ventre, serpentait dans mes tripes et s'enroulait autour de mon cœur comme un boa constricteur. Je ne comprenais pas cette haine, et je ne parvenais pas à m'imaginer ce qui pouvait pousser quelqu'un à lancer des pierres à un homme qui s'était jeté à l'eau. Cette sensation âcre, pourrie, bouillonnait en moi, nourrissant des germes de vengeance, et la sueur a surgi de mes pores, mais j'ai ravalé le soulèvement. La gorge sèche et la langue molle et pesante, j'ai jeté un œil à Alfred.

« Comment tu sais tout ça, Menoncle ? »

Alfred a haussé les épaules. « J'écoute, j'lis. »

•

Trébuchant sur les pavés, j'ai agrippé la clôture de fer forgé et me suis vidé l'estomac. Un mélange chaud de bière et de whiskey m'a éclaboussé les pieds. J'ai gémi, puis j'ai fermé les yeux pour me concentrer sur les sons environnants. L'aiguillage de la voie ferrée comme une salve d'artillerie, une chute de dominos, un cataclop de sabots, le fracas d'une charrette, un crissement de roues. J'ai titubé sur Taché et j'ai dévalé les marches vers le petit quai sur la rivière, là où les gens lancent parfois des leurres dans la Rouge. Je me suis tenu au bord de l'eau en vacillant. Une brume s'élevait, faisant disparaître l'autre rive. Plus haut, des réverbères clignotaient comme des flambeaux. Des faisceaux lumineux transperçaient le brouillard et la fumée, baignaient les murs de pierre du fort de leurs teintes ambrées. Des hommes à dos de cheval, carabines à la main, criaient en dirigeant la foule vers les portes comme on déplace du bétail. Les gens traversaient péniblement les bancs de neige sous l'œil vigilant des cavaliers, levant les bras pour se protéger la tête contre la neige et le vent qui les fouettaient. L'un des hommes criait des obscénités, des mots colériques, haineux, dont le sens se perdait dans le lointain. Des mousquets et des carabines à l'ancienne tiraient sur les murs, et un canon a tonné, son grondement se réverbérant sur la surface de l'eau. Des charrettes roulaient bruyamment sur Main Street, au lieu des semi-remorques, vers Portage, où les édifices avaient subitement été rasés. La gare Union s'était éclipsée. Les ponts s'étaient volatilisés en un clin d'œil – celui de la rue Marion, le pont Provencher – et ont été remplacés par des barges flottantes et des câbles qui se balançaient dans le faible courant. Trois-cents hommes ont traversé vers le fort à bord de navires. Puis le fort de pierre a aussi disparu, et de lourds murs de bois ont poussé comme des peupliers sur la berge, là où l'Assiniboine se déverse dans la Rouge. Jetant un œil par-dessus mon épaule vers la coquille vide de cet endroit où mon arrière-grand-mère avait été baptisée, longtemps avant que le feu ne ravage les murs et ne décime les bancs et les combles, avant que les cloches ne s'écrasent, sonnant le glas du français au Manitoba, j'ai vu non pas des ruines mais, l'espace d'un instant, un feu jaillir et se consumer, puis les deux flèches de la cathédrale se dresser fièrement.

Un cheval tirant une charrette grinçante m'a dépassé, et le charretier m'a salué en levant le bonnet. Tandis qu'il s'éloignait, j'ai vu que la cathédrale n'était plus qu'une petite église en bois équarri à la main. Je me suis retourné pour regarder l'autre rive et n'y ai vu qu'un village. Le vent portait des cris sur la surface de l'eau. *Le commerce est libre !* Des bribes d'airs de violoneux. Un martèlement de pieds battant la cadence sur un plancher craquant. *Vous aurez beau bal !* Le hennissement d'un cheval dans un bruit de moteur, le tir d'un mousquet dans la pétarade d'une voiture. *You damned rascal, you have destroyed our fort!* Encore du feu. L'inondation. La fumée des mousquets qui virevolte dans les palissades. Des grands-mères cueillant des plantes médicinales sur la berge.

J'ai craché les dernières gouttes de whiskey chaud qui me restaient en bouche et me suis essuyé les lèvres.

Le mirage a scintillé, les tours et le pont luisant un instant comme une tache blanche qui persiste derrière les paupières après qu'on a fixé le soleil. Des forts et des tipis et des cabanes et des taxis. Puis, comme le grondement d'un train entrant en gare, les voix sont revenues, fébriles, urgentes, criardes, et sur l'autre rive j'ai vu un homme courir vers l'eau, et d'autres à ses trousses.

« Connais-tu l'histwayr d'Elzéar Goulet ? »

Alfred a tapé sa pipe contre le quai, et des cendres ont été emportées par le courant vers le nord, en direction du lac. Il a porté sa pipe à ses lèvres et fait un geste vers l'autre rive, au loin. « Faut que tu les watches. » L'homme poursuivi sur l'autre rive criait, mais je ne distinguais pas ses paroles. Il a sauté dans la rivière, et j'ai titubé vers l'arrière, comprenant soudainement qui c'était, ce qu'il tentait de faire. Je me suis élancé pour tenter de le guider. J'ai couru en trébuchant contre des roches et des arbres invisibles qui poussaient et disparaissaient en un clin d'œil devant moi. Des voix papotaient au-dessus de ma tête, sur ce pont clignotant, un mélange subtil de français et d'anglais et d'autre chose encore, une langue à la fois familière et inconnue qui s'élevait du sol comme les herbes au printemps, celles qui sustentent les animaux qui nous nourrissent à notre tour – un peu de La Broquerie dans l'intonation, un peu de Notre-Dame dans les voyelles, une note de Saint-Laurent sur la langue. J'ai à nouveau jeté un œil aux hommes sur l'autre rive. Des pierres fusaient de leurs mains, s'écrasant à quelques pouces du nageur. Je me suis précipité en dérapant dans la boue le long de la rive, tendant le bras vers lui, mais il était trop loin, et puis tout d'un coup il a disparu, et tandis que je sondais la Rouge du regard, j'ai vu les hommes de l'autre côté s'essuyer les mains et se taper dans le dos. Alfred est réapparu et a mis la main sur mon épaule.

« C'est fini, mon gars. »

« Il était là y a deux secondes. » Les ponts ont réapparu peu à peu, de plus en plus opaques, et les tours sur l'autre rive ont poussé au-dessus des murs de pierre en ruine. Je me suis tourné vers Alfred, mais il avait disparu lui aussi. Je me suis laissé tomber sur une bûche grise polie par la rivière et j'ai éclaté en sanglots.

J'ai entendu à nouveau le boucan rythmique de l'hélicoptère, que j'ai suivi des yeux tandis qu'il faisait ses rondes. Il planait au-dessus de la rue, non loin de la berge. Je me suis relevé et, traversant une haie de buissons, je suis ressorti dans la rue pas très loin du Canot. Mon cœur s'est serré à la vue de ce vieux bar où Monique m'avait déjà emmené danser. Là où j'avais vomi sur une femme et où je m'étais fait jeter dehors. J'étais resté couché sur une table de pique-nique devant l'entrée, dans la neige, pendant ce qui m'a semblé être des heures, en attendant que Monique remarque mon absence et me ramène à la maison. Le bar était placardé depuis peu, sur le point d'être démoli, et j'étais soulagé de savoir qu'il n'existerait plus. Il était clôturé, enguirlandé de barbelés, et fortifié par des sacs de sable. Il servait d'avant-poste. Des soldats se tenaient sur le toit et scrutaient la ville à travers des jumelles. D'autres gardaient la porte, le fusil derrière l'épaule. Des hommes et des femmes vêtus de vestes bigarrées avaient encerclé le bar et criaient : « Army, go home ! »

J'ai entendu des bruits de pas, des bottes qui martelaient l'asphalte craquelé. Je me suis retourné et j'ai vu un groupe de soldats prendre le virage de Dumoulin vers Taché, à la marche, à la course, en saute-mouton, et s'élancer dans l'ombre, leurs fusils aux embouts orange dressés dans les airs, prêts à tirer. Quelques-uns étaient accroupis derrière une boîte de transformateur électrique et semblaient scruter les fenêtres en quête de tireurs d'élite, tandis que leurs camarades s'avançaient devant eux. Tournant le coin à leur suite, un blindé menaçant grondait en crachant sa fumée de diesel. Les soldats l'ont entouré pour l'escorter et se sont avancés, l'air méfiant, vers le vieux bar. L'hélicoptère poursuivait ses rondes, son projecteur tranchant la nuit, balayant la rivière, la berge, la rue, et je suis resté là un instant, dans le faisceau aveuglant de sa mire. Quelques soldats m'ont aperçu et m'ont instinctivement mis en joue, et j'ai reculé en leur montrant mes mains vides. Ils ont paru comprendre que je n'étais pas censé être là, et ils ont haussé les épaules avant de se dépêcher à rejoindre le blindé.

« Fuck me », j'ai croassé, tandis que les derniers soldats disparaissaient dans le camp de fortune et que les portes se refermaient en grinçant. Je me suis détourné vers l'hôpital et j'ai vu un policier appuyé contre le capot d'une autopatrouille, les bras croisés. Il observait le bar, les soldats sur le toit, puis a sursauté en m'apercevant :

« Heille, toi. »

Je me suis retourné à contrecœur. Il a levé sa lampe de poche, épinglant mon ombre contre une affiche qui s'élevait derrière moi et sur laquelle on pouvait lire : « Futur site du parc commémoratif Elzéar Goulet Commemorative Park ».

« Qu'est-ce tu fais là ? »

« Rien. » J'ai grimacé en m'entendant prononcer ce mot. Le policier s'est redressé, balayant sa lampe de poche sur moi avant de s'arrêter sur mes pieds : mouillés, boueux et éclaboussés de vomi.

« Viens ici. Ta pièce d'identité. »

J'ai traversé la rue en traînant les pieds et j'ai sorti mon portefeuille. J'en ai tiré mon permis de conduire et le lui ai tendu. Il l'a pris et l'a embroché de sa lampe de poche, qu'il a pointée dans mes yeux.

« Qu'est-ce tu fais là, Ritchard ? »

« Richard, j'ai prononcé. C'est un nom français. »

Il a scruté mon visage. « T'es francophone ? »

« Ouaip. » Et métis, j'ai pensé, mais j'ai tenu ma langue.

« Je t'ai déjà vu quelque part, Ritchard. »

« Quoi ? Non, je pense pas. »

Le policier a tambouriné mon permis de conduire contre sa lampe de poche. « C'est quoi, c't'odeur-là ? »

J'ai regardé autour de moi en haussant les épaules. « La rivière ? »

« Est-ce que t'as bu, Ritchard ? »

« Ah, ouais. J'ai bu une couple de bières chez ma blonde. Elle m'a parlé des soldats icitte. Je voulais jeter un œil... »

« Elle est où, ta blonde ? »

J'ai envoyé le pouce derrière mon épaule. « Chez elle, sur Des Meurons. Elle fait un travail pour un cours. »

« T'avais pas vu la pancarte ? »

J'ai jeté un œil vers la rue, puis j'ai secoué la tête. « J'ai longé la rivière. »

Le policier m'a dévisagé, s'attardant sur ma peau pâle. Après un moment, il m'a rendu mon permis. « OK, Ritchard. L'armée nous a demandé d'écarter les gens, alors je vais te demander de circuler. »

Le cœur en bataille, je me suis dirigé vers le sud sur Taché. Une chaleur insoutenable me pinçait les oreilles et la nuque, s'infiltrait dans mes pores et s'écoulait dans mon sang – une grande et lourde honte – comme si j'avais échoué à un test que je n'avais pas vu venir et dont je ne saisissais pas la teneur. J'ai serré la mâchoire et me suis avancé docilement dans la rue.

Quand je suis sorti de l'ascenseur en titubant, p'pa était assis à l'extérieur de la chambre d'Alfred. Il m'a fixé sans me voir de ses yeux rouges et mouillés. Les joues creuses, il a serré les lèvres en hochant la tête.

« Alfred y est mort. »

« Je sais », j'ai dit. P'pa s'est levé de sa chaise et on s'est serrés dans nos bras. Je l'avais senti, au bord de la rivière, le départ d'Alfred. Mais si les mots m'ont frappé comme une roche, je n'ai pas flanché. Je tenais bon et soutenais mon père secoué de sanglots. Après un moment, il a reculé en s'essuyant les yeux, s'est raclé la gorge et m'a pointé la porte.

« Ça fait une demi-heure, là. »

« Elle est où, m'man ? »

Mon père a froncé les sourcils. Il a balayé le couloir du regard. « A' pogné une ride avec Roger. »

« Tu m'as attendu ? »

P'pa a froncé les sourcils à nouveau, a tourné vers moi ses yeux rouges en secouant la tête. « Non. Chu resté parce qu'on laisse pas qué'qu'un mourir tout seul. »

Je devinais un fond de déception dans ses paroles, une accusation souterraine d'abandon, une question doublée d'un reproche – t'étais où ? –, mais j'ai lu aussi dans ses yeux un profond soulagement de me voir là. Je lui raconterais par la suite ce que j'avais vu, lui dirais qu'Alfred était assis avec moi au bord de la rivière, mais pour le moment, j'ai laissé ses mots résonner dans mes oreilles. On ne laisse pas quelqu'un mourir tout seul.

D’LA LIGNE À FAUCHER À LA POCHE AUX LIÈVRES

16 –
LA RÉSURRECTION DE CHAINS

Le hurlement aigu d'une scie circulaire grugeant le bois m'a tiré du sommeil comateux que j'avais enfin trouvé au petit matin. Le son se réverbérait comme les cris d'une banshee errant dans la forêt et a hanté ma démarche titubante de la chambre vers la cuisine où, par la fenêtre, j'ai aperçu le carnage.

Un ours noir avait sévi dans la cour, la nuit précédente. Il avait éventré notre bac de poubelle, installé près de la route, et éparpillé les déchets dans l'allée. Les ours étaient en pleine période d'engraissement et dévoraient tout ce qui leur tombait sous la patte avant l'arrivée du long hiver.

« Ostie d'ours », avait lâché p'pa la première fois que c'était arrivé, quand on avait retrouvé notre poubelle mâchouillée, recrachée et dispersée sur la route. C'est Monique qui avait découvert ça ; en rentrant tard le soir, elle avait failli écraser l'ours, qui mastiquait une carcasse de dinde, assis sur le gravier. C'était peu de temps après l'Action de grâce. Monique s'est arrêtée et a regardé l'ours à travers son pare-brise. Assis sur sa croupe, la carcasse portée vers la gueule, les dents croquant les os de la dinde, l'animal regardait Monique en retour.

•

Avant, on avait un chien, Chains, qui éloignait les ours. Il jappait après tout ce qui remuait dans le bois, pourchassait les écureuils et les lièvres qui s'aventuraient sur le terrain. C'était un bon chien, mais il avait une drôle d'allure. Voyez-vous, Chains était un bâtard. Il avait une tête de berger allemand, du poil de labrador et les pattes d'un chow-chow. Il était beau à voir couché dans l'herbe, mais dès qu'il se relevait de quelques pouces, il devenait clownesque. Gauche. Difforme. Il se déplaçait assez facilement, mais jamais aussi vite qu'on aurait pu l'imaginer.

Quand j'étais plus jeune, au tout début du secondaire, Chains et moi, on explorait la forêt ensemble. Je dévalais les anciens sentiers de bétail en quatre-roues, prenant les courbes à toute vitesse et évitant de justesse les branches au-dessus de ma tête, pendant que Chains galopait à mes côtés. Il compensait son manque de vitesse par une ténacité et une endurance hors du commun. Quand je le devançais trop, je m'arrêtais pour l'attendre, tendant l'oreille tandis qu'il s'avançait dans le sous-bois comme un porc en fuite.

Un jour, Chains a disparu. Je m'étais avancé trop loin sans m'en rendre compte, puis je m'étais arrêté pour l'attendre, mais il ne m'a jamais rejoint. Après un moment, j'ai éteint le moteur et j'ai crié son nom. Sans réponse. J'ai fait demi-tour et j'ai rebroussé chemin, puis j'ai éteint le moteur et crié son nom à nouveau. Je l'ai entendu japper quelque part parmi les arbres ; il aboyait en pleurnichant, refusant de m'obéir. N'y comprenant rien, j'ai sauté du quatre-roues et me suis dirigé vers lui. Le sous-bois était épais, difficilement praticable. Je déviais sans cesse, avant de me retrouver à la case départ. J'ai fini par découvrir un sentier, sans doute celui que s'était frayé Chains, et je l'ai suivi jusqu'à une petite clairière au bord d'un ruisseau. Mon chien était couché dans l'herbe près d'un chevreuil. Du sang s'écoulait de ses lèvres, sur ses bajoues, dans son cou. J'ai fait le tour de la carcasse et j'ai remarqué qu'elle n'avait pas de tête. Quelqu'un avait tué l'animal, puis l'avait décapité pour emporter un trophée et laissé pourrir le corps. Un animal était venu arracher le ventre de la bête pour se gaver de sa chair. Chains avait pris la relève et s'était régalé. J'ai grimacé en voyant les lambeaux de chair rouge coincés entre ses dents, et j'ai regardé autour de moi en me demandant si le braconnier était encore là, même si je savais que la dépouille datait déjà de quelques jours.

« Viens-t'en », j'ai dit, en me dirigeant vers le quatre-roues. Mais le chien refusait d'obtempérer. « Chains, j'ai dit. Viens icitte. »

Il s'est levé, a fait quelques pas, puis a jeté un coup d'œil à la carcasse et s'est rassis. Il s'est mis à pleurnicher. Exaspéré, je me suis approché de lui et l'ai attrapé par le collet, mais un grondement sourd est remonté en bouillonnant de sa gorge et s'est échappé de ses lèvres tordues. J'ai retiré ma main et je l'ai regardé.

« Crisse de chien. Fuckin' reste icitte then. »

Il est demeuré dans le bois pendant près d'une semaine, à monter la garde devant la carcasse de braconnier et à la dévorer. P'pa a tenté d'aller le chercher, mais Chains s'est mis à japper et à grogner, alors il l'a laissé tranquille. Le chien a fini par rentrer, traînant derrière lui une croupe rongée qu'on a jetée une fois qu'il s'est endormi.

Mais c'était trop tard. Il s'était découvert un appétit carnivore.

Quelques semaines plus tard, p'pa a reçu l'appel d'un voisin éleveur de moutons. Il avait vu Chains pouchasser ses bêtes dans son pâturage. Il avait tiré un coup d'avertissement et avait fait fuir le chien, mais il craignait que celui-ci revienne tuer son bétail. P'pa l'a assuré que Chains n'y retournerait pas, qu'il allait s'en occuper. Alors on l'a attaché.

Chains détestait ça. On lui a donné une corde de cinquante pieds pour lui permettre de se balader un peu, mais il passait son temps à tourner autour de l'arbre et de sa niche jusqu'à s'emmêler et ne plus pouvoir bouger, puis il pleurnichait et gémissait pour qu'on sorte le promener. Après un certain temps, on s'est dit qu'il devait bien avoir oublié le goût du gibier, et on s'est mis à le détacher – il avait l'air tellement déprimé, attaché à son arbre –, et il a recommencé à se promener librement sur le terrain. Une nuit, on a oublié de le rattacher, et il s'est enfui. Quelques jours plus tard, p'pa a reçu un autre appel. Chains s'était introduit dans la bergerie.

« Yinqu'une chose à faire, avait dit Alfred ce dimanche-là, au souper. Faut y planter une balle dans' tête. »

« Menoncle ! » Monique était scandalisée. M'man a avalé une gorgée de vin. P'pa fixait son assiette d'un regard vide ; le rôti de bœuf refroidissait devant lui.

Alfred a renâclé. « Un chien qui t'icoute pas, ça sert à rien. »

•

P'pa s'est rendu sur la ferme du voisin, a attaché une corde autour du cou de Chains, puis l'a fait monter dans son camion. En rentrant, il l'a attaché et est parti chercher son fusil.

« Tu vas le tirer, juste de même ? a dit Monique. Ben oui, c'est sûr. C'est comme ça qu'on fait ça dans l'armée, hein ? On tire d'abord, et... »

« Monique, arrête », a dit ma mère.

Mon père se tenait dans l'entrée, son fusil à la main, et dévisageait Monique de ses yeux rouges et mouillés. « Quessé qu'tu veux que j'fasse ? Le crisse de chien vient d'arracher la gorge d'un mouton ! »

« Ben, je sais pas. Envoie-le dans un refuge, genre... »

« Voyons donc, Monique, a dit m'man. C'est un tueur de moutons. Y va faire la même chose sur une ferme. »

« Mais on peut pas juste le tuer ! »

P'pa a secoué la tête. « Pas l'choix. »

J'étais assis à la table de cuisine et je tremblais en les écoutant. J'écoutais Monique supplier nos parents de l'épargner, mais ils balayaient chacun de ses arguments jusqu'à ce qu'il devienne clair que toute tentative de le sauver était vaine.

« OK d'abord », a dit Monique, défaite. Puis elle a toisé p'pa du regard. « Mais je veux te regarder faire. »

« Non, p'pa a secoué la tête. Pas question. »

« Je veux te regarder faire », a répété Monique. Elle est entrée en trombe dans la cuisine et m'a agrippé par la main. « Il faut qu'on soit témoins ! »

« Je veux pas voir ça ! » J'ai retiré ma main.

Monique m'a regardé un instant avant de se retourner vers nos parents. La discussion s'est poursuivie un certain temps, puis, reconnaissant que Monique avait le droit de faire à sa tête, ils ont cédé, et on est tous sortis dire adieu au chien. On l'a serré chacun son tour en lui disant que c'était un bon garçon, jusqu'à ce que p'pa s'impatiente et nous dise d'arrêter ça. Je suis rentré éplucher des patates avec m'man pendant que Monique et mon père emmenaient Chains à l'arrière du terrain. Par la fenêtre, je les ai vus disparaître derrière la remise. Un instant plus tard, j'ai entendu le coup de feu se réverbérer dans les arbres.

•

Plus tard, Monique m'a raconté comment Chains est resté patiemment là où mon père lui avait ordonné de s'asseoir, comment il a incliné la tête, perplexe, quand p'pa a levé le fusil pour le viser, comment il a gémi quand mon père a tiré sur la gâchette. Elle raconterait aussi cette histoire à Alfred, au souper, pendant que je me terrais dans mon silence, ressassant le moment où, plus tôt dans la journée, j'avais cassé le nez d'un garçon. Monique a visé avec sa fourchette comme avec un fusil miniature.

« Bang ! »

Alfred a sursauté en éclatant de rire.

Monique a décrit comment Chains s'est relevé du sol. Comment le sang s'écoulait d'un petit trou sur son front, perlait autour de son œil et s'égouttait de son museau. Chains a reculé en titubant, surpris, puis s'est ressaisi, a grogné et jappé après p'pa, et s'est élancé dans la forêt, devant les yeux ébahis de Monique et de mon père.

« La résurrection de Chains ! » a crié Monique.

« Ho-wa ! » a lancé Alfred. Il connaissait déjà l'histoire, mais il était bon public.

•

Le jour où p'pa a tiré sur Chains et que Monique m'a raconté qu'il avait survécu, je l'ai remerciée. Je préférais penser que la balle ne l'avait pas tué et qu'il était parti vivre sa vie dans les bois, que de le savoir mort pour une fucking histoire de mouton. Au fond de moi-même, je me disais bien que Chains devait être mort, mais le fantasme du miracle émoussait mon deuil. Monique s'est moquée de moi quand elle a constaté que j'avais immédiatement accepté sa version de l'histoire.

« Tu peux pas croire tout ce que t'entends, Rich. »

« Mais tu viens de me dire que c'est ça qui s'est passé ! »

« Ben, c'est vrai. Mais quand même. » Elle a froncé les sourcils, m'a dévisagé et s'est enfermée dans sa chambre.

Trois jours plus tard, j'ai été réveillé par un bruit et, dans un état brumeux, je me suis précipité vers la fenêtre. À l'ombre du camion de p'pa, Chains haletait. Il a levé la tête vers la maison et a jappé.

•

La scie a vrillé à nouveau, et le son de l'acier tranchant le bois a déchiré le matin. Dans la cuisine, une tasse de café tiède à la main, j'ai regardé par la fenêtre au-dessus de l'évier et j'ai vu p'pa installer un deux-par-quatre sur ses chevalets. L'allée était tapissée de bran de scie et de planches. Il a pris une mesure, a tracé sa marque au crayon, puis a levé la scie. Il a froncé les sourcils, a passé son pouce sur le trait. Puis il a reculé d'un pas et a examiné le bois en secouant la tête. Il a abaissé la scie, a tiré un ruban à mesurer de sa ceinture et a pris sa mesure une deuxième fois. Le ruban s'est affaissé contre la planche de bois dans un craquètement d'aluminium. P'pa l'a redressé d'un coup sec, et le bout a vacillé comme une canne à pêche tandis qu'il s'efforçait de le maintenir en place.

Je me suis demandé s'il avait dormi.

Je suis sorti et j'ai descendu quelques marches avant de m'arrêter et de m'asseoir devant l'allée.

Mon père m'a jeté un coup d'œil et a hoché la tête. « Bon matin. »

« Elle est où, m'man ? »

Il a levé la tête en plissant les yeux. Le soleil se levait derrière la maison. « À' messe. Pas sûr quand le funeral director y'é s'posé arriver, so I figured, j'vas rester icitte. »

Je me rappelais vaguement que, la veille, après la mort d'Alfred, mon père et moi on a été aspirés dans un tourbillon de formulaires et d'appels. On avait entre autres appelé un salon funéraire en ville. Un entrepreneur de pompes funèbres avait décroché et nous avait rapidement donné rendez-vous pour cet après-midi-là.

« Tu veux de l'aide ? »

Il a secoué la tête. « Ch'capable. »

« OK, watche tes doigts, hein ? »

P'pa a grommelé.

J'ai tendu la main vers mon paquet de cigarettes avant de me rappeler qu'il ne m'en restait plus. J'ai grimacé et me suis penché pour cracher à côté des marches. J'ai pris une gorgée de café et j'ai grimacé à nouveau. Le café avait un goût âcre ; la machine n'avait pas été nettoyée depuis longtemps. Ma mère buvait surtout du thé, et p'pa avait l'habitude de prendre son café en ville, alors j'étais le seul à utiliser la machine. Avec ce douloureux rappel de mon manque de soin et d'attention, j'ai jeté le café. J'ai regardé mon père, son crayon à la main, et me suis râclé la gorge.

« Faque, tu penses qu'il était gros comment ? »

Il a froncé les sourcils. « Quoi ça ? »

« L'ours. » J'ai fait un geste de la main vers la boîte démolie au bout de l'allée.

P'pa a regardé la route. « Ah. C'est moi, ça. J'ai foncé d'dans c'matin. »

« Fuck. »

« J'partais pour aller prendre un café, et pis... » Il a craché et s'est tourné vers ses chevalets. « Ben anyways. J'ai dit à ta mère que c'tait un ours. » Il a attrapé la scie et a approché les dents de la ligne de coupe, puis m'a fait un petit sourire. Il a mis la scie en marche, et la lame a vrillé dans sa main, et tandis qu'il la poussait vers l'avant, sa tête s'est couverte de sciure.

•

Monique a dit que pour toute réponse à son coup de klaxon, l'ours a soufflé, laissant tomber sa carcasse en grognant, s'est balancé de sa croupe vers ses pattes et a lambiné vers la voiture. Monique a verrouillé la portière en poussant un petit cri aigu. Elle a glissé de son siège et s'est tapie sous le volant quand l'ours s'est approché pour renifler le pare-chocs de son museau humide. Elle l'entendait respirer, un tourbillon d'air moite qui embuait la vitre. Elle a jeté un regard furtif à la masse de fourrure noire qui grouillait au pied de la portière. Soudain, l'ours a levé la tête, les narines dilatées, et l'a tournée vers la forêt. Et c'est là qu'elle l'a vu, par-dessus son volant, un chien court sur pattes mais majestueux, qui s'élançait à travers les arbres comme une balle dans la mélasse, en ligne droite vers la voiture. L'ours a sursauté et a pris la fuite. Manquant de justesse ses talons de ses crocs, le chien l'a poursuivi jusqu'à la route. « C'était Chains, a dit Monique le lendemain matin, au déjeuner. Exactement comme fucking avant... »

« Heille, langue », a fait p'pa par habitude.

« Monique, a dit m'man en plaçant la main sur le bras de sa fille, Chains y est mort. »

•

Voyez-vous, après que Chains nous est revenu, il n'a plus jamais été le même. Quelque chose lui avait été ravi, comme si une partie de lui avait été retranchée et était restée à flétrir là où p'pa lui avait tiré dessus avec son fusil. Monique s'est demandé, bien plus tard, quand elle a déménagé en ville et que je suis allé passer une fin de semaine chez elle, si la balle avait détruit la partie de son cerveau qui conservait ses souvenirs, ou celle responsable de sa motricité, ne le laissant qu'avec une vague impression de ce qu'il avait déjà été. Le troisième matin après s'être fait tirer dessus, quand Chains est revenu japper devant la maison, il a tenté de se lever pour m'accueillir tandis que je m'élançais dans l'entrée, dévalant les marches vers le camion de p'pa, mais il a titubé, a foncé dans le pare-chocs et a tenté de mordre un pneu avant de tomber sur le flanc.

La plaie avait guéri, ou du moins la peau et la fourrure s'étaient retricotées. En passant le pouce sur son front, on sentait un creux dans l'os, et la chair s'était cicatrisée de façon à recouvrir la cavité dans son crâne. La balle l'avait laissé à moitié aveugle, à moitié sourd et sans équilibre. L'œil qui se trouvait sous la blessure ne voyait plus ; pendant un temps, il a roulé dans son orbite, avant de s'encroûter et de devenir laiteux. Chains avait du mal à garder la langue dans sa gueule et la mordait constamment en mangeant.

•

Le matin où Chains est revenu, Monique s'est glissée entre nous et l'a serré contre elle. Sur la galerie, ma mère a figé en agrippant le bras de p'pa.

« Non, Émile. Ça se peut pas. »

« J'te l'avais dit, a dit p'pa. Un ostie d'miracle ! »

Ma mère voulait que p'pa achève le chien, mais mon père a refusé. Il pensait que Chains était censé survivre.

« La volonté de Dieu », qu'il a dit. M'man a froncé les sourcils, s'est mordu la lèvre et a jeté un œil nerveux au chien assis dehors, sous un chêne, qui la dévisageait en retour.

« Ou un tour du diable », elle a marmonné, mais p'pa a fait la sourde oreille. Il a appelé ses frères et sœurs et s'est vanté de son chien miraculeux. Le prix qu'il avait payé au voisin pour ses moutons morts ne lui semblait plus digne d'être mentionné. En racontant le miracle, p'pa se tenait devant la fenêtre qui donnait sur la niche où était couché Chains, le regard fixé sur la cuisine.

« C'est ça. Trois jours plus tard. »

•

On ne l'attachait plus. Chains parvenait à peine à traverser le terrain sans s'effondrer. C'était pitoyable, mais notre joie devant sa survie nous aveuglait face à sa souffrance. Quelques semaines plus tard seulement, Chains est sorti sur la route et s'est placé dans la trajectoire d'une vieille Ford. P'pa a sacré quand il a reçu par la poste la facture pour les frais de réparation. Aussi cher qu'un troupeau de moutons.

« C'était comme si Chains avait prévu le coup », avait dit Monique par la suite.

En tirant sur un restant de joint mouillé dans le salon du sous-sol crasseux de Monique, à Saint-Boniface, en attendant que l'acide qu'on avait pris fasse effet, j'ai demandé, en fronçant les sourcils : « Tu penses-tu qu'y voulait mourir ? »

J'ai passé le joint à la fille assise à ma gauche, une amie de Monique qui travaillait avec elle au centre d'appel, et en me retournant, j'ai vu que ma sœur fixait le nuage qui flottait au-dessus de la table basse. « Oui, elle a répondu. Mais je pense qu'il attendait le moment pour se venger un tantinet contre l'homme qui l'avait blessé. »

La fille à ma gauche a rigolé.

« C'est quoi, un tantinet ? »

En imitant la voix d'Alfred, j'ai dit : « Aen tchi peu ».

•

Je n'ai jamais cru Monique, avec son histoire de chien vengeur. Et j'avais du mal à me faire à l'idée que ma joie devant son retour était intimement liée à sa souffrance. Pendant un moment, Chains avait brouillé la frontière entre la vie et la mort, avait fait planer un doute sur tout ce que je pensais savoir.

Et alors que l'acide prenait racine dans mon esprit, tandis que les murs se recourbaient obscurément autour de moi, je me suis demandé si Chains patrouillait toujours sur cette crête de gravier où poussaient les chênes, à la lisière de la prairie, à l'est de Winnipeg, son âme pourchassant les ours dans le sous-bois.

17 –
L'EAU QUI SE MAINTIENT DANS UN SEAU

Pendant toute la journée, les gens sont passés à la maison nous présenter leurs condoléances et nous apporter des plateaux de nourriture. Du kielbasa tranché, du fromage, des craquelins et des fruits sauvages assortis s'empilaient sur la table de cuisine, à mesure que la nouvelle de la mort d'Alfred se répandait à Sainte-Geneviève, à Ross, à Richer et à Sainte-Anne. Quand la première voisine s'est garée dans l'allée, mon père, couvert de sueur et de bran de scie, n'a pas trop su quoi faire. Il lui a serré la main et s'est raidi quand elle l'a pris dans ses bras avant de lui tendre une tourtière congelée. Menoncle Dave est arrivé en quatre-roues et est resté assis dans l'ombre, devant la maison, à siroter sa flasque et à regarder p'pa réparer le bac à ordures.

« Un ours ? » il a demandé. P'pa a haussé les épaules.

D'autres débarquaient, descendaient de leur camion ou de leur voiture en portant des vivres dans leurs bras comme des nouveau-nés : un sac de pierogis, un bol de salade de chou, un plateau de viande, une galette chaude qu'on a mangée aussitôt avec du beurre et de la confiture d'amélanches. Mike Lemoine et sa femme

Brittney. Le vieux du café avec la casquette John Deere. Annette Simard. Bernie Kowalchuk. Diane Friesen. Tous ces gens qui avaient connu Alfred et qui savaient à quel point il avait compté pour mon père. On les invitait à entrer pour un café. Monsieur et madame Groscœur ont accepté et sont restés à fixer la table, songeurs, pendant que p'pa s'affairait à la machine. Dave est entré en boitant dans la cuisine et s'est assis avec nous. Il a versé du whiskey dans sa tasse et a grimacé en prenant une gorgée.

« Y goûte drôle, ton café. »

« Tu devrais l'prendre avec d'la crème, à' place », a lancé p'pa, irrité.

Après avoir mis de la crème et du sucre dans leurs tasses, les Groscœur nous ont raconté qu'Alfred les avait vraiment dépannés, une fois. Ils ne l'avaient jamais oublié. Quand ils ont construit leur maison, l'ébéniste avait empoché l'argent et était parti sans terminer son travail. Ils n'avaient pas les moyens d'embaucher quelqu'un d'autre, et ils se morfondaient dans une maison à moitié finie. Alfred a eu vent de l'histoire et leur a offert de terminer la construction pour une fraction du prix. Les deux pleuraient en racontant l'histoire. Il avait fait une si belle job.

« Une vraie bonne job », a renchéri madame Groscœur.

« Y savait travailler le bois, boy », a dit Dave.

Une fois les Groscœur partis, j'ai dit à mon père qu'il faudrait qu'il lave la machine avant d'offrir du café à quelqu'un d'autre. Dave a ri dans sa barbe, a jeté le contenu de sa tasse dans l'évier, puis s'est versé un whiskey neat. P'pa a froncé les sourcils en regardant la machine. Il a plongé la main dans sa poche arrière et en a tiré son portefeuille, y a cueilli quelques billets et me les a tendus.

« Tiens. Va nous acheter une vingt-quatre. »

Quand je me suis retrouvé seul, derrière le volant de la Buick, le deuil a pris place discrètement dans le siège passager. En tournant sur la route et en accélérant jusqu'à ce que le moteur pousse un grognement aigu, j'ai tenté de le semer. Il s'est volatilisé momentanément par la vitre baissée, mais est revenu au bout de quelques instants, s'étendant vers moi à travers les arbres comme les ombres qui s'allongeaient sur la route, menaçant d'atteindre la Buick. Mes yeux se sont mouillés, j'ai senti que j'allais craquer, et j'ai appuyé sur l'accélérateur. J'étais l'eau qui se maintient dans un seau tant qu'on le fait vriller. Tandis que je descendais la pente, jusque sur la Dawson, le seau ne cessait de vriller.

•

« Richard », a dit Alfred. À travers la brume de ma rêverie, j'ai senti le poids de ses mains osseuses sur mes épaules. Il me secouait. « Richard, réveille-toé, mon homme. » C'était le lendemain du jour où il m'avait appris à tirer, où il m'avait offert une bière et raconté l'histoire de Goulet. De peine et de misère, j'ai ouvert les yeux et l'ai aperçu, penché sur mon lit. Ses cheveux étaient incandescents – une auréole dans la lumière matinale. Un panache de chevreuil par-dessus son épaule. « Réveille-toé. J'ai besoin d'ton aide. »

« Quoi ? » Je me suis redressé péniblement sur les coudes et j'ai regardé Alfred se diriger rapidement vers l'entrée, où il s'est assis sur la petite chaise pour enfiler des bottes de caoutchouc.

« Écoute. » Il a levé la main vers son oreille, puis s'est précipité dehors.

J'ai obtempéré en grognant. J'ignorais ce qu'on écoutait et je n'ai pas entendu grand-chose à part les sons habituels : le doux bruissement du vent dans les branches qui s'entrechoquaient et se frottaient l'une contre l'autre, le chant des oiseaux et le clapotis des vagues. J'ai froncé les sourcils. L'eau semblait plus bruyante, comme si elle avait monté considérablement pendant la nuit, bondissant de la lisière du bois vers le pied de la cabane.

« Fuck. » Je me suis relevé d'un coup sec et me suis habillé rapidement. J'ai suivi Alfred à la course dans l'air frais du matin qui craquelait autour de moi comme une couche de glace fine. J'ai contourné la cabane en suivant la voix de mon oncle qui m'attendait dans la cour arrière. Alfred avait de l'eau jusqu'aux chevilles.

Les mains sur le front, il balayait des yeux son terrain. L'abri qu'on avait construit la veille était submergé. Le rond de feu s'était transformé en petite île. La glace, qui s'amoncelait contre le garage de fortune, bloquait les portes.

« J'ai jamais vu ça », a avoué Alfred, alors que je m'approchais de lui, chaussé de ses vieilles bottes, éclaboussant tout sur mon passage. Une fois à ses côtés, je lui ai jeté un regard de biais et j'ai aperçu sur son visage ridé un bref écho de ce moment dans le canot où on avait aperçu sa cache dans l'arbre – ce sentiment d'impuissance profond et mal dissimulé. La résignation sur son front, ses cheveux qui tremblaient dans le vent doux, le miroitement à la surface de l'eau. Puis un grondement s'est élevé de ses entrailles, s'intensifiant dans son ventre avant d'éclater de sa gorge, et il a tapé dans ses mains. « Tabarnak ! J'ai jamais vu ça. » Il riait. « Y a même pas d'rivière alentour d'icitte ! »

•

À l'hôtel, ils vendaient de la bière. Dans une petite pièce attenante au bar, on pouvait commander une caisse, que la préposée allait chercher dans la chambre froide et posait sur un petit comptoir en inox. Des publicités de bière étaient accrochées aux murs autour de la petite fenêtre par laquelle on se passait les caisses et l'argent, la machine à débit et la carte bancaire. Une porte menait vers l'extérieur, l'autre dans le bar, advenant qu'on décide spontanément de boire sur place. Sur le mur du fond, un babillard de liège criblé de punaises rouillées affichait des petites annonces accumulées au fil des ans : camions, tracteurs et roulottes à sellettes de vingt-six pieds à vendre cash, ou meilleure offre. Des numéros de téléphone pendaient mollement sur des franges de papier. De l'autre côté du bar, derrière un mur, mais sous le même toit, il y avait un restaurant chinois. Il était là d'aussi loin que je me souvienne.

« Tu prends quoi ? »

« Une vingt-quatre de Bleue. »

La femme a disparu dans la chambre froide, et j'ai jeté un œil distrait au babillard, aux couches de papier qui garnissaient le mur. Certaines feuilles étaient jaunies et cassantes. Un simple effleurement les aurait réduites en poussière. C'est là que j'ai aperçu l'annonce de Joe – Honeyman Septic – et sa frange de numéros arrachés qui dévoilait quelque chose de familier. J'ai soulevé la feuille et j'ai vu qu'elle avait été accrochée par-dessus une vieille annonce de sculpture sur bois de mon père, qui remontait à l'époque où il donnait des cours dans l'atelier de menuiserie de l'école. Il avait cessé d'enseigner quelques années auparavant, quand l'un de ses élèves, un homme à peine plus jeune que lui, avait perdu le pouce dans un accident de scie à ruban. C'est Karine Belleheure qui me l'a appris, le lendemain. Elle s'était inscrite au cours de mon père à ma suggestion. Elle et moi, on travaillait ensemble à l'usine de revêtement en poudre, à Steinbach. On se parlait souvent en français pour faire chier les mennonites. Quand ça s'est produit, je devais être chez Larry, en train de fumer du pot dans son sous-sol, ou chez Al Verrier. En tout cas, je n'étais pas à la maison quand mon père est rentré, le visage hanté, livide. Karine a dit que Jerry, l'homme qui avait perdu son pouce, traçait un simple motif dans un morceau de tilleul, juste assez pour lui donner une forme approximative qu'il retravaillerait par la suite au couteau, mais en faisant pivoter le morceau de bois pour suivre le tracé, il a oublié où se trouvaient ses doigts. Ces scies-là, ça tourne assez vite pour qu'on perde la lame de vue. Jerry est allé trop loin avec son morceau de tilleul, et la lame a tranché son pouce sous la jointure, recrachant la phalange sur le plancher. Jerry est resté là à fixer son moignon ensanglanté, sous le choc, incapable de comprendre ce qui s'était produit. Quelqu'un a crié. Karine a failli s'évanouir quand elle a vu le sang gicler, s'écouler et s'agglomérer au sol, imbibant le bran de scie. Mon père a accouru et a éteint l'appareil. Jerry a vacillé comme un bouleau dans la tempête. P'pa l'a attrapé par le coude et l'a mené jusqu'à la trousse de premiers soins, a bandé son moignon et lui a dit de s'asseoir pendant qu'il récupérait son pouce. Puis il a accompagné Jerry à l'hôpital, à deux minutes, et est resté avec lui pendant qu'il se remettait du choc et prenait la mesure de ce qui lui était arrivé. Mon père a appelé la femme de Jerry et lui a raconté l'accident ; elle a failli lui éclater un tympan, tellement elle criait. J'ai vu p'pa le lendemain, après le travail, avec l'histoire de Karine qui résonnait encore dans mes oreilles. Il était assis dans le noir, en silence, dans le salon, et moi, je marchais sur des œufs.

« Tu veux de la lumière ? » Il avait les yeux rivés sur la télé éteinte, comme s'il regardait une projection de ses souvenirs. « Papa ? »

« Non, non, il a secoué la tête. J'aurais dû faire plus attention. » Il a marmonné d'autres mots que je ne parvenais pas à distinguer, puis s'est retourné vers la télé. Ma mère était assise dans la cuisine. Je voyais bien qu'elle était inquiète, mais elle m'a dit de le laisser tranquille. Il fallait qu'il s'en remette par lui-même.

•

Plus tard, p'pa a reçu un avis par la poste. Jerry le poursuivait pour négligence. Pendant un certain temps, mon père a eu peur de perdre la maison. Il avait maigri, incapable de manger jusqu'à ce qu'il apprenne que la poursuite n'avait pas abouti. Jerry avait signé une décharge. Ç'avait été la condition pour que p'pa puisse recommencer à enseigner la menuiserie. En fin de compte, il n'avait pas de responsabilité légale, mais il a mis longtemps à se rétablir, encore plus qu'il n'en a fallu au pouce de Jerry après avoir été rattaché.

P'pa n'arrivait pas à se défaire de son sentiment de culpabilité. Ça lui pesait. Un immense tas de fourrures invisible.

Il n'a plus jamais enseigné.

En regardant la vieille annonce sur le babillard, cachée par celle de Joe, je me suis demandé si mon père s'était finalement pardonné ou si, ce matin-là, il avait été imprudent avec la scie parce qu'il portait encore cette culpabilité, et que jusqu'à un certain point, risquer ses propres doigts était devenu une sorte de pénitence. Un pouce pour un pouce.

•

Le seau a cessé de vriller, et des gouttes d'eau ont assombri le sol. J'ai appuyé sur l'accélérateur, mais la Buick a toussé, gémi et pétaradé. Les bouteilles ont clinqué sur la banquette arrière. J'ai levé le pied, et la voiture a ralenti. Le flou des maisons et des arbres s'est résorbé, les bords de route sont redevenus solides. Je distinguais à nouveau La Coulée. Le lac Riviera. Les souvenirs d'hier. Ma quête pour retrouver p'pa. La mort d'Alfred. Et à présent, l'eau s'écoulait plus vite, de grandes vagues jaillissant d'un seau retourné, suspendu dans les airs, à l'apogée de sa courbe. En grinçant des dents, j'ai pesé sur le gaz jusqu'à sentir la Buick trembler, et mes souvenirs ont été emportés dans un tourbillon de couleurs par les fenêtres.

Quand je suis rentré, m'man et Monique étaient assises sur la galerie et se passaient une cigarette. Elles m'ont regardé porter la caisse de vingt-quatre et la laisser tomber à leurs pieds.

« Salut, Rich. »

« Allô, Mon. »

« C'est ton père qui t'a envoyé chercher ça ? » a demandé m'man.

« Ouais. Je lui ai dit que son café goûtait la marde. »

Ma mère a grogné. « Y avait yinque à laver la machine. »

« C'est ça qu'j'y ai dit. » La douleur a fusé de mon dos jusque dans ma jambe et a irradié dans mes orteils – une chaleur fourmillante laissant une bande engourdie de la peau à l'os – et j'ai sorti le ventre en pressant les mains sur mes reins pour m'étirer et soulager la brûlure. Monique m'a dévisagé en fronçant les sourcils.

« Y paraît qu'y a un arbre qui t'est tombé dessus. »

« Ah, ça. » J'ai jeté un œil vers la route. Comme un compas pointant vers le nord, j'ai plongé le regard là où ça s'est produit, au milieu des arbres. « Y m'a juste frôlé. » J'ai tassé les cheveux de mon front pour lui montrer la coupure à la base de mon cuir chevelu. « Tu vois ? C'est rien qu'une grafigne. »

M'man a pouffé. « C'pas ça que t'as dit hier. »

Monique l'a regardée. « Comment ça ? »

« T'as dit quoi, déjà ? » Ma mère m'a fait signe du menton.

J'ai fait un pas à reculons et j'ai craché entre mes bottes. « Deux pieds à gauche, pis... »

Monique a éclaté de rire. « C'est sûr. »

Deux pieds à gauche. Au fil des années, c'était devenu une sorte de refrain, qui avait émergé de chacune des versions de l'histoire d'Alfred, celle de la fois où il était tombé de l'arbre. On avait commencé à l'employer pour se moquer de nos propres mésaventures, pour amortir la prise de conscience subite de notre condition de mortels, une reconnaissance comique d'un danger évité, de la mort maintenue à distance. Il y avait des années de cela, en roulant en Chevy Nova sur l'autoroute, à quelques kilomètres à l'est de Deacon, Monique était entrée dans le décor et avait failli foncer dans un lampadaire. La première chose qu'elle avait dite quand on l'a retrouvée à l'hôpital, c'était « deux pieds à gauche ».

Des voix s'élevaient derrière la maison, et j'ai regardé vers l'allée, où tout un escadron de voitures stationnées empiétaient dans le bois par manque d'espace. J'ai aperçu une vieille Dodge Ram et je l'ai examinée un instant à la recherche de traces de couleur et de lésions sur son miroir. Puis j'ai vu la Grand Caravan de Monique et j'ai reconnu les éclats de rire parmi les arbres.

« T'es venue avec les kids ? »

Monique a hoché la tête. « Y sont en arrière avec John. P'pa leur montre son workshop. »

« Quesse tu fais là ? »

M'man a pointé la route de son menton. « Je surveille l'entrée. Le funeral director y est supposé d'arriver any minute. »

« Ah. » J'ai étiré le bras et me suis cambré à nouveau. « Bon, ben j'imagine que je vais aller les saluer. »

M'man a hoché la tête, mais Monique a tapé sur les accoudoirs et s'est levée d'un bond.

« Câlisse, Rich. Donne-moi donc un crisse de hug. »

À contrecœur, j'ai attendu que Monique descende les marches et m'enlace, mais quand elle m'a serré fort dans ses bras, j'ai enfoui la tête dans son épaule et j'ai senti une chaleur s'écouler de mes yeux et s'égoutter dans un seau tout juste déposé au sol.

18 –
DEUX PIEDS À GAUCHE

Dans les années qui ont suivi son départ subit, Monique et moi avons colmaté peu à peu la brèche qui s'était creusée entre nous. Même si je savais qu'elle finirait par partir – elle avait toujours dit qu'elle le ferait dès que possible –, j'avais été complètement pris de court par l'ampleur de son absence. À peine trois jours s'étaient écoulés après la fin de son secondaire, et c'était comme si elle avait disparu de la surface de la Terre. Comme si elle avait cessé d'exister. Elle avait rempli sa Chevy Nova à ras bord, attaché un matelas sur le toit et filé sur l'autoroute. On est restés sans nouvelles d'elle pendant des mois.

« Pour autant qu'on sache, avait dit m'man, elle a déménagé à Vancouver. »

« Ben voyons... Evelyne Groscoeur a dit her cousin saw Monique au Safeway à Osborne la semaine dernière, a répondu mon père. »

« Might as well be Vancouver ! »

La disparition de Monique nous avait tous atteints de manières différentes et inattendues. Comme si une planète avait déserté notre ciel, nos trajectoires ont été déviées, le temps de s'ajuster à la nouvelle force gravitationnelle. Mais c'est notre mère qui a été la plus blessée, qui s'est sentie le plus visée par le départ de Monique. Mon père et moi avons commencé à marcher sur des œufs autour d'elle pour ne pas la brusquer et éviter de s'attirer ses critiques cinglantes, exaspérées. Chaque soir, au souper, elle se plaignait du manque de nouvelles, du front qu'avait son aînée, sa seule fille, de laisser passer autant de temps sans donner signe de vie, de nous faire subir cette torture.

« On a été reniés, Émile ! » s'exclamait-elle.

« Ben voyons », disait p'pa en secouant la tête. Et tandis que m'man passait ses soirées à la maison, jamais trop loin du téléphone, à me crier de libérer la ligne quand j'étais sur Internet au cas où Monique appellerait, mon père, lui, se retirait dehors, et passait de plus en plus de temps à l'atelier. Complètement détraqués, on s'est mis à s'entredéchirer, comme des lunes qui tirent chacune dans son sens à la surface des planètes.

« Tu vas pas nous abandonner comme ça, toi, hein, Richard ? m'a demandé m'man un autre soir au souper. Comme un voleur ? »

P'pa a secoué la tête.

« Euh », j'ai fait.

« Non, toi, t'es pas comme l'autre sauvage, là », a dit m'man comme pour elle-même.

J'ai jeté un coup d'œil à mon père, qui a rangé son assiette en haussant les épaules et s'est éclipsé.

À l'automne, après une éternité, aux dires de ma mère, Monique nous a appelés et a laissé son numéro de téléphone sur la boîte vocale. Ma mère semblait s'être égayée pour un temps, et le repas s'est déroulé sans amertume, sans culpabilité ni lamentations. Puis m'man s'est mise à appeler tous les deux-trois jours pour garder un œil sur Monique, comme on suit un repère pour s'orienter durant un long périple, comme on lève les yeux vers les étoiles en prenant le large, mais la plupart du temps elle tombait sur le répondeur, et sa sérénité a recommencé à s'éroder. L'étoile de Monique avait pâli, obscurcie par les nuages.

« Elle nous évite, a lancé m'man un soir, à la fin de l'automne, après être tombée une énième fois sur la boîte vocale. J'te gage qu'elle fait exprès de pas répondre. »

« C'est une jeune femme qui vit en ville, a dit p'pa. Elle doit juste être ben occupée. »

« C'est pas correct », a insisté ma mère.

P'pa a haussé les épaules en déclarant que c'était une phase. Monique finirait bien par rappeler. Lui aussi, quand il était jeune, il avait disparu un certain temps après s'être enrôlé, mais il était rentré des années plus tard. Il fallait laisser Monique vivre sa vie. M'man a grogné, et ses yeux se sont écarquillés devant l'idée que des années puissent passer sans nouvelles de sa fille. À nouveau, elle a tendu la main vers le téléphone.

Alors que l'absence de ma sœur s'étirait de semaine en semaine jusqu'à durer des mois, mes parents ont fini par se concentrer entièrement sur ma personne. Ils me surveillaient de près. Ils guettaient mes allées et venues, se renseignaient sur mes fréquentations et poliçaient mon temps comme des geôliers. Je rechignais face à une telle surveillance, cherchais à rétablir les libertés et l'indépendance que Monique et moi on avait acquise quand elle était encore là. Et j'en suis venu à en vouloir à ma sœur pour cette vigilance qui m'était imposée par sa faute. J'étais fâché contre elle. Quand elle a fini par rentrer pour les Fêtes - sa Chevy Nova avait viré d'un coup de fouet dans l'entrée, traînant derrière elle une nébuleuse de poussière, de glace et de neige -, je l'ai fusillée du regard pendant qu'elle nous racontait sa vie en ville. Elle avait un appartement, une voiture, des amis qu'on ne connaissait pas. Elle vivait avec une femme - une coloc, avait-elle précisé. Elle travaillait dans un centre d'appels.

« Je vends des pilules pour faire bander des vieux. »

« Monique ! » s'est exclamée m'man.

P'pa s'est étouffé dans sa bière et a aspergé toute la table.

Monique a ri en disant que ce n'était pas si mal. Elle vendait toutes sortes de marde. Tout ce qu'on voyait à la télé, au milieu de la nuit, c'était elle. Elle répondait au téléphone. Des milliers de fucking machines à abdos. Des blenders. Des oreillers. Des dick pills.

« Pis faut pousser les gens à acheter plus. Du lubrifiant, de la crème anesthésiante pour leur femme. Pouvez-vous croire ? Genre, le sexe est tellement poche qu'il faut qu'elles s'anesthésient pour l'endurer ! Peux-tu me passer les canneberges ? »

« Ho-wa », a dit Alfred.

On mastiquait notre dinde pendant que Monique parlait. Elle nous a dit qu'elle voulait repousser ses études d'un an. Qu'elle voulait voyager, peut-être en Thaïlande.

« Pour me trouver. »

J'ai levé les yeux au ciel.

•

Monique nous a rendu visite de temps en temps au cours de l'année qui a suivi, quand elle avait congé ou quand elle voulait faire du lavage – « Quelqu'un a décrissé la machine dans l'immeuble » – ou pour poser une question à p'pa sur la famille. Lui, c'était toujours plus facile de l'attraper en personne qu'au téléphone. Je me disais qu'elle venait aussi pour provoquer les réactions de notre mère devant son style changeant. Elle avait rasé ses cheveux mauves, déjà courts. Elle s'était fait percer le nez, et deux clous jumeaux trônaient à présent sur ses narines.

M'man avait secoué la tête.

« T'as l'air comme un bœuf », avait dit p'pa.

Monique a gloussé d'exaspération.

Un autre clou transperçait la peau sous sa lèvre inférieure, une tige en inox passait dans le cartilage de son oreille, et une boucle entourait le coin de son sourcil. De l'encre s'écoulait sur son épaule et se déversait comme une manche sur son bras. Chaque année, dans le temps des Fêtes, on s'attendait à une nouvelle transformation, et mes parents se préparaient à l'avance.

« Franchement, Monique », avait dit m'man à l'Action de grâce quand, alors qu'on était rassemblés autour de la dinde, Monique s'est levée subitement et a levé son chandail pour dévoiler une petite boucle dans son nombril. « Y a personne qui veut voir ça. »

« Shit, tu devrais voir où je vais mettre le prochain », a dit Monique. Elle a souri et a tiré la langue à m'man, qui a remué dans sa chaise, mal à l'aise.

•

« Y nous mentent, Rich », a dit Monique, alors qu'on se passait une cigarette sous les combles enneigés, à Noël, le deuxième après son déménagement. On se collait au mur près de la porte pour rester à l'abri du vent, qui fouettait sans pitié les arbres de neige et de glace. Notre haleine s'élevait, blanche et épaisse, en champignon, gelant avant même de quitter nos lèvres. Monique manipulait gauchement sa cigarette dans ses grosses mitaines neuves. Elle avait les mains pleines de pouces.

« Comment ça ? » j'ai réussi à dire malgré mes dents qui claquaient.

« En français, ça s'fait pas mal mal, it turns out. »

Elle a pris une bouffée de la cigarette, puis me l'a tendue.

« Ah ouain ? » J'ai porté le filtre à mes lèvres froides. Je le sentais à peine contre ma peau.

« Ouain. Turns out, c'pas facile, vivre en français en ville. You gotta be bilingue, t'sé. » Monique a hoché la tête comme une vieille sage, et j'ai grogné. J'ai tenté de cracher entre mes Sorel, mais la salive s'est évaporée avant d'atteindre le sol. « Mais je suis payée deux piasses de plus de l'heure parce que je parle français, t'sé. »

« C'est bon, ça. »

Monique a hoché la tête et a balayé des yeux la toundra éphémère qui avait envahi notre allée, le sombre ruban de route entre les branches, la pincée d'étoiles au-dessus de nos têtes. On apercevait à peine la faible lueur de la ville à travers les arbres nus. J'ai regardé ma sœur du coin de l'œil. Je voulais lui poser toutes sortes de questions sur sa nouvelle vie. Je ne l'avais vue que quelques fois en un an et demi et, à présent, elle m'apparaissait très différente : plus vieille, plus sage, peut-être un peu endurcie. Je me demandais ce que mon avenir à moi me réservait, si j'avais ce qu'il fallait pour vivre en ville, et si même j'en avais envie. Les mots de m'man, « tu vas pas nous abandonner comme ça, toi, hein, Richard ? », résonnaient dans mon esprit. Mais je n'arrivais pas à me résoudre à parler. Ce n'était pas le froid qui avait gelé ma langue dans ma bouche – même s'il n'aidait certainement pas –, mais mon incapacité à confier à ma sœur à quel point elle m'avait manqué. Malgré tout, je l'avais toujours admirée, et quand elle est partie, son départ subit – comme si on venait de couper une branche de l'arbre généalogique – m'avait blessé. Dans les mois qui ont suivi son déménagement, le sang de ma blessure s'était coagulé, et une croûte s'était formée sur la partie de moi qui aimait Monique pour me protéger du vide qu'elle avait laissé. Je tentais de ne pas penser à la ville pour éviter de remuer le couteau dans la plaie. Et maintenant qu'elle était là, je n'osais pas arracher la croûte, de crainte de découvrir ce qu'elle dévoilerait, et ce qui se produirait à son départ. Alors, je ne disais rien, mais je l'écoutais remplir le silence tendu entre nous du son de sa voix, comme si elle était au travail et que j'étais un inconnu qui l'appelait pour acheter un robot mélangeur au beau milieu de la nuit.

« Tu savais-tu qu'une guerre civile métisse a failli éclater ici ? » a demandé Monique.

« Ben oui », j'ai menti.

Monique m'a dévisagé un instant, puis a poursuivi. « En soixante-dix, Riel était en crisse contre un Métis du coin pis y a envoyé des soldats pour l'arrêter. Quand ils sont arrivés, y était planqué chez eux avec ses frères. Ça a d'l'air qu'y en avait un qui était un peu crinqué, faque quand y a vu les soldats, y est sorti pis y a essayé d'en tirer un. »

« No shit ? »

« Mais son gun a jammé. Pis là le soldat a essayé de tirer celui qui l'avait raté. Un œil pour un œil, hein ? »

« Misère. »

« Sauf que son gun à lui a jammé lui aussi ! T'imagines-tu ? Les deux ! C'est quoi les chances ? »

« Crisse. C'est presque assez pour croire en Dieu, hein ? »

Monique a pouffé. « J'irais pas jusque-là. »

On a fumé un peu et j'ai remué les lèvres pour tenter de ramener un peu de sang sous ma peau gelée. « Faque ça s'est vraiment passé ici ? »

Monique a regardé vers l'ouest, là où un rayon de soleil tranchait à travers les arbres, et a hoché la tête. « Mets-en que c't'arrivé. Sainte-Anne, c'était un village métis, avant. Back avant qu'les Québécois et les Anglais sont venus icitte. »

« Y en a encore. » Je pensais à Alfred.

« Ouaip. Plus que tu penses. Y en a encore qui veulent pas l'avouer. »

« Ça change, ça. »

Monique a hoché la tête. « Y en a qui ont oublié, aussi. » Elle a pris ce qui restait de la cigarette d'entre mes doigts, la main tremblante, et l'a portée à ses lèvres. L'embout incandescent menaçait de brûler ses mitaines neuves.

« Ça t'intéresse vraiment, ces histoires-là, hein ? »

« Plein de temps pour lire pis penser, t'sé. »

« Entre deux discussions de bites avec des vieux ? »

Monique a reniflé. « C'est ça. » Elle a lancé le mégot dans la neige. « Je travaille la nuit, faque. Anyways. » Elle a regardé la fumée et la vapeur s'élever du banc de neige. « Tu te demandes-tu, des fois, de quel côté étaient nos ancêtres ? »

« C'tu important ? »

•

Plus tard cet hiver-là, après ma visite chez Monique, elle et m'man se sont disputées.

Notre mère avait du mal à accepter le je-m'en-foutisme croissant de Monique. Elle avait grandi dans une famille traditionnelle, élevée par de vrais catholiques – le genre qui mangent maigre le vendredi – et elle n'arrivait pas à concilier le comportement de ma sœur avec sa foi. Après la fin de semaine où Monique m'avait fait boire et prendre de l'acide en ville, puis m'avait laissé traîner dans un banc de neige pendant qu'elle dansait au Canot, sur Taché, m'man a cessé de lui parler pendant près d'un an. J'étais rentré le dimanche soir, encore sur l'acide que j'avais pris la veille avec Monique et son amie, et je regardais la télé pulser, affalé sur le sofa. M'man a eu le souffle coupé en me voyant. Mon visage était rouge et à vif, fouetté par le vent, et il commençait déjà à peler comme un oignon. Elle m'a demandé ce qui s'était passé, mais je n'ai fait que la fixer d'un regard vide. Ses lèvres s'enroulaient et grossissaient, puis elles se sont dotées d'ailes et se sont mises à tourbillonner partout autour de sa tête. Ses bras se balançaient tels des spaghettis, comme ceux d'un bonhomme gonflable chez un concessionnaire automobile. Elle me surplombait, géante, frôlait le plafond, ses yeux se transformant en gueules béantes tandis qu'elle me scrutait de haut ; ses millions de doigts grouillaient dans mes cheveux, attrapaient ma tête, la serraient, la pinçaient. Sa voix tonnait dans toute la maison tel un bang sonique.

« On mon Dieu, regarde ses yeux, Émile ! Y est gelé ! »

Mon père était un oiseau perché sur son épaule tandis qu'elle m'interrogeait – m'inquisitionnait ! – sur ce que j'avais pris. Avais-je conduit dans cet état ? Forcément : la Buick était stationnée dehors. P'pa a croassé, a secoué son bec et s'est envolé vers son atelier.

Puis m'man a engueulé Monique au téléphone.

« Comment t'as pu laisser ton frère conduire dans c't'état-là ? Y est au secondaire, Monique ! »

Je me suis enfoncé plus creux dans le sofa, comme si je tombais dans le gouffre du Sarlacc entre deux coussins et que j'allais rester couché mille ans dans son appareil digestif pour ne pas avoir à affronter l'horreur qui se jouait devant mes yeux : une engueulade entre ma mère et ma sœur. J'entendais la voix de Monique dans l'appareil, qui répliquait aux accusations de m'man. Il avait l'air correct tantôt. Il a dit qu'il était capable de conduire. Ma mère devenait de plus en plus exaspérée. Je me recroquevillais chaque fois qu'elle me transperçait du regard. De nouvelles rides d'inquiétude semblaient se graver autour de ses yeux, ça craquelait et ça lézardait de toutes parts, comme l'argile de la rivière Rouge pendant une sécheresse, et les crevasses sur son visage se creusaient et devenaient plus foncées avec chaque parole prononcée. En désespoir de cause, m'man a supplié Monique de rentrer la semaine suivante pour l'accompagner à l'église et expier son horrible erreur de jugement, mais Monique s'est esclaffée d'un rire cru et vif.

« J'en veux pas de ta fucking religion. »

•

À ma collation des grades du secondaire, ce printemps-là, m'man et Monique, assises côte à côte pendant la cérémonie, le repas et le bal, n'ont pas échangé une seule parole. Mon père non plus n'était pas enchanté que ma sœur m'ait laissé conduire en février, mais elle m'avait présenté ses excuses, après tout. Ma mère voulait de la pénitence, de la contrition et une expiation, mais p'pa n'avait pas l'intention de couper tout contact avec Monique pour une simple erreur ni pour son rapport à la religion. Il a tenté à maintes reprises de les inciter à se parler, mais elles se contentaient de grogner, de le toiser et de se moquer de ses tentatives, jusqu'à ce qu'il se taise lui aussi et qu'il dérive vers le bar, où il s'est planqué au milieu d'un cercle d'hommes agrippant gauchement des verres de plastique rouge.

La fête se déroulait dans le vieux bâtiment de la Légion, derrière l'école. Cette année-là, ils nous avaient cloisonnés comme du bétail pour éviter ce qui s'était produit l'année précédente, chez Rosanne LaRoque, quand Joey Lafleur s'était fracassé la tête sur le bord de la piscine et avait failli se noyer. On dansait dans la salle de réception, où les lumières se tamisaient à mesure que la musique devenait plus forte ; nos pieds glissaient comme des araignées d'eau, nos chaussures crissaient bruyamment au sol, comme si elles arrachaient des pansements.

Je passais d'un groupe à l'autre, je serrais mes amis dans mes bras en criant « Class of 2000, baby ! Whoo ! ».

Mais je jetais sans cesse des coups d'œil à m'man et à Monique, toujours assises à leur table près du mur, immobiles comme des statues, à grignoter des bretzels éparpillés sur des assiettes de styromousse. C'était comme si elles s'affrontaient dans un concours de volonté – chacune tentant de marquer un point que l'autre refusait de reconnaître. Leurs positions se durcissaient, s'alourdissaient jusqu'à ce que les fondations qui nous soutenaient se mettent à se fissurer. Et dans la faille s'est enracinée une semence toxique qui s'est mise à pousser, creusant un fossé entre m'man et moi, entre m'man et p'pa, entre Monique et nous... jusqu'à ce que la charpente de notre relation commence à s'effondrer.

Dans les années qui ont suivi, je me suis souvent demandé si c'était de là que venait cette tension tacite, cette force qui semble nous repousser les uns des autres quand nous nous retrouvons tous ensemble, comme les échos distendus de cet effondrement, des répliques sismiques qui grondent encore parfois sous nos pieds et nous rappellent la fois où nous nous sommes brouillés.

Même après la réconciliation entre Monique et m'man, après l'accident qui a failli tuer ma sœur l'hiver à la fin de mon secondaire, quelques fissures persistaient, s'accroissant à l'occasion sous l'effet de la pression, menaçant leur intimité renaissante. Mon père et moi, on les remarquait de temps en temps, dans leur façon de se toiser à table, dans le ton de leurs questions, et on échangeait un regard, mais on gainait nos langues émoussées.

Il y a quelques années, après que Monique a épousé John et qu'ils ont eu leur premier enfant, ils sont venus à la maison pour le réveillon. Quand ma sœur a déballé un cadeau de m'man et qu'elle a ouvert un coffret à bijoux, la terre a semblé trembler sous nos pieds. Monique a pris entre ses doigts une chaînette en or et l'a soulevée dans les airs. Elle a fixé le crucifix qui pendouillait.

« Ça appartenait à ma mère », a dit m'man.

Monique a pris quelques respirations et a finalement enfilé la chaîne autour de son cou.

« Marsi, elle a dit. Mais j'irai quand même pas à l'église. »

•

L'accident s'est produit au milieu de l'hiver, quand un front froid en provenance du golfe a traversé le Midwest à toute vitesse, arrosant la prairie de pluie et de glace, et faisant de l'autoroute la patinoire la plus longue du monde. Il a suffi d'une petite bosse pour que ses roues s'élèvent, que la voiture perde le contact avec la route, que la gravité prenne le dessus. Monique a paniqué et a freiné sec, mais il était trop tard. Dérapant sur l'accotement, elle a fait une sortie de route et a capoté dans le fossé.

Monique nous regardait à travers ses paupières foncées, enflées. Sa tête était toute bandée. L'une de ses jambes était suspendue dans les airs. À côté d'elle, des machines bipaient. P'pa se tenait au pied de son lit, figé. J'étais recroquevillé dans un fauteuil, dans le coin. M'man s'est approchée lentement de son chevet, et Monique a glissé une main à l'extérieur de son drap. Ses doigts ont tâté les airs jusqu'à ce que notre mère prenne enfin sa main et la serre. Monique a souri faiblement et a marmonné.

« Deux pieds à gauche. »

19 –
LE BISON

« Pis là Lewis y a pitché des crottes de nez dans les cheveux d'Isabelle, pis j'y ai dit fais pas ça ! criait Danny du haut de ses trois pieds, les poings sur les hanches, les coudes sortis. Sinon, j'y ai dit, j'vas te r'monter ! »

« Montrer », l'a repris Isabelle.

« Non ! a crié Danny. R'monter ! »

« Papa ! a hurlé Isabelle. Danny fait le niaiseux ! »

« C'est pas grave », a dit John.

On était assis autour du pit à feu, à l'arrière, près de l'atelier de p'pa, sur des petits bancs qu'il avait sculptés dans de vieilles bûches. Dave, assis sur son quatre-roues, fixait le vieux bidon d'huile au milieu du cercle. On l'avait installé à la place de notre ancien rond de pierres après que des flammes l'avaient traversé, manquant d'embraser la forêt. Tout le monde était parti, sauf la gang de Monique et Dave, qui regardait p'pa ériger une petite butte de broussailles dans le bidon.

« Ça marchera pas, a dit Dave. Tu d'vrais le placer comme une tipi. »

« Crime, j'ché comment bâtir un feu. »

« Heille, a chigné Danny tout d'un coup, pointant Dave du doigt. C'est pas fin, ça ! J'vas te r'monter ! » Il s'est mis à marcher autour du rond de feu comme un petit soldat. Isabelle s'est installée sur un banc avec sa boîte à jus, a pris une gorgée en dévisageant son petit frère.

Dave a cligné des yeux et nous a regardés. « Quessé qu'y dit ? »

« Il va te remonter, te téléporter », a dit Monique, levant les yeux de l'assortiment de pains à hot-dog qui trônaient sur la table de pique-nique devant elle. Elle se versait du ketchup. « T'sais, comme dans *Star Trek* ? » Elle a fait un geste avec la bouteille, comme pour mimer la téléportation. Je me suis tassé dans mon siège pour éviter la bouteille de ketchup qui m'a frôlé la tête en remontant. « C'est John qui regarde ça avec eux autres. »

Dave a grogné et s'est gratté le menton.

« Comme avec what's his name, là ? Sprock ? »

John a toussé et a secoué la tête. « Non non. Pas celui-là. Celui-là, y est pas... approprié pour son âge. »

« C'pas un peu violent, c't'émission-là ? » a demandé m'man.

« Je suis plus un fan de *Voyager*, a précisé John. C'est plein d'entraide et de travail d'équipe. »

Monique a pouffé. « T'aimes juste le cul de la fille, là. C'est quoi son nom, déjà ? Sixty-nine ? »

« Seven of Nine », a répondu John en rougissant.

« Je vas te r'monter ! » a crié Danny vers la forêt.

•

L'entrepreneur de pompes funèbres était venu, puis reparti. P'pa était rentré lui parler, avec m'man et Monique. J'étais resté près du rond de feu avec John et Dave, à surveiller les enfants. Danny et Isabelle se couraient après sur le terrain, longeant l'orée du bois, où la végétation poussait en bataille. John parlait de *Battlestar Galactica* et de ses espoirs pour la saison finale. Il regardait toutes les émissions sur l'espace. Dave vidait sa flasque. Dès qu'il pensait qu'on ne le regardait pas, il sourcillait en regardant le ciel.

Je n'entendais pas un mot. Mon esprit s'aventurait vers la maison, cherchant à savoir ce que voulait le responsable des funérailles. Malgré ma curiosité, je n'avais pas la force d'aller voir. Quand j'y songeais, ma poitrine se serrait, comme si mon cœur s'emmêlait dans de la broche à poule, comprimé, incapable de pomper suffisamment de sang dans mes veines. Mon souffle s'accélérait et je m'étirais en me cambrant sur mon banc, je bâillais les bras par-dessus la tête – tout pour tenter d'empêcher mon désespoir croissant de s'installer pour de bon. Je faisais des allers-retours entre l'atelier de p'pa, le frigo à bières qu'il gardait sous un établi et le rond de feu que Danny et Isabelle fouillaient de leurs bâtons.

« Tu vois ça ? » a demandé Isabelle à son petit frère.

« Ouais ! »

« C'était un arbre, avant. »

« Whoa, a chuchoté Danny. Qu'est-ce qui s'est passé ? »

« Le feu, a dit Isabelle. Y l'a mangé pis y a fait caca. »

•

Quand j'ai enfin eu le courage de me diriger vers la maison, j'ai croisé Monique. Elle m'a fourré un plateau couvert de nourriture dans les bras. « P'pa dit de pogner du bois. »

« Pour ? »

« Les saucisses. »

J'ai examiné le contenu du plateau : fromages et craquelins, crudités et trempette.

« Le funeral director y est parti, a dit Monique. Tu peux sortir de ton trou. »

« Je... » Je me suis senti blêmir.

Monique a pressé les lèvres en me dévisageant, puis son regard s'est adouci et elle a frôlé mon coude de ses doigts. « Désolée. T'en fais pas avec ça. »

•

Les flammes léchaient le pourtour du vieux bidon d'huile.

« C't'assez d'bois, ça, Émile. » Ma mère a sourcillé en voyant le chargement dans les bras de mon père.

Laissant tomber les bûches près du quatre-roues de Dave, p'pa a jeté un œil à son frère en renâclant. « Tu vois ? Ch'te l'avais dit qu'ça pognerait. »

On a fait cuire les saucisses sur le feu. Mon père se plaignait que les flammes ne s'étaient pas assez taries pour que se forme un bon lit de braises, mais m'man lui a rappelé que ses petits-enfants avaient faim. Ils se tenaient à ses côtés pendant qu'il tendait la broche au-dessus du feu, accroupi devant le bidon d'huile. La graisse s'égouttait de la viande et grésillait dans les flammes.

« Ostie, ça sent bon, a dit Dave. Du chevreuil ? » P'pa a hoché la tête.

Ma mère nous a résumé ce qu'avait dit l'entrepreneur de pompes funèbres. Il voulait des photos pour la cérémonie. Une liste de chansons. On a parlé de musique de violoneux. En écoutant m'man d'une oreille, je fixais les saucisses qui brunissaient, tentant de ne pas trop penser à Alfred et au vide qu'il laissait derrière lui. J'ai grogné quand j'ai entendu p'pa s'adresser à moi.

« Ça te va, Rich ? »

« Quoi ça ? »

« J'ai dit, faudra aller checker la cabine demain, a dit p'pa. La vider. La fermer. »

•

Après le repas, Danny a tiré un petit bison en plastique de sa poche et s'est mis à le faire ruer sur le bras de son banc.

« Patch-e-coupe, patch-coupe », disait-il.

« On dirait un cheval », a dit p'pa.

« Ben non, a dit Danny. C't'un buffalo ! »

« Un bison, je l'ai corrigé, en insistant sur la prononciation. Bii-zon. »

« Non, a gémi Danny. Un buf-fa-lo ! »

« En français, c'est bison, a dit Isabelle. J'ai appris ça à l'école. »

« T'es pas à l'école ! »

« Ben oui, j'suis en maternelle ! »

« Oui, a dit John. Et tu apprends le français ! »

Isabelle a hoché la tête, timide. « Un petit peu. »

« Montre à mémère, à pépère et à mononcle Rich ce que t'as appris ! »

« Heille, moi aussi je parle français ! a crié Danny. Un, deux, toi, cat... »

« Et Opa m'a appris l'allemand, a dit Isabelle. Ein, zwei, drei... »

John a haussé les épaules, penaud, et Dave a éclaté de rire.

Sans lâcher des yeux le feu, p'pa a pris la parole. « Dans l'temps, y fallait cacher nos livres à l'école. »

Isabelle et Danny l'ont regardé, incrédules. « Quoi ? »

« Bon, ça y est », a dit Monique.

Dave a hoché la tête du haut de son quatre-quatre. « Ouaip. Fallait qu'on cache nos livres. On avait pas le droit d'apprendre le français. »

Isabelle a jeté un coup d'œil à Monique. « C'tu vrai ? »

Monique a soupiré en hochant la tête, a fait un geste en direction de notre père.

P'pa a poursuivi. « Dans l'temps, le gouvarnament wanted everyone to learn and speak English. Y envoyaient quelqu'un checker nos cours, nos livres pour faire sûr qu'y étaient toutes en anglais. »

Les yeux d'Isabelle se sont écarquillés.

« Fallait qu'on apprenne le français en cachette. Pis quand les inspecteurs se pointaient, les sœurs couraient alentour pour collecter nos livres, then they'd hide those French books in the vents. »

« Tes sœurs !? »

« Hein ? Non non. Les sœurs – les religieuses. »

« Ah, OK ! » Danny a jeté un regard rapide à sa mère comme s'il se demandait ce qu'était une religieuse.

« Elles couraient partout comme des poules pas de tête, checkaient nos bureaux au cas où on aurait oublié de quoi. »

« P'pa, arrête de leur faire peur », a dit Monique.

« Ben quoi, c'est vrai. »

Isabelle a hoché gravement la tête pendant que Danny se fouillait dans le nez et faisait ruer son bison en plastique.

•

Ces histoires-là, sur p'pa et ses frères et sœurs qui avaient dû apprendre le français en cachette quand ils étaient petits, je les entendais depuis des années. De temps en temps, un inspecteur de l'école – toujours un Anglais, semble-t-il – venait en classe et dévisageait les enfants, réprimandait les sœurs et s'assurait que personne n'apprenne autre chose que l'anglais. J'avais entendu ces histoires tellement souvent que j'aurais pu les raconter moi-même comme si j'avais été là. Enfoncé dans mon siège, les yeux rivés sur la canopée, sur le ciel que ponctuaient de rares braises emportées par le vent, je me repassais les détails que j'avais absorbés : le bruit des pas de l'inspecteur, le craquement du parquet, l'air sévère gravé dans son visage, le grattement de son crayon sur son bloc-notes, le ton de sa voix quand, baissant les yeux vers mon père, il a demandé : « Dis-moi, mon garçon, qu'as-tu appris aujourd'hui ? »

La jeune voix de mon père avait tremblé.

« La marde de vache, c't'un bon fertilisant. »

« Je vois », a dit l'inspecteur en fusillant du regard la religieuse, dont le visage s'est empourpré jusqu'à se confondre avec la couleur du drapeau suspendu dans le coin. L'insigne rouge. L'inspecteur lui a indiqué de sortir dans le couloir. La sœur l'a suivi à contrecœur.

« On l'entendait à travers le mur, nous racontait p'pa. Il criait. Y lui disait qu'on deviendrait jamais personne à moins de se faire laver la bouche avec du savon. Quand elle est rentrée dans la classe, j'ai ben vu qu'elle avait pris ces paroles au sérieux. Ses yeux rouges, ses joues mouillées. Elle s'est dirigée vers son bureau, a pris une règle et s'est approchée de moi, puis, oubliant que l'inspecteur était encore dans le couloir, elle a dit "tes mains", et j'ai tendu mes mains et elle m'a frappé avec sa règle. » À ce moment-là du récit, notre père nous montrait une petite cicatrice sur ses doigts. « Drette là. » Ce n'était jamais la même, et parfois, ce n'était pas le même doigt ni même la même main, mais ça n'avait pas d'importance : la vue de sa main était suffisante pour qu'on ressente l'horreur du geste. Il avait été puni pour avoir fait honte à une sœur parce qu'il parlait à peine l'anglais.

Les cours de français se sont poursuivis tous les matins avant le début officiel des classes, et durant la journée, ils apprenaient assez d'anglais pour que l'inspecteur ne se doute de rien.

En écoutant p'pa raconter une énième version de cette histoire à Isabelle et à Danny, j'ai repensé à Alfred, qui m'avait demandé ce qu'on pouvait bien nous enseigner à l'école. Le lendemain soir, je lui avais demandé ce que lui, il y avait appris, tout en lui répétant ce que p'pa nous avait raconté sur l'enseignement du français en cachette, et Alfred avait ri jaune en secouant la tête.

« On faisait pareil. » Puis il a sourcillé. « Mais les sœurs 'taient pas des saintes. » Il a tiré sur sa pipe un instant. Les reflets sur l'eau faisaient danser de drôles de formes sur son visage de pierre. Le lendemain de notre discussion autour du feu, on se tenait sur la petite digue de fortune qu'on avait bâtie ce matin-là, quand l'eau s'est mise à monter de la forêt jusqu'à sa cabane. On l'entendait s'infiltrer à travers la digue, et ce n'était qu'une question de temps avant que notre barrage de fortune ne cède. Alfred a grogné en fixant le bois. « Sure, elles nous ont appris à parler l'français, mais a nous ont arraché la langue itou. » Il m'a regardé. « Les sœurs a v'naient presque toutes du Québec, hein. A connaissaient pas li mitchif pis a nous disaient toutes qu'on parlait mal, et pis a nous lavaient la bouche. » Alfred a tapé sa pipe, et des cendres ont voltigé dans l'eau stagnante. J'ai tenté de m'imaginer la scène. Une volée de sœurs exaspérées qui frottent la bouche d'Alfred avec du savon pour en laver le mitchif. Leurs coudes qui s'activent comme des pistons.

« Le pe-tit chat, il a dit. Pas l'tchi shaa. »

Le bi-son. Pas li bufloo.

•

« Rich, a dit Monique. Rich. On s'en va. »

J'ai frotté mes yeux pour chasser les souvenirs, puis j'ai regardé autour du feu. Les braises luisaient. On avait rangé la nourriture de la table de pique-nique. Dave était parti – je n'avais pas entendu le bruit du quatre-quatre. Isabelle dévalait le sentier vers l'entrée, et John courait au trot à ses trousses. Monique se tenait au bord du rond de feu, tentant d'éloigner Danny du bidon d'huile.

« Mais je veux ajouter du bois », geignait-il. Monique a secoué la tête, puis s'est accroupie près de lui, a mis ses mains sur ses petites épaules et l'a regardé dans les yeux.

« Mais c'est l'temps d'y aller, mon petit homme. C'est presque l'heure du dodo. »

« Fine », a dit Danny en boudant.

« Grosse babine ! » je lui ai lancé, et il m'a regardé en fronçant les sourcils.

« Heille ! a crié Danny. Menoncle Rich, tes yeux sont tout mouillés ! »

« Ah ouais ? j'ai porté la main à mon visage et j'ai découvert que des larmes coulaient sur mes joues. Eh ben... », j'ai marmonné.

Monique s'est relevée et m'a regardé, l'air inquiet. « T'es-tu correct ? »

J'ai hoché la tête. « Ouais. Je pensais juste à... » Je me suis raclé la gorge et j'ai secoué la tête. « Ça va aller. »

Danny nous a regardés tous les deux. « Is menoncle Rich okay ? »

Monique a fait signe que oui et lui a flatté la tête. « He's okay. Juste un peu triste, je pense. »

« Ah », a dit Danny. Il a pris la main de sa mère, et tandis qu'il lui emboîtait le pas pour se diriger vers la maison, il s'est retourné pour me regarder. « Menoncle. » Il a retiré sa main de celle de Monique, est revenu vers moi et m'a tendu son autre main. « Tiens. » Il a fait tomber un jouet dans ma paume ouverte.

Je l'ai approché de la faible lueur qui émanait des braises, et j'ai vu que c'était son bison en plastique. J'ai secoué la tête. « Je peux pas prendre ça, c'est ton bison. »

« Tu peux le garder un peu. Pour qu'il te console. »

« That's very nice, Danny. C'est très gentil », a dit Monique. Elle s'est accroupie encore une fois et l'a serré dans ses bras. « Uncle Rich will give it back to you la prochaine fois, OK ? C'est l'temps d'y aller, là. »

« OK », a dit Danny en bâillant, tandis que Monique le soulevait et le posait sur sa hanche.

Je me suis levé pour prendre Monique dans mes bras et j'ai tenté de glisser le bison en plastique dans sa main, mais elle a souri doucement et, l'air encore un peu inquiet, a secoué la tête. « Next time », elle a articulé sans bruit. En regardant Danny, j'ai vu qu'il s'était déjà endormi sur son épaule.

On a marché ensemble vers la voiture, où John attachait Isabelle dans son siège. Monique a placé Danny doucement dans son siège de bébé et a fixé les harnais. John a sauté dans la minivan et l'a démarrée. Je me tenais à l'écart. En regardant Monique refermer sa portière, puis en les suivant des yeux jusqu'à la route, j'ai refermé le poing sur le petit bison.

20 –
Y EN A D'L'EAU DANS' SWOMP

La ville de Grand Forks était à la fois sous l'eau et en feu. Toute la journée, des images avaient défilé sur la petite télé suspendue dans un coin de la station Esso : des flammes poussaient comme des mauvaises herbes par les fenêtres des vieux bâtiments de brique, baignés jusqu'à la taille par une soupe d'eau de rivière brune où dérivaient des décombres. À l'avant, les fourgons d'incendie flottaient sur des barges, mais en vain, car comme le répétait le lecteur de nouvelles, les stations de pompage étaient inondées. Les pompiers regardaient, impuissants, les flammes se propager comme un feu de brousse dans les greniers, sautant d'un immeuble à l'autre jusqu'à former un immense brasier.

Alfred s'était rendu à la station-service acheter un bidon d'essence pour alimenter la petite pompe que lui avait prêtée mon père. J'étais resté dans le camion surveiller la poignée de sacs de sable qu'on avait dénichés en ville. Je doutais qu'il y en ait assez, mais Alfred semblait avoir un plan. Après un moment, je me suis demandé ce qui le retenait aussi longtemps et, en jetant un œil à l'intérieur, j'ai vu qu'il s'était arrêté au milieu d'un petit attroupement massé près du comptoir : une demi-douzaine d'hommes et de femmes qui avaient laissé leur voiture près des pompes et qui s'agglutinaient autour de la télé comme des papillons de nuit. Curieux, je suis entré. Sur l'écran, des avions de l'armée larguaient de l'eau du ciel. Ils se succédaient au-dessus de la ville comme s'ils survolaient un feu de forêt et l'arrosaient à coups de petits lacs.

On se tenait dans la solitude muette et bondée de notre état de choc, et on regardait l'horreur se jouer à l'écran, à quelques heures de route. Il n'y avait pas de rivières là où on était, à la lisière de la vallée – seulement quelques ruisseaux et un échiquier de broussailles et de terres d'élevage ; quelques fermes, des marécages, des marais, des tourbières et des gravières –, mais cette eau qui montait sans cesse dans la vallée, cette mer qui s'étendait du sud vers le nord, occupait totalement nos pensées. À la télé et à la radio, on ne parlait que de ça. Tout le monde connaissait quelqu'un qui luttait pour sauver sa maison. L'armée avait été appelée en renfort, et on parlait de nouvelles évacuations. Des montagnes de sacs de sable ont été érigées en d'imposantes cloisons renflées qui serpentaient le long de la Rouge. Le canal de dérivation était plein. Même Chrétien s'est pointé. Il a balancé un sac de sable, puis s'est envolé vers Ottawa pour déclencher des élections.

« Ça va t'êt' la panique », a dit Alfred plus tard, dans son camion, tandis qu'on filait à toute vitesse vers sa cabane en écoutant les nouvelles cauchemardesques à la radio. Je serrais les dents au son des voix de plus en plus stridentes. Les images sinistres qu'elles dépeignaient – celles d'un tsunami qui s'élevait au ralenti par-dessus la frontière – me trituraient les nerfs. Je jetais des coups d'œil nerveux à Alfred, et les rides profondes gravées dans son visage, son port de tête décontracté et son regard accroché à la route me réconfortaient : les horreurs de la radio ne paraissaient pas l'atteindre, semblaient lui glisser dessus comme de l'eau sur le dos d'un canard. Il a secoué la tête, puis l'a hochée, et un muscle s'est mis à tressauter à l'arrière de sa mâchoire. « Ça va t'êt' la panique », il a répété.

•

On a posé une bâche derrière la cabane et on l'a lestée avec une rangée de sacs de sable. Un voisin qui en devait une à Alfred lui en avait livré deux verges. P'pa est arrivé avec la pompe, et on s'est mis à installer des panneaux de contreplaqué devant les sacs et à les emballer avec la bâche de plastique. C'était une structure bancale et précaire qui n'aurait pas retenu une crue montante, mais elle ferait l'affaire pour une demi-douzaine de pouces d'eau marécageuse. Il n'y avait pas de courant à contenir, seulement une bordure de marais, son doux roulis ballotté par le vent.

Une fois qu'on a bâti la fortification de fortune, après que j'ai remblayé le contreplaqué avec les sacs de sable restants, p'pa a installé la pompe. De l'eau s'était déjà infiltrée dans la remise d'Alfred, à l'arrière de la cabane, entre le contreplaqué et les sacs de sable, et il fallait la pomper de là. P'pa a montré à Alfred comment faire fonctionner l'engin, comment régler les soupapes d'admission et de refoulement. L'air s'est rempli de gaz à échappement, et le moteur a gémi comme un motocross. Je les écoutais discuter de la fréquence à laquelle mettre la pompe en marche et vérifier le niveau de l'eau dans la remise et au sol, devant l'entrée.

« À chaque couple d'heures, au moins », a dit p'pa.

« M'a t'êt' deboutte toute la nuitte », a répondu Alfred.

P'pa a grogné. « Je peux rester, si tu veux. »

Alfred a secoué la tête. « Non non. Moé pis Richard on d'vrait t'êt' capab'. » Il m'a lancé un coup œil et j'ai opiné. Mon père m'a dévisagé un instant, étudiant les couches de boue, de sable et de sueur qui s'étaient incrustées sur mes pantalons, mon chandail, mes mains et mes bottes, comme pour déterminer si j'avais ce qu'il fallait.

« OK. Ben, I suppose. Vu que t'es encore suspendu. »

•

« Tabarouette, c'est broche à foin », a dit Alfred après le départ de p'pa, alors qu'on se tenait devant la barrière qu'on avait érigée tant bien que mal pour retenir le petit lac qui prenait forme dans sa cour. La bâche battait dans la brise, et des vaguelettes s'écrasaient contre les sacs de sable. « Mais ça d'vrait tenir. »

« Tu penses-tu que la nouvelle shed va t'être correcte ? »

Le travail de la veille baignait dans un demi-pied d'eau.

Alfred a haussé les épaules. « On verra ben. »

Puis Alfred m'a montré ce que mon père venait de lui apprendre sur la pompe : comment la démarrer, la faire fonctionner, s'assurer qu'elle n'aspire pas d'air pour éviter de brûler le moteur. Je hochais la tête, en sachant que ça signifiait qu'Alfred me laisserait seul, plus tard. Je voyais bien qu'il était fatigué, à sa façon d'appuyer lourdement ses coudes sur les genoux en pointant du doigt la pompe, puis de se relever lentement en faisant un vague geste du bras vers la remise pour me montrer où se trouvaient les bidons à essence. On a fait marcher la pompe encore un peu, assez pour drainer la petite remise, puis on l'a éteinte.

Une fois à l'intérieur, on a fait chauffer le four et on y a glissé une plaque de cuisson pleine de morceaux de poulet. Alfred s'est installé dans son fauteuil et s'est endormi. Je suis resté assis à la table de cuisine, à attendre. En parcourant des doigts les égratignures et les entailles sur la surface du bois, j'ai repensé à tout le temps que j'avais passé là – plusieurs jours s'étaient déjà écoulés – et au fait que je commençais à me sentir chez moi.

Les longues nuits tranquilles, ce silence enveloppant qui permettait au monde de s'immiscer à travers les murs – les criquets, les hiboux, les petits rongeurs que j'entendais fouiner sur le terrain –, avaient commencé à me lasser. Jusqu'à ce que l'eau se mette à monter. À présent, en attendant que le poulet soit prêt, je n'entendais rien sauf l'eau qui clapotait autour des arbres et dans le sous-bois, les vagues qui se brisaient contre la barrière.

J'ai allumé la radio et je suis passé d'une fréquence à l'autre à la recherche de quelque chose qui ne jouerait pas avec mes nerfs. Je commençais par écouter de la musique, quelque chose de survolté qui me distrayait du présent, mais la chanson se terminait et l'animateur se remettait à parler d'inondations. Les actualités interrompaient sans cesse la musique : des milliers de personnes ont dû être évacuées de Winnipeg, tout comme les milliers d'habitants des villes et des villages qui s'étendent comme des perles le long de la Rouge, déjà partis pour les hautes terres. Emerson, Morris et Saint-Adolphe, Saint-Jean-Baptiste et d'autres étaient désormais de petites îles noyées, des nombrils reposant sous le niveau de l'eau de cette mer géante en pleine croissance. L'aréna de Sainte-Anne abritait des centaines de personnes de la Première Nation de Roseau

River, nous avait dit mon père ce matin-là. Elles étaient entassées là comme des sardines, et manquaient de nourriture, d'eau et de couvertures. Mes doigts ont figé au-dessus de la molette. J'écoutais les rapports de l'armée, qui survolait les eaux en hélicoptère pour recueillir les gens qui s'étaient réfugiés sur les toits de leurs maisons inondées.

J'ai sursauté au son du téléphone. Alfred a remué dans son fauteuil, mais a continué à ronfler. J'ai décroché à contrecœur.

« Richard ? » J'ai été étonné d'entendre la voix de mon père. Il nous appelait pour nous avertir que la ligne à Faucher était fermée. « Water jumped it just north of the highway, eh. Y avait un truck dans' ditch, là, avec l'eau jusqu'au miroir. Had to circle back through Sainte-Geneviève and take the number 12. Vous êtes corrects, vous autres ? »

« Euh, ouais », j'ai fait en regardant Alfred, qui a ouvert les yeux en grognant. Il s'est hissé de sa chaise et a entrouvert le four. Un nuage de chaleur a jailli. Il a éteint le feu. « Ouais, on est corrects. On va souper, là. »

« OK, ben. Call if you need help. »

« OK. »

Alfred a sorti la plaque du four, a poignardé le poulet avec sa fourchette, a grimacé un instant, avant d'émettre un petit rire. « On a brûlé la poule. Aussi bin d'manger nos bottes en rubber. »

•

Après minuit, le vent s'est levé et a fait monter l'eau entre les arbres, faisant pleuvoir des gouttes grosses comme des moineaux contre la cabane. À moitié endormi, j'ai suivi Alfred dehors, dans la pluie, et je suis resté debout dans une flaque derrière le mur de contreplaqué enroulé de bâche et lesté de sacs de sable, à regarder la neige récemment fondue monter autour de mes bottes.

Alfred sacrait entre ses dents en tirant le cordon pour démarrer le moteur de la pompe. Une rafale de vent mouillé nous a raclés, et Alfred a lâché un cri quand un des panneaux de contreplaqué a basculé par-dessus les sacs de sable à côté de lui. L'eau s'est engouffrée par en-dessous, inondant ses pieds et la petite pompe.

J'ai attrapé le panneau, l'ai relevé en tassant la bâche déchirée, et l'ai remis en place. Le moteur de la pompe crachait en gémissant, et Alfred tirait le cordon, bien serré dans sa main, le coude jaillissant derrière lui sans relâche. J'ai déplacé certains des sacs, les ai empilés contre l'arrière du panneau de contreplaqué en espérant que ça tienne, mais le vent rendait la tâche ardue, et toute une rangée du muret s'est mise à vaciller. La pompe a gémi à nouveau en crachotant. Alfred a reculé d'un pas et l'a fusillée du regard.

« A floodé. »

« Trop de gaz ? »

« Non, il a secoué la tête. Y a d'l'eau dans l'moteur. Faut attendre qu'ça sèche. »

« Shit. »

On regardait le plan d'eau qui était monté en silence entre les arbres et qui s'abattait à présent comme du tonnerre contre la cabane. Les flots bouillonnaient, tourbillonnant autour de la remise qu'on avait bâtie la veille, aspirant l'ancienne dans le bois. Ils montaient jusqu'au rond de feu où on avait passé la soirée, s'écrasaient contre les pierres et s'immisçaient en son centre. L'eau s'étendait sans relâche, avalait tout sur son passage.

Alfred m'a attrapé par le coude.

« Mon homme. Écoute. Y faut serrer la pompe. »

Ensemble, on a sorti la pompe de l'eau et on l'a apportée dans la remise, où on l'a placée sur un petit banc pour qu'elle puisse sécher. Puis on s'est mis à la recherche de deux-par-quatre à clouer contre les panneaux de contreplaqué. Alfred voulait fixer une extrémité à un pieu qu'on enfoncerait dans le sol, derrière le mur, mais pendant qu'on enfonçait les pieux, la terre s'est mise à gargouiller et à éructer, et l'eau s'est écoulée de la plaie, érodant la boue autour du trou et sapant la poigne. Après quelques minutes passées à enfoncer des pieux dans la boue pour les regarder basculer lentement – une tâche vaine, comme puiser de l'eau marécageuse pendant une averse –, j'ai secoué la tête et me suis tourné vers Alfred.

« Ça marche pas. »

Alfred a grogné en essuyant l'eau de pluie et la sueur de son front, y laissant une trace boueuse. « OK. Y faut sauver mes affaires. »

« Quelles affaires ? »

« Dans' cabine, là. Pas mal sûr qu'on va en avwayr d'l'eau à swayr. »

J'étais assis sur le plancher de la cuisine, et l'eau s'enroulait autour de mes bottes tandis que j'enfonçais les jambes dans le vide sanitaire.

« C'est mouillé. » Alfred a opiné. Il tenait une chandelle, qu'il avait allumée avec son briquet, et l'a placée prudemment sur la table, loin de la pile de boîtes qu'on avait ôtées de sous son lit. Un petit feu crépitait dans le poêle à bois près du mur, et une lueur orangée se réverbérait sur le linoléum. On s'était préparés au pire : un pied d'eau dans la cabane. On avait hissé le divan sur des blocs de bois comme une vieille voiture sans roues, puis on avait roulé les tapis et on les avait balancés sur le divan. On a retiré les tiroirs du bas de la commode, vidé le bas des armoires, et mis tout ce qu'on pouvait sur le lit et le comptoir de la cuisine, au cas où l'eau commencerait à s'immiscer par la trappe de sol. Puis Alfred m'a envoyé jeter un œil dans le vide sanitaire, et quand j'ai vu l'eau s'enrouler autour de mes bottes, il est allé couper l'électricité, nous plongeant dans le noir. On s'est assis à la table pour reprendre notre souffle. La pièce était illuminée par le poêle. Sur la table basse du salon, on avait installé le vieux coffre qu'Alfred gardait dans sa chambre. Il était plus lourd que je ne l'aurais pensé, rempli de vieux albums photo, de papiers et de fourrures. Une toque miteuse avec une queue de raton laveur, une paire de mukluks. Il y avait un vieux morceau de cuir en forme de pieuvre aplatie, recouvert de fleurs perlées aux couleurs vives. Je l'ai aperçu quand Alfred a vidé une partie du coffre sur le lit pour l'alléger. Puis il m'a montré la trappe vers le grenier dans la garde-robe et m'a fait monter sur une chaise pour y enfouir quelques boîtes, car les comptoirs de cuisine étaient surchargés de tiroirs débordants, de piles de vêtements, de boîtes à chaussures pleines de cassettes et de montagnes de livres sur le point de s'effondrer.

Une fois le tout installé, Alfred a mis une bouilloire à chauffer sur le poêle à bois et a sorti deux tasses de l'armoire. Assis en silence, on a attendu notre thé.

« Faudra checker la pompe, après », a dit Alfred en bâillant.

« OK. » J'ai fermé les yeux pour reposer mes paupières. La bouilloire a hurlé sur le poêle comme le chien d'un voisin, au loin. J'ai senti quelque chose me frôler le pied, et j'ai sursauté en clignant des yeux. Alfred se tenait devant moi et me tendait une tasse de thé fumant.

« Tu cognes des clous. »

« Désolé. » J'ai bâillé et j'ai pris la tasse en tâchant de rester réveillé.

« C'pas grave. » Il a haussé les épaules. « Deux minutes. Pis on va aller voir la pompe. »

J'ai hoché la tête et j'ai pris une gorgée de thé. Alfred s'est installé dans sa chaise, grognant en étirant les jambes – je voyais bien qu'il avait mal au dos –, et a aspiré son thé bruyamment. Ce son était devenu la trame sonore de notre veillée. Je fixais la lueur du feu qui dansait parmi les boîtes posées sur la table. Sur l'une de celles-ci, à travers les couches de poussière et une surface délavée par le temps, une femme me regardait. Elle portait un grand chapeau et une robe à l'ancienne, bouffante. Elle était assise dans une sorte de boudoir. Une plante dans un coin. Une tapisserie au mur. Elle esquissait un sourire forcé pour la caméra, sans que ses yeux n'en soient atteints. La photo pâlie, aux coins émoussés, était posée sur une pile de clichés en noir et blanc. Curieux, j'ai plongé la main dans la boîte et j'ai cueilli la photo sur le dessus de la pile, l'ai étudiée à la lumière du feu. Au verso, un mot et une date, à peine lisibles : Saint-Adolphe, 1909.

« Menoncle. » Je lui ai montré la photo. Il l'a prise et s'est mis à examiner la femme. « C'est qui ? »

Il a pris une gorgée de thé et a souri.

« Ma mère. »

21 –
LA CHICOQUE DE SAINTE-GENEVIÈVE

Le lendemain de la visite de l'entrepreneur de pompes funèbres, on s'est rendus chez Alfred. Il fallait récupérer quelques objets pour les funérailles, retrouver son testament et fermer la cabane pour que les petites bêtes – les écureuils, les souris et les ratons laveurs – ne s'y installent pas au cours de l'hiver. Mon père était le liquidateur, mais on ne savait pas grand-chose de la succession. Au cours des dernières années, Alfred avait beaucoup parlé de ses dernières volontés, des funérailles, du fait qu'il voulait se faire incinérer avec sa casquette camouflage préférée, mais il n'avait jamais évoqué ce qu'il souhaitait que l'on fasse de ses biens. Ma mère croyait qu'il ne resterait pas grand-chose. Alfred n'avait jamais été riche. Il avait fait des jobines et vécu sur son lopin boisé au sud de Sainte-Geneviève, mais il y avait tout de même la question des terres. Personne ne savait combien il en possédait ni ce qu'elles allaient devenir.

« Peut-être qu'y va t'la laisser, sa terre, Émile », avait dit m'man.

P'pa a secoué la tête. Il a agrippé le volant et s'est engagé sur la route. Le vent faisait claquer les branches, et les feuilles sèches tombaient doucement avec la neige sur le gravier. Je me suis étiré dans le siège du passager – m'man était assise derrière moi, sur le siège rétractable – et j'ai gémi quand la douleur a fusé le long de ma jambe jusque dans mes pieds. J'avais pris un cachet avant de partir, mais il n'avait pas encore fait effet. J'ai tenté de ne pas y penser et je me suis demandé à qui Alfred avait légué sa terre. Je me suis tourné vers mon père. « À qui d'autre, sinon ? »

« Je sais pas. Mais ça sert à rien de se faire des idées. »

« C'est triste, ça, a dit m'man. Moi, j'aime ça, espérer. »

•

Le camion cahotait vers l'autoroute. Avec la pluie et le gel de la nuit précédente, la glace avait éventré le gravier et inscrit la saison à même le sol. On avançait en tanguant sur la route criblée de nids de poule, et on sentait le froid remonter dans nos os et nos dents. La pluie s'était changée en neige, et celle-ci s'est tarie à son tour après quelques rafales poudreuses. Le mois de novembre avait été inhabituellement chaud et sec, mais à présent, la chaleur reculait, et un froid familier reprenait ses droits. P'pa faisait du slalom pour éviter des trous d'une profondeur inconnue recouverts d'une couche de glace et remplis d'eau, et ma mère se plaignait qu'elle se faisait ballotter comme une poupée de chiffon sur la banquette.

Près de l'autoroute, une grosse abeille de pompage dorée survolait une fosse remplie d'eau. Elle tenait un gros tuyau dans ses tout petits bras. À partir d'un certain angle, on dirait toujours que les abeilles se branlent. Le numéro de téléphone, à moitié submergé dans le liquide chatoyant, se reflétait dans la fosse.

« Ça me fait penser, Joe a appelé hier soir », a dit m'man.

« Quoi ? » Je me suis retourné pour la regarder. « Pourquoi tu m'as rien dit ? »

« J'te l'dis, là ».

P'pa a grogné. « Tu dormais. »

« Ah. »

« Il voulait savoir si tu pourrais faire une couple de jobs cette semaine. Y est débordé. »

P'pa a grogné à nouveau. « C'pas un peu mal élevé, ça ? Demander ça en ce moment ? »

« Ça se fait, poser la question, Émile. »

J'ai senti ma mère fusiller p'pa du regard et les poils sur ma nuque se sont dressés.

Tentant de résister au frisson qui parcourait ma peau, j'ai fourré mes mains dans les poches de mon manteau et j'ai senti un objet dur en plastique me frôler les jointures. Une grosse tête. J'ai parcouru la forme du bout des doigts et je l'ai retournée avec mon pouce. J'ai tiré l'objet de ma poche et j'ai examiné les petites cornes qui sortaient des deux côtés de sa tête. Son épais manteau moulé dans le plastique et ses pattes maigres lui donnaient un air biscornu. L'existence d'une telle créature était invraisemblable. Imaginez un million de ces bêtes en débandade, avec ces pattes-allumettes. Comment les gens pouvaient les chasser, à l'époque, à dos de cheval, avec des mousquets et des balles de plomb dans les joues comme des écureuils – ça me dépasse.

« Ben, ce serait pas plus mal de faire un peu d'argent. » Une certaine vision de l'avenir a pris forme dans mes pensées : un paquet de cigarettes, un miroir pour ma Buick, peut-être même un petit quelque chose pour Becky. Même si je n'avais pas beaucoup repensé à elle depuis la nuit où Alfred était mort, elle me revenait en tête de plus en plus souvent, et l'idée d'une vie à deux en ville s'imposait. Je savais qu'on ne tenait qu'à un fil. J'ai fourré le bison de plastique dans ma poche et j'ai ajouté : « Pis de me changer les idées. »

P'pa a grogné encore une fois et m'a regardé du coin de l'œil. Je voyais bien qu'il avait quelque chose à dire, mais il s'est retenu et a pesé fort sur l'accélérateur. Le camion s'est élancé vers le nord, sur l'autoroute, puis à nouveau sur le gravier. Des nuages de poussière se sont élevés derrière nous, tirés de la terre par la fureur de notre passage.

•

La cabane d'Alfred s'était transformée peu à peu au fil des années, vieillissant au rythme de son propriétaire, le temps s'imprimant dans l'usure. J'avais à peine remarqué les gouttières tordues et le toit affaissé quand j'étais venu l'aider à nettoyer son terrain, plus tôt cet automne-là. Alfred était resté assis sur un banc, emmitouflé dans une couverture de laine, et m'avait regardé travailler. Par la suite, il m'avait invité à boire une tasse de Red Rose, mais j'avais décliné parce que j'étais pressé. Joe allait me montrer comment vider une fosse septique avec le camion de pompage. Alors j'ai serré la main noueuse de mon oncle et j'ai sauté dans ma Buick, le laissant seul sur son terrain.

À présent, en sortant du camion de mon père, l'ampleur de la détérioration m'a frappé : les volets brisés, les châssis pourris et troués, les murs récurés par le vent qui s'épluchaient comme une peau brûlée au soleil, les bardeaux manquants, les fondations lézardées.

« Crisse, a dit p'pa en s'approchant de la cabane. Les ambulanciers ont pas fermé la porte. »

À l'intérieur, c'était le chaos. Des mouches bourdonnaient au-dessus d'un bol de soupe épaissie. La vaisselle sale s'accumulait sur le comptoir. Le combiné du téléphone mural gisait par terre. Des traces de bottes recouvraient le linoléum, en rond, à l'endroit où Alfred avait attendu à quatre pattes. Des empreintes animales serpentaient au sol, comme si des rongeurs étaient entrés pendant la nuit en quête de nourriture ou d'un refuge. Quelque chose avait fait tomber le chaudron du poêle et avait goûté la soupe renversée au sol. L'ampoule au-dessus de la table grésillait, baignant de sa lumière chaude un tas de mouches mortes.

C'est là qu'on a remarqué les papiers éparpillés dans le salon. Les boîtes retournées, vidées sur le vieux divan. Les livres qui jonchaient le plancher dans le désordre, devant des bibliothèques vides. Les cassettes qui gisaient le long des plinthes. Les tiroirs et les placards ouverts et vidés sur le plancher. Sidéré, j'ai regardé le tout en silence. « Qu'est-ce qui s'est passé ? C'est Alfred qui a fait ça ? »

P'pa a secoué la tête. « Je sais pas. »

« Voyons donc, ça fait pas d'sens », a fait m'man.

On a fini par se dire qu'il valait mieux éviter d'appeler la police après avoir fouillé dans les effets éparpillés d'Alfred. Après tout, même la vieille broderie familiale qu'il m'avait montrée et qu'il gardait rangée dans le gros coffre dans sa chambre était encore là, mais à présent, elle était froissée au sol, et ses perles ensemençaient le tapis.

« Ça doit être des jeunes », a dit p'pa. Il a ramassé le vieux sac à feu, et des perles se sont écoulées entre ses doigts comme des grains de sable dans un sablier.

Il s'est gratté la tête, a tenté de faire sens de tout ce grabuge. « Mais y ont rien pris. »

En effet, rien ne semblait avoir disparu.

On a recueilli les perles dans un petit pot qu'on est allé chercher dans la cuisine, puis mon père a rangé le pot dans le coffre avec la broderie, caressant de ses doigts le vieux cuir et le velours, les fleurs pâlies, dépouillées, avant de retirer la main.

•

On s'est mis à ranger la cabane. J'ai lavé le plancher et j'ai commencé à faire la vaisselle pendant que les parents examinaient les papiers d'Alfred. Ils ont mis de côté ses albums photo en reclassant les livres : histoire, biographies, vieilles encyclopédies. Des piles de papier.

« Tabarnak, a dit p'pa. Regarde ça. » Il a secoué une vieille feuille friable en direction de ma mère. « Fucking forty-year-old church hymns. Quessé qu'y fait avec ça ? »

« C'était un ramasseux, Émile », a répondu m'man.

J'ai regardé mes parents travailler, jetant un œil à chaque papier avant de le ranger. Alfred avait accumulé encore plus de boîtes depuis la fois où je l'avais aidé à les empiler sur le comptoir. L'eau avait monté tellement vite dans le vide sanitaire qu'on avait craint qu'elle s'infiltre par le plancher, jaillisse de la trappe et inonde la cabane.

En allant chercher le bol de soupe froide sur la table, j'ai figé en me revoyant assis là avec mon oncle, une douzaine d'années auparavant. Au milieu de la nuit, alors qu'à l'extérieur l'eau s'écrasait contre les sacs de sable et les plaques de contreplaqué, il m'avait raconté comment il s'était retrouvé là, à l'extrémité de la prairie bordée de gravier. Il m'a expliqué que sa mère avait grandi plus bas, dans la vallée qui reculait déjà. Ses parents avaient quitté un terrain au bord de l'Assiniboine – un lieu aujourd'hui entaché du nom d'un vieux général – et s'étaient réfugiés dans la petite enclave de catholiques francophones installés le long de la Rouge. Tandis qu'on cognait des clous à la table de cuisine, Alfred nous gardait éveillés avec sa voix. Plus tard, quand on se tenait ensemble sur le barrage de fortune, craintifs, avec la petite pompe en marche derrière nous, il m'a expliqué que sa famille avait échoué là comme du bois mort. Ils avaient été déracinés. Rejetés. Blanchis sous le soleil de plomb. Sa grand-mère avait entendu les canons. Même si je ne saisissais qu'un mot sur deux et qu'il ne m'était resté qu'une impression brumeuse de sa lignée de grands-mères, même si je me demandais quels canons la sienne pouvait bien avoir entendus, j'ai compris ce jour-là que les récits s'obscurcissent. Qu'à force, peut-être, d'être serrés trop fort par-devers soi, ils se morcelaient, transmis seulement par bribes, emballés dans des chuchotements, comme des semis enveloppés dans le Grand Silence. Éparpillés. Oubliés. Puis méticuleusement rassemblés comme un casse-tête sans modèle. Au fil des années, Alfred avait ramassé les morceaux et les avait refaçonnés en une histoire.

« Dans l'temps... » Sa voix s'est estompée.

Sur la table, un objet scintillant a attiré mon regard. En soulevant un linge à vaisselle, j'ai découvert une flasque argentée. Elle me paraissait familière, semblable à celle que j'avais recueillie dans l'herbe chez J.-P., mais ici elle détonnait. Je n'avais jamais vu Alfred avec une flasque, encore moins avec un objet aussi criard. Mais en ramassant la flasque et en la plaçant sur le comptoir près de l'évier, j'ai concédé que mes visites s'étaient espacées dernièrement, et je me suis demandé à quel point, en fin de compte, j'avais connu Alfred. La dernière fois que j'étais passé le voir, je n'avais même pas mis les pieds dans la cabane.

J'ai terminé le ménage dans la cuisine, accroché le linge à vaisselle sur le robinet et me suis retourné vers mes parents, qui étaient encore assis sur le divan, à feuilleter lentement les albums photo. Je leur ai demandé s'ils avaient trouvé ce qu'ils cherchaient ; le testament, en l'occurrence.

P'pa a haussé les épaules, et m'man a secoué la tête. « Non, elle a répondu. Va donc checker la chambre à coucher. I bet it's in there. »

Je soupçonnais ma mère de m'envoyer là parce que mes parents hésitaient tous les deux à entrer dans l'intimité d'Alfred, ou alors parce qu'ils étaient incapables de s'arracher aux photos et aux souvenirs qu'elles évoquaient, mais je les ai laissés tranquilles et je suis entré dans la chambre.

Des tiroirs pendaient mollement de la commode. Des vêtements s'empilaient sur le plancher. La chambre sentait la sueur et autre chose, une odeur faible – une puanteur familière qui flottait aux abords de ma conscience comme des ombres à la surface d'un ruisseau. En me déplaçant, j'ai soulevé une poussière amère, qui s'est posée sur les cadres accrochés au mur. Des visages stoïques, obscurcis par le soleil, me fixaient par-delà les époques : mémère et pépère. Les parents d'Alfred devant un gros chêne. Il y en avait d'autres que je ne reconnaissais pas, des noms enfouis dans les profondeurs de la mémoire familiale. En m'apercevant dans le miroir au-dessus du petit bureau, j'ai reculé d'un pas pour éviter de m'attarder aux cernes sous mes yeux, et j'ai remarqué une petite croix dédoublée par son reflet. Elle pendait à un chapelet accroché sur le coin du cadre. Je n'avais jamais remarqué ce rosaire auparavant, ne l'avais jamais vu entre les mains d'Alfred, mais je voyais bien, au lustre graisseux des perles, que quelqu'un l'avait passé entre ses doigts un nombre de fois incalculable. Près du miroir et du bureau, il y avait le coffre de sûreté où Alfred gardait sa *grande* carabine et son fusil de chasse. Le coffre était verrouillé, et la peinture s'était écaillée : quelqu'un avait déjà tenté de forcer la serrure. En m'avançant vers le mur, j'ai levé le couvercle. J'ai plongé le bras à l'intérieur et j'ai déplacé certains objets – des cadres avec des photos en noir et blanc, des mukluks, des gants et de vieux vêtements – à la recherche d'une liasse de papiers. Les perles ont cliqueté dans le petit pot. En reculant d'un pas, j'ai foncé dans le lit, dont la tête a percuté le mur. Quelque chose s'est agité dans le placard, et en jetant un œil par-dessus mon épaule, j'ai vu la porte trembler dans son cadre. Des griffes grattaient le mur.

« Heille ! j'ai crié. Il y a quelque chose, là ! »

« Quoi ça ? T'as trouvé le testament ? » a demandé p'pa.

« Non. There's something alive. »

« Quessé qu'tu veux dire, something's alive ? »

La porte s'était mise à taper contre son cadre.

« Y a quelque chose de vivant dans le placard ! »

« Ben, va checker, a dit p'pa, surgissant dans le cadre de la porte. C'est p't-être une souris. »

« C'pas une souris, ça », j'ai grommelé.

« Vas-y », il a fait en désignant le placard du menton.

J'ai grogné, puis me suis approché à pas lents. Le plancher craquait sous mes pieds. La porte s'est tue un instant, puis a claqué fort contre le cadre, comme si l'animal avait senti mon approche. P'pa a cligné des yeux et a regardé en direction du salon. Il a appelé ma mère pour qu'elle vienne voir.

« Fuck. Here goes. » J'ai attrapé la poignée et j'ai ouvert la porte d'un coup sec.

P'pa a glapi. Il a reculé d'un bond et est tombé vers l'arrière. Une grosse bête noire aux rayures de neige a surgi du placard et s'est élancée sous le lit. Là, elle s'est mise à tourner en rond en poussant des cris stridents et des sifflements hargneux. Le dos écrasé contre le mur comme une crêpe, j'ai regardé l'animal fuser de dessous le lit et passer la porte vers le salon. Mon père a glapi à nouveau et s'est couvert les yeux avec le creux du coude tandis que la bête l'escaladait. Ma mère, qui s'était approchée pour voir ce qu'était tout ce tapage, a crié en voyant l'animal bondir par-dessus p'pa et s'est élancée sur le sofa. J'ai jeté un œil dans le salon, et j'ai vu la chicoque détaler sous la table à dîner, où elle s'est arrêtée, poussant toujours des cris, vrillant à la recherche d'une issue.

« Émile ! a crié m'man. Fais quetchose ! »

La chicoque s'est retournée, épinglant ma mère du regard. Elle a chargé de plus belle, mais s'est arrêtée au seuil de la cuisine, où le linoléum laissait place au tapis, puis a claqué des lèvres. P'pa a eu un mouvement de recul et a foncé dans le mur. Ma mère a jeté un œil au-dessus du sofa.

« Richard ! Pogne une couverte ! »

La chicoque a tapé des pieds en sifflant.

« Dépêche ! Avant qu'a spray ! »

Sans réfléchir, j'ai tiré d'un coup sec l'édredon du lit d'Alfred, envoyant valser par terre des boîtes de livres et d'objets. Puis, étendant la couette comme une voile au-dessus de ma tête, je suis sorti de la chambre en courant. M'man a crié, en panique, balançant le doigt vers la bête qui bardassait dans la cuisine. Je me suis précipité vers elle. Je la gardais à l'œil de derrière l'édredon tout en m'efforçant de ne pas trébucher dessus, et j'ai vu la chicoque figer et fixer le mur mouvant. Quand je me suis approché, elle s'est mise à couiner. Dressant sa queue d'un coup de fouet, la bête m'a visé de son derrière, et j'ai balancé la couette pour l'en recouvrir. Une fois drapée, la chicoque s'est mise à siffler, à grogner et à griffer l'édredon, mais elle a fini par se tranquilliser sous la chaleur et la lourdeur du tissu, qui l'empêchait de bouger et de nous arroser. Mon père est apparu à côté de moi - les doigts entrelacés derrière la tête - et on a contemplé ensemble l'amas de tissu qui grouillait sur le plancher. Ma mère a fait le tour de l'édredon à pas de loup pour ouvrir la porte d'entrée. P'pa a fait un signe en direction du salon, et je lui ai passé une boîte, qu'il a posée doucement sur le renflement dans la couette. La mouffette a grogné en secouant la boîte.

« Faudrait la traîner dehors », a dit p'pa.

Ma mère et moi avons chacun soulevé un coin de l'édredon et l'avons tiré vers la porte. P'pa maintenait la boîte en place pour éviter que la bête ne s'échappe. On s'est rendus tant bien que mal sur le gravier, où on a laissé tomber les coins et ôté la boîte d'un coup sec pour que la chicoque puisse se dégager, avant de nous sauver vers la cabane. Par la fenêtre, on l'a regardée se libérer et détaler vers la forêt. On a enfin pu relâcher l'air piégé dans nos poumons.

Ma mère s'est affalée sur la table de la cuisine.

« J'ai jamais vu ça », elle a lancé.

« Tabarouette », a dit p'pa. Tout d'un coup, il s'est plié en deux en se tapant le genou. J'ai tendu le bras vers lui, pensant qu'il s'était mis à sangloter, mais en posant la main sur son épaule, j'ai senti les secousses euphoriques de son corps et me suis rendu compte que c'était le rire qui le faisait trembler. Ma mère s'est mise à ricaner elle aussi. En les regardant aller, j'ai senti un nœud de barbelés se dénouer dans ma poitrine. Le rire s'est écoulé de ma gorge.

•

Une fois la chicoque enfuie, après nous être purifiés par le rire et avoir retrouvé le silence, une fois que l'écho sourd de nos voix s'est estompé dans les murs, on s'est retournés vers les effets d'Alfred. Je suis rentré dans la chambre et, en jetant un œil dans le placard, j'ai découvert une veste en flanelle froissée dans un coin. Je l'ai ramassée en plissant le nez et j'ai reconnu le large col, les taches délavées et la galaxie de petits trous – des brûlures de braise de cigarettes qui avaient perforé le devant de la veste avec le temps. Elle appartenait à J.-P. Gauthier. Elle puait le musc animal, comme si une mouffette avait dormi dessus. Pendant un moment, j'ai cru que J.-P. s'était métamorphosé en mouffette et s'était enfermé dans le placard. Je l'ai imaginé farfouiller dans la forêt comme la fouine qu'il était, à la recherche d'un chemin pour retourner sur sa ferme. Puis, une fois le brouillard de cette vision dissipé, j'ai compris que c'était J.-P. qui avait fouillé dans les affaires d'Alfred. Il devait être tombé nez à nez avec la mouffette dans la chambre et, en panique, avait dû jeter sa veste sur l'animal avant de l'enfermer dans le placard. Il avait sûrement oublié sa flasque sur la table en s'enfuyant. Je me suis demandé un instant ce qu'il pouvait bien avoir cherché, puis je me suis rappelé la fête, le vendredi précédent.

« Des porcs ! il avait alors crié sans relâche. Des porcs ! »

Il comptait bâtir un empire en élevant des porcs. Mais il n'avait pas d'argent. Il avait finalement mis le grappin sur la ferme, mais il avait découvert un tas de dettes en plus d'une poignée de vaches inutiles. Il avait cherché à dissimuler sa déception immense avec une fête extravagante, mais n'avait que révélé son amertume. Je sentais encore pulser dans mon épaule l'ecchymose qu'avaient laissé les coups qu'il m'avait assénés l'avant-veille ; mes doigts brûlaient encore de la force avec laquelle il m'avait arraché sa flasque. Dans la pâle lumière de la chambre d'Alfred, j'ai compris qu'avec cet AVC, J.-P. Gauthier avait flairé la bonne affaire. Il avait pensé nourrir ses ambitions avec la maigre fortune de mon grand-oncle. C'était son testament qu'il recherchait. Peut-être même ses terres. Faute de quoi, il aurait sans doute emporté ses vieux fusils.

•

« Fucking J.-P. », j'ai crié à mes parents à travers la porte. Ils sont entrés dans la chambre et ont fixé sans comprendre la veste en flanelle, plissant instinctivement leur nez à leur tour. J'ai jeté un dernier coup d'œil dans le placard et j'ai aperçu la trappe vers le grenier dans le plafond. En montant sur une boîte, j'ai levé les bras et ouvert la porte. Avec un grincement de charnières rouillées, elle est retombée avec fracas sur les poutres.

« Enfant d'chienne », a marmonné p'pa tandis que je passais la tête dans le grenier.

La poussière tournoyait, et j'ai attendu que mes yeux s'adaptent à l'obscurité.

« Si c'était pas parenté... »

« Ben, so what si c'est parenté ? » a dit m'man.

À travers un nuage de poussière qui se dissipait peu à peu, j'ai décelé un coffre-fort niché entre deux poutres. En m'appuyant sur le plafond pour l'atteindre, j'ai senti le bois craquer sous mon poids.

« 'tention, là », a lancé p'pa.

J'ai tiré la boîte le long de la poutre, puis je l'ai passée à mon père. Après l'avoir déposée sur la table de cuisine, p'pa m'a donné une tape sur l'épaule pendant que ma mère tentait de déverrouiller le coffre.

« Tu dois avoir la clé, Émile ? »

« A doit être dans le trousseau. » P'pa a tiré de sa poche une demi-douzaine de vieilles clés. Après en avoir essayé quelques-unes, qui ont broyé le verrou comme un moteur rouillé peinant à se mettre en marche, on a enfin entendu un clic. On s'est entassés les uns contre les autres pour voir le contenu du coffre. P'pa a levé le couvercle et en a sorti une liasse de vieilles lettres, qu'il a mises de côté, avant de replonger les yeux à l'intérieur.

« Ah, voilà. » Il a pris le testament entre les mains. L'a déplié soigneusement. S'est mis à lire.

« Quessé qu'ça dit ? » a demandé m'man.

P'pa a grogné.

« Ben ? »

« Ostie. »

« Quoi ? »

« Ah ben, sacrament. »

« Quoi ? » j'ai répété.

« Je le savais. I fucking knew it. » Il s'est laissé glisser dans une chaise et s'est mis à rire. On le dévisageait, ma mère et moi, pendant qu'il riait en essuyant ses larmes. Puis il a levé les yeux vers nous, a secoué la tête et a indiqué la chambre d'Alfred d'un geste du menton. « Le vieux pet y savait garder un secret. »

M'man lui a ôté le papier des mains. Elle lisait rapidement en plissant de plus en plus les yeux, qui couraient d'un mot à l'autre. Elle est arrivée au bas de la feuille en fronçant les sourcils, l'a retournée et a fixé le verso vide, puis l'a retournée à nouveau. Elle l'a tendue à p'pa. « C'est quoi, ça ? »

« Maudit ! C'est quoi, l'affaire ? » j'ai crié.

P'pa s'est laissé tomber contre le dossier de sa chaise, a entrelacé les doigts de nouveau derrière sa tête et a regardé la forêt par la fenêtre. « Ben, y m'a presque tout laissé. Mais y avait pas de terre, Alfred. »

22 –
ÇA FAIT QU'Y AVAIT VENDU LA TERRE

Alors voilà, le chat était sorti du sac. On n'a pas su tous les détails, mais assez pour se faire une idée de toute cette sordide histoire. Comment pépère a perdu sa terre parce qu'Alfred l'avait vendue à son insu, comment le vieux Gauthier avait orchestré le tout.

On s'est rassemblés autour de la table et on s'est mis à éplucher toutes les lettres que s'étaient échangées Alfred et mémère, qui exposaient le fil des événements. Alfred avait presque tout consigné en détail, dans un français cassé, mâtiné d'anglais : comment il avait perdu la terre de son frère, leur embrouille et la pénitence qu'il s'était imposée et qu'il s'infligeait depuis. C'était comme s'il tentait lui-même d'y voir plus clair. C'était comme s'il se confessait. Il suppliait mémère de le pardonner, et elle, avec sa calligraphie d'ancienne élève de bonnes sœurs, elle lui répondait que ce n'était pas à elle de l'absoudre pour son péché. Son frère Alexandre était mort, et leur réconciliation ne serait possible que dans l'au-delà.

Ces mots étaient comme des clés de voûte qui venaient s'insérer dans les fondations criblées de trous soutenant l'histoire de mon père ; les fragments de récits qu'il portait en lui sans les comprendre, les traces d'un vieux conflit dont personne ne parlait jamais et dont les contours se dessinaient enfin.

•

Voyez-vous, pépère aussi avait été menuisier. C'était un métier utile que lui avait appris son père, et qu'il avait transmis à son tour à ses enfants. Pendant la crise, il avait réussi à se dénicher un boulot avec le Greater Winnipeg Water District Railway – il y avait une gare pas très loin, à l'époque, à Ross, alors pépère, à force d'économies de bouts de chandelle, avait fini par acheter un petit terrain près de Saint-Geneviève pour y vivre avec mémère et les enfants. Assez pour cultiver un peu la terre et élever une vache laitière. Dans ce temps-là, il y avait des tonnes de lièvres et de lapins autour de « la poche aux lièvres », et certains des frères plus vieux de p'pa les piégeaient par douzaines dès que les réserves du garde-manger se tarissaient. J'avais déjà vu de vieilles photos de mon père, garçon, la ceinture pleine de lapins ficelés par les talons, les oreilles balayant le gravier. Il les charriait jusqu'à la maison pendant que ses frères et sœurs aînés tendaient les fils pour la prochaine prise. Selon le moment de l'année, ils chassaient le chevreuil à l'arc ou au fusil, faisaient pousser des pommes de terre et d'autres cultures qui germaient chichement dans la terre pleine de gravier. P'pa nous avait raconté ces choses-là par bribes, au fil des années, et il nous arrivait souvent de nous rendre sur le vieux terrain cueillir des cerises et des amélanches pour faire du vin et de la confiture. Le terrain où s'était trouvée autrefois la maison de mon père avait été avalé puis recraché par une compagnie de gravier. À présent, il était éventré, plein de fosses béantes et de montagnes de déchets rocheux, recouvert de mauvaises herbes en bataille. Il était pratiquement abandonné, sillonné par les motocross, avec des coyotes pour seuls habitants permanents.

Avant la guerre, pépère et Alfred avaient travaillé ensemble à la Greater Winnipeg Water District Railway. Puis il y avait eu un incident dont mon père ne connaissait que les grandes lignes, car Alfred ne l'avait évoqué qu'à demi-mot. Des paroles avaient été échangées, certains des travailleurs avaient dit quelque chose contre les Métis, ou peut-être contre les francophones, et le jeune Alfred leur avait répondu. Il y avait eu une escarmouche. Il a cassé le nez à un loyaliste. Pépère et lui se sont tous les deux fait renvoyer.

Désormais sans travail, ils ont pensé déménager, peut-être suivre de la famille dans l'ouest, comme d'autres avaient fait quelques années plus tôt. Mais ils se sont ravisés en raison des histoires qui leur parvenaient de là-bas – des membres de leur famille qui s'étaient retrouvés dans des camps de bûcherons ou à pelleter du gravier ou du charbon ou une affaire du genre pour des pinottes. Quand la guerre a éclaté, pépère était ravi de trouver enfin du travail. Il s'est enrôlé pour le salaire.

•

Pendant que pépère se terrait quelque part dans une tranchée en Europe, alors que les balles allemandes sifflaient au-dessus de sa tête, le vieux Gauthier est allé voir Alfred et lui a fait une proposition. Il avait l'œil sur une terre à mi-chemin entre Sainte-Anne et Richer, mais il avait besoin d'aide pour l'acheter. Il lui fallait une caution, qu'il disait. Alfred ne le connaissait pas très bien ; sa sœur aînée, Marguerite, ne l'avait épousé que quelques années auparavant, et ils avaient déménagé sans cesse à la recherche de travail, ne rentrant qu'au début de la guerre. À présent, une veuve vendait ses terres, et Gauthier voulait s'essayer à l'élevage. Comme pépère était parti, que mémère était débordée avec les gamins, Gauthier est allé voir Alfred et lui a montré les papiers. Il avait juste besoin d'une signature, qu'il disait. Alfred l'a écouté lui expliquer l'affaire – comme quoi la banque devait s'assurer qu'il avait les moyens d'acheter. Alfred a regardé les papiers sans les comprendre. Il avait lâché l'école jeune à cause de ses conflits constants avec les sœurs et n'avait jamais appris à bien lire le français, encore moins l'anglais. Des mots comme *transaction* et *in lieu* sont passés dix pieds au-dessus de sa tête.

« Un X, ça suffit, a dit Gauthier. Drette là. »

Et Alfred a signé.

•

Quelques années après la fin de la guerre, une fois pépère rentré, le visage balafré par les éclats d'un obus qui avait explosé à quelques pouces de sa tête dans un bunker de béton, des hommes de la compagnie de gravier sont venus arpenter le terrain. Les manches roulées, la cravate pendante, le chapeau repoussé loin derrière, ils se tenaient dans le soleil de fin de matinée en se demandant quoi faire avec cette maison qui se trouvait sur la terre qu'ils avaient l'intention d'exploiter. Ils pointaient du doigt la carte, puis la maison. De l'enclos à vaches, dont ils réparaient une planche brisée, Alfred et pépère ont regardé les hommes replier leur carte. Puis, quand ils se sont mis en marche vers la maison, pépère, serrant son marteau, est allé à leur rencontre.

« C'est assez loin, il a dit. Quessé qu'vous voulez ? »

Les hommes se sont arrêtés et ont échangé un regard. Mémère est sortie, s'est plantée sur le perron avec matante Yolande sur la hanche et p'pa dans ses jupes.

« Qu'est-ce qui se passe ? » elle a crié.

« Quessé qu'vous voulez ? » a répété pépère.

Depuis la guerre, il n'avait pas la langue dans sa poche, même si elle n'était pas très bien affûtée. Les hommes se sont regardés à nouveau. Des mouches leur tournaient autour des oreilles, et les criquets bourdonnaient dans les herbes.

•

« Enfant d'chienne, a chuchoté p'pa. Tout est là. » Il s'est laissé retomber contre le dossier de sa chaise et a regardé par la fenêtre, celle par laquelle Alfred avait déjà tiré un chevreuil. Il a contemplé les peupliers, les bouleaux et les chênes, plongeant les yeux par-delà le marécage vers les fosses de gravier, là où ils avaient déjà vécu.

J'ai étalé la liasse de lettres sur la table, et ma mère s'est mise à les replacer dans un semblant d'ordre pour tenter de retracer les échanges entre Alfred et mémère. On s'était déjà posé des questions sur leur relation – p'pa avait dit qu'ils s'étaient éloignés quand ses parents ont déménagé la famille en ville et qu'Alfred était resté dans le bois. Après la mort de pépère, ç'avait empiré, et Alfred n'était plus le bienvenu pendant un temps, mais ils avaient fini par se réconcilier et, pendant quelques années, mémère s'était remise à l'inviter aux fêtes. Mais ils ont dû avoir des mots à nouveau, parce que dans les années avant la mort de mémère, ils avaient cessé de se parler. On ne connaîtrait jamais toute l'histoire, mais une fois, après quelques bières, mon père a laissé échapper qu'Alfred avait trop aimé mémère. On savait qu'ils s'étaient écrit à l'occasion – certains des frères de p'pa avaient été chargés de transmettre les lettres –, mais on n'avait jamais imaginé une correspondance aussi volumineuse. Des dizaines de missives sur près de deux décennies. La dernière remontait à quelques années seulement avant la mort de mémère. En regardant les lettres, je me disais qu'elles pouvaient bien renfermer la clé de leurs disputes.

P'pa s'est levé et s'est mis à fouiller dans les armoires, marmonnant qu'il prendrait bien un p'tit coup pour se calmer les nerfs. M'man a lu une lettre et a grogné. « Écoutez ça. » Et tandis qu'elle lisait à voix haute, j'ai été visité par une vision.

•

Pépère s'est battu un temps pour garder sa terre. Après la première visite des hommes de la compagnie de gravier, il s'est rendu avec Alfred chez le vieux Gauthier, qui les a d'abord assurés n'être au courant de rien. Puis il a fini par avouer qu'il avait fait signer à Alfred des papiers de la banque parce que celui-ci lisait mieux que lui. Alfred s'est rebiffé, mais le vieux a haussé les épaules et a dit que c'était chose faite et qu'on ne pouvait pas retourner en arrière. Leur sœur Marguerite les a écoutés se disputer autour de la table de cuisine un moment, puis elle en a eu assez du verbiage et des insinuations à peine voilées au sujet de son mari. Elle n'avait aucune idée de la manière dont il avait obtenu la terre, mais elle a secoué la tête et a refusé de lui imputer la faute, et quand pépère a cherché à savoir ce qui s'était passé pendant qu'il était en train de se battre pour leur crisse de liberté, Marguerite s'est levée et a mis fin à la discussion. Non. Elle n'écouterait plus ces accusations, et pis sans preuve itou. Elle a poliment demandé à ses frères de partir.

•

Pépère s'est rendu à la banque pour poser des questions au sujet de la terre et de la compagnie de gravier. Il avait enfilé son vieil uniforme de soldat et avait même poli ses chaussures parce qu'il savait que c'était souvent la seule manière de se voir ouvrir des portes. Le gérant de banque l'a écouté poliment, puis a complimenté son français. Il était né au Manitoba, mais ses parents étaient belges, et il a remercié pépère pour la libération de son pays. Puis il lui a dit qu'il n'y avait rien à faire, pour la terre, à moins que pépère ait l'intention d'accuser Alfred de fraude et de falsification, auquel cas cela deviendrait une affaire criminelle.

« Djis-quoé ? » a fait pépère.

« Est-ce que j'appelle la police ? » a demandé l'homme en faisant flotter sa main au-dessus du combiné sur son bureau, alors que pépère, assis devant lui, abasourdi, songeait aux horreurs qu'il avait failli déclencher, à son frère cadet qui se serait fait enchaîner et traîner loin de lui en criant, et enfermer à tout jamais.

« Non, non », a dit pépère, dont l'estomac s'est noué d'un coup, comme si les Allemands avaient pris d'assaut sa tranchée. « Ça doit êt'e aen nashpatistamihk. » Il a rougi devant le gérant qui le dévisageait en clignant des yeux. « La koonfuzyoon. » Le gérant a cligné des yeux encore une fois. « Un malentendu », a clarifié pépère.

« Ah, bien sûr. » Le gérant a hoché la tête et s'est mis debout. Pépère s'est levé d'un bond lui aussi, et ses doigts le démangeaient comme pour faire le salut à l'homme, ou alors pour l'assommer d'un coup de poing, mais il s'est contenté de serrer la main qui lui était tendue, puis de partir.

•

« Y voulait l'fendre en deux, comme y avait fait aux Allemands, écrivait Alfred à mémère. Mais y savait qu'ça servirait à rien. »

•

Pépère avait fini par aller voir directement la compagnie de gravier – ces hommes qui possédaient désormais le territoire –, toujours en uniforme fraîchement lavé et repassé, les souliers polis jusqu'à briller comme un ciel d'hiver par une nuit sans lune, des médailles épinglées sur la poitrine, côté gauche. Les bureaux étaient en ville, alors pépère s'était rendu à cheval jusqu'à Winnipeg. Alfred l'avait suivi de près sur sa petite jument. Mémère les avait regardés s'éloigner de la galerie. Mon père, un bambin tapant un vieux chaudron avec une cuillère de bois, jouait à ses pieds. Quelques-uns des plus vieux – Frank, Roger – avaient demandé à les accompagner, mais pépère avait dit que ce serait mieux s'il y allait seul avec Alfred.

•

Ils ont été partis trois jours. À leur retour, pépère s'est effondré d'épuisement et a dû être traîné jusqu'à son lit, où il a dormi tout l'après-midi, le soir et jusqu'au lendemain matin.

« Il a parlé sans arrêt pendant deux jours », avait expliqué Alfred en racontant l'histoire qui suit.

Quand pépère et Alfred sont arrivés dans la rue devant le petit bureau de la compagnie de gravier, les hommes qui étaient venus arpenter la terre les ont aperçus et ont accepté, à contrecœur, de les emmener rencontrer leurs patrons. Ceux-ci les ont écoutés poliment, leurs yeux s'attardant sur les médailles accrochées à la poitrine de pépère, et s'ils secouaient la tête d'un air moqueur dès qu'il parlait de compensation, ils continuaient malgré tout de l'écouter. Dans leurs regards fuyants et leur patience curieuse, Alfred a vu un calcul émerger sur le désavantage qu'il y aurait à déposséder un vétéran. Si l'identité du signataire des papiers a été évoquée, la question a été balayée assez rapidement sous le tapis une fois qu'il a été convenu que toute enquête à ce sujet reviendrait à céder la terre pendant des années à des bureaucrates, voire à la perdre. Peu à peu, tandis que le soleil s'abaissait dans la ville et que le clair de lune inondait la pièce, une entente a pris forme, et tous se sont mis d'accord pour poursuivre les discussions le lendemain matin. À l'aube, ils se sont remis au travail. Pépère a parlé de la terre, du fait qu'elle était synonyme de vie pour lui et sa famille, qu'ils seraient démunis sans elle, et Alfred leur a raconté comment ils chassaient le gibier et la volaille, trappaient le lièvre, comment pépère a éprouvé pendant la guerre sa capacité à manier une arme. Il a indiqué du doigt la poitrine de son frère, les médailles qui scintillaient à la lueur des ampoules électriques. Il a parlé de ses sacrifices. Les hommes du gravier ont étudié les cicatrices qui lui traversaient le visage, les fragments d'obus et les morceaux de béton incrustés dans ses joues.

« Deux pieds à gauche », s'est exclamé Alfred.

Les hommes du gravier ont fléchi, ont cédé du terrain et une entente a enfin été conclue. Pépère leur louerait le terrain pendant que les terres environnantes se faisaient éventrer pour l'extraction du gravier. La compagnie contribuerait ensuite au déménagement de la maison à quelques kilomètres de là – à Sainte-Anne, à Richer ou à Sainte-Geneviève. Dix ans suffiraient à pépère pour économiser de quoi s'acheter un nouveau terrain. Ils ont été si impressionnés par le récit qu'a fait Alfred des exploits guerriers de son frère que la compagnie leur a offert un chargement de gravier gratis.

•

Toute cette histoire se retrouvait dans les lettres qu'avaient échangées Alfred et mémère. Des années après la mort de pépère d'une crise cardiaque, peu de temps après leur déménagement à Sainte-Anne, mémère a écrit à Alfred pour lui demander ce qui s'était passé entre les deux frères, pourquoi leur relation était devenue aussi compliquée dans les dernières années de la vie de pépère. Au départ, Alfred lui avait simplement expliqué, à contrecœur, que pépère ne lui avait jamais tout à fait pardonné son erreur, mais il a fini par vider son sac. Même s'il s'était juré qu'une telle chose ne se reproduirait jamais, s'il avait appris à lire et à écrire, s'il était resté aux côtés de pépère pour l'aider du mieux qu'il pouvait à se sortir du pétrin qu'il avait créé, pépère avait commencé à s'en prendre à lui. Au début, c'était une remarque par-ci, une injure par-là, mais peu à peu ça s'est transformé en de petits gestes mesquins, généralement après quelques verres : pépère ouvrait subitement la porte pour jeter le manteau de son frère dans la boue ou alors, après quelques verres supplémentaires, cherchait à se battre. Il lui avait même déjà décoché un coup de poing, après que son frère avait osé faire une remarque sur le fait qu'il buvait trop, mais Alfred s'était tassé et avait regardé pépère s'effondrer par terre.

Puis, près d'un an avant de perdre la terre pour de bon et de devoir déménager au village – même s'il tenterait plus tard de se justifier en disant qu'il s'était senti dérouté dans la forêt à cause de la lumière qui traversait les cimes baignées par les flocons pendant qu'il guettait les chevreuils en braquant son fusil –, pépère s'était soudainement cru de retour sur le champ de bataille. Tout à coup, apercevant un homme perché dans les arbres comme un parachutiste allemand, il a paniqué, a levé son arme et, visant avec une froide efficacité mécanique, il a tiré.

Alfred s'est jeté au bas de l'arbre en entendant le coup de fusil.

Arraché à son délire, pépère a vu son frère prostré sous l'arbre et, envahi par un torrent de honte, a pris la fuite dans la forêt.

Quelques heures plus tard, Alfred s'est éveillé ; une fine couche de neige s'était accumulée autour de lui, et il tremblait dans l'obscurité froide de l'automne. Il a grincé des dents, a roulé sur son ventre, a failli s'évanouir en sentant la douleur lui descendre dans le dos et la jambe, mais il s'est mis à ramper vers la maison. Il chantait, disait Alfred, chantait comme si ça vie en dépendait, et à travers le froid et la neige et la pénombre du soir, il a retrouvé son chemin vers la maison. Enfin, au petit matin, tandis que le ciel s'ensanglantait à l'est, Alfred s'est traîné jusqu'à l'orée du bois et, surgissant à l'extrémité du terrain de pépère, a crié à l'aide.

•

« J'avais peur qu'y m'tue, confessait Alfred de son écriture tremblante. Mais y était mon frère, et j'cré qu'y m'avait jamais voulu de mal, qu'y était juste malade. »

•

M'man a terminé sa lecture à voix haute, puis a plié la lettre et l'a rangée dans la boîte. P'pa s'appuyait sur le comptoir près de l'évier, une bouteille de brandy à moitié vide dans la main. Il l'a débouchée et a pris une rasade.

Toutes les versions de cette histoire telle que racontée par Alfred me tournaient dans la tête. J'ai regardé la table, sous laquelle Monique et moi rampions, enfants, en suivant Alfred partout sur le plancher de la cabane, et je me suis imaginé le nombre de fois où il avait été tenté de nous dévoiler ce qui s'était vraiment produit. Peut-être que, chaque fois qu'il s'approchait de la vérité, l'histoire devenait trop vraie, trop proche, trop crue, de sorte qu'il s'en écartait pour la détourner en quelque chose qui nous ferait rire.

En fouillant les bribes qu'il m'en restait, je me suis demandé si, dans chacune de ses versions, Alfred n'avait pas semé quelques graines de vérité, dans l'espoir qu'un jour elles puissent germer et faire croître quelque chose de bon.

AU BORD DES BOIS

23 –
VAUT MIEUX NE PAS RÉVEILLER LES MORTS

Quand on a déménagé sur la crête de gravier, à l'est du village, Alfred nous a raconté une histoire sordide à propos d'un homme qui avait vécu non loin de là où se trouvait notre nouvelle maison. C'était au creux d'un long et rigoureux hiver, et sa famille n'avait plus rien à manger. Sa femme l'a supplié de trouver une façon de nourrir les enfants. Alors l'homme a demandé de la nourriture à ses voisins, mais ils n'avaient rien à lui donner, et dans un français scintillant d'outremer, ils lui ont reproché de ne pas s'être mieux préparé aux grands froids. L'homme a tenté de comprendre leur point de vue. Peut-être qu'il aurait dû mieux économiser l'année précédente, l'année où il avait aidé ces mêmes hommes qui venaient de s'installer dans la région et qui peinaient à traverser un hiver tout aussi rude. Mais il avait appris dans sa jeunesse que les voisins devaient s'entraider, et il n'avait pas été préparé à l'abandon subit de cette vieille tradition.

En désespoir de cause, l'homme a attelé son cheval émacié et s'est rendu au village pour demander de l'aide au prêtre, mais tandis qu'il s'avançait dans les rues et voyait les villageois le toiser avec mépris, il a senti que ses supplications resteraient lettre morte. Le boucher qui lui avait déjà ri au visage quand il lui a demandé un jour un paquet d'li jeur – il ne connaissait pas le *bon* mot pour désigner le foie – a grommelé en le voyant sur son passage. La femme du facteur a fait la moue. Les religieuses le dévisageaient, renfrognées. Quand il s'est enfin assis devant le gros prêtre et l'a écouté discourir, l'homme a compris que c'était peine perdue. La famille n'avait pas fréquenté l'église depuis trop longtemps, expliquait le curé, et tout ce qu'il pouvait donner avait déjà été distribué. L'homme a hoché la tête en silence, se gardant de mentionner les sacs de pommes de terre et de farine qu'il avait vus empilés dans le couloir en le suivant jusqu'à son bureau.

À son retour, sa femme l'attendait à la porte, les yeux rivés sur ses mains vides. Elle lui a dit que les voisins étaient passés lui proposer quelques dollars, assez pour traverser l'hiver, en échange d'une parcelle de leur terrain. L'homme a frotté son pied recouvert de fourrure dans la neige, donnant quelques coups sur la croûte endurcie. Il ne comprenait pas comment ils pouvaient n'avoir rien à lui offrir plus tôt, quand il leur demandait de l'aide, puis avoir tout d'un coup de quoi lui acheter sa terre. Sa femme lui a conseillé de retourner leur parler, mais l'homme a décidé qu'il ne leur donnerait rien et n'accepterait rien de leur part.

Il allait tenter sa chance dans la forêt.

Le lendemain, à l'aube, l'homme s'est enfoncé dans le bois, un arc par-dessus son épaule. Depuis l'arrivée de ces hommes, il avait appris à se fier de nouveau à son arc et à ses flèches pour éviter de leur dévoiler son terrain de chasse. Mais les voisins ont fini par trouver son absence suspecte, et quand ils ont constaté qu'il n'était toujours pas là, le lendemain, quand ils sont venus réitérer leur offre, ils ont contraint son épouse à leur dire où il se trouvait.

La femme tremblait dans le cadre de la porte en se frottant le bras et regardait les hommes s'éloigner. Le fusil sur l'épaule, ils ont disparu dans les broussailles. Elle a aussitôt emmailloté ses enfants, a sellé le cheval et les a emmenés chez sa sœur. Puis elle est rentrée, a attrapé la carabine de son mari et, sautant à cheval, s'est élancée dans la forêt à la poursuite des hommes. Elle les traquait dans la neige de fin d'hiver, suivant leurs traces désordonnées, repérant les brindilles cassées sur la peau rompue de la glace. Elle faisait avancer son cheval tout doucement, l'oreille tendue pour saisir les sons qu'émettaient les hommes – le bruit de leurs pas, le craquement de la neige ou d'une branche, un mot ou un filet de voix emporté par le vent. Il lui semblait avoir cheminé pendant des heures, et pourtant, le soleil restait bien au-dessus des arbres, comme figé.

Puis un coup de feu a retenti dans la forêt.

« Bang ! » a crié Alfred en tapant dans ses mains. J'ai sursauté et j'ai failli dégringoler du perron où on était assis, captivés par l'histoire de mon grand-oncle.

Monique a froncé les sourcils. « Pis, ensuite ? »

Alfred s'est raclé la gorge et, regardant au loin, vers l'orée du bois, a poursuivi son récit.

La femme cherchait parmi les arbres, s'enfonçant toujours plus creux dans la forêt, mais les traces semblaient tournoyer à gauche et à droite, décrivant des lacets entrecroisés. Puis elle a entendu un autre coup de feu – beaucoup plus proche – suivi d'un cri. Elle a guidé son cheval en direction du bruit et, à mesure qu'elle avançait, les arbres ont laissé place à une grande clairière fouettée par la neige.

« Une forêt d'vieilles quenouilles », a précisé Alfred.

Des roseaux dégarnis, déchiquetés par le vent, se balançaient au-dessus des bancs de neige glacés et des touffes brunies d'herbes hautes. Le cheval a renâclé, incertain où poser le pied, réticent à poursuivre sa route. La femme a balayé du regard la tourbière clairsemée de bosquets rabougris, avec son sol vaseux. Elle reconnaissait l'endroit – elle y avait déjà cueilli des plantes médicinales – et savait qu'il s'étendait en un dédale de quenouilles et de saules, criblé de fosses profondes remplies d'eau boueuse qui, au printemps, auraient pu avaler un cheval tout entier.

Au loin, elle a aperçu une silhouette dans la neige et, oubliant toute prudence, a éperonné son cheval pour qu'il parte au galop. À son approche, la neige se colorait de rose et, avec la fonte, formait une rigole ensanglantée. La silhouette a fini par prendre forme : les détails du manteau, le fusil dans la neige. Agrippant la tige d'une flèche qui s'enfonçait dans son estomac, l'homme gisait sur le dos, la tête appuyée contre une vieille bûche.

« Putain », il a grogné tandis que la femme s'approchait de lui à dos de cheval.

« Où qu'yé moon maarii ? »

En grommelant, l'homme a fait un geste du bras vers la tourbière. La femme a hoché la tête, a retourné son cheval et l'a aiguillonné. L'homme a cligné des yeux et l'a suppliée de l'aider, mais la femme avançait sans se retourner. Elle avait aperçu un autre sentier dans la neige, qui serpentait le long d'un taillis dépouillé, puis traversait l'eau, là où les hommes s'étaient effondrés à travers la glace, étaient remontés sur la terme ferme et avaient poursuivi leur course. Elle a fait le tour du cours d'eau, et c'est là qu'elle a aperçu, sur l'autre rive, un filet rouge au sol, comme un ruissellement de graisse, qui menait vers un buisson de saules. Sur un petit talus, elle a vu son mari à genoux. L'autre voisin le surplombait, balançant son fusil, le braquant momentanément sur lui.

L'arc de son mari, cassé en deux, traînait à son côté.

Sans hésiter, la femme a visé les larges épaules du Français. Elle a tiré un coup. Le voisin a titubé. Il s'est retourné vers la cavalière, l'a dévisagée de ses yeux couleur de glace. Il a fait un pas vers l'avant, a fait mine de lever son arme, puis est tombé raide mort dans la neige.

« Pis après ? » a demandé Monique à mi-voix.

« Ouais ! » j'ai pépié.

« Ben... » Alfred a haussé les épaules. Il a tiré sa blague à tabac de sa poche, a lentement bourré sa pipe et l'a approchée de ses lèvres.

« Menoncle ! » on geignait tous les deux.

« Bon », il a poursuivi. L'homme et la femme ont laissé les corps dans la tourbière et sont sortis du bois. Ils savaient que les gens ne tarderaient pas à se demander où étaient passés leurs voisins, alors ils ont plié bagage, sont allés chercher les enfants et ont fui vers le nord. Quand les villageois se sont aperçus de la disparition des Français, ils ont organisé une battue, mais plusieurs couches de neige étaient déjà tombées, puis avaient fondu, s'étaient changées en glace et avaient recouvert les traces et le sang, et quand le printemps est arrivé pour de bon, avec ses dernières fontes et ses grandes crues, les hommes se sont enfoncés, avalés tout rond par la tourbière. Leur chair a pourri, est tombée de l'os, et leurs squelettes nichent encore aujourd'hui dans des fosses boueuses.

Alfred était en train de nous dire que la nuit, en plein cœur de l'hiver, quand le vent hurlait dans les arbres gelés, on entendait les hommes gémir – « putain, putain » –, tandis que leurs esprits erraient dans la tourbière, quand mon père est sorti, l'a écouté un instant, puis s'est raclé la gorge.

« Crisse, Menoncle. Donne-leur pas d'idées. »

Alfred a tiré sur sa pipe et lui a fait un clin d'œil.

•

Une fois Alfred parti, Monique a poussé un soupir railleur. Il n'y avait rien de vrai dans cette histoire, m'a-t-elle assuré, mais quand je me suis levé pour rentrer, elle est restée assise sur les marches, à fixer les arbres d'un air perplexe. Voyez-vous, Monique avait eu du mal à avaler le projet de déménagement. Elle détestait l'idée de devoir quitter le village, et au départ, elle s'était rebiffée. Nos parents avaient tenté de la convaincre, mais elle s'était enfermée dans sa chambre et refusait de les écouter. P'pa l'avait invitée à venir voir la nouvelle maison et la forêt avec nous, mais Monique ne voulait rien savoir.

Le jour du déménagement, elle s'est enfermée dans sa chambre à nouveau, s'est roulée en boule dans un coin entre les piles de boîtes et la base de lit appuyée contre le mur, et s'est mise à pleurer. P'pa lui criait d'ouvrir la porte pour qu'il puisse descendre ses boîtes dans le camion, mais Monique ne bougeait pas.

« Non, elle protestait. Vous avez rien qu'à me laisser ici ! »

« Voyons donc, là, marmonnait p'pa. Ouvre la porte, Monique. »

Mon père secouait la poignée en ordonnant à Monique de déverrouiller. Moi, je me tenais devant ma future ex-chambre, agrippant une boîte de jouets et de livres, et je me demandais pourquoi ma sœur n'arrivait pas à accepter ce changement. Mes parents m'avaient emmené sur le terrain avant même d'avoir commencé à construire, quand il n'y avait que des arbres, du gravier et des sentiers de bétail pleins de vieilles bouses de vache desséchées se décomposant dans l'herbe qui nous arrivait aux genoux. Même si la rivière derrière notre ancienne maison allait me manquer, la perspective d'explorer la nouvelle forêt m'enchantait. Mes parents m'ont emmené là plusieurs fois au fil de la construction, mais Monique refusait de venir voir le potentiel. Elle tentait désespérément de saboter le plan. Elle arrachait la pancarte FOR SALE / À VENDRE de la pelouse et la balançait dans la rivière, refusait de faire le ménage avant les visites d'acheteurs potentiels et a même fait un trou dans le mur en y envoyant le poing, mais après s'être fait engueuler par mon père, elle s'est excusée en pleurant et l'a aidé à le reboucher. Le jour du déménagement, son désespoir était à son comble. Elle a organisé un sit-in dans sa chambre et, refusant de sortir, a regardé avec horreur mon père retirer patiemment la porte de ses gonds et ouvrir la pièce sur le monde.

•

Chains a apprivoisé la forêt avant Monique. Il avait toujours aimé jouer dans le bois, et il s'amusait à courir parmi les arbres chaque fois qu'on l'emmenait dans les carrières de gravier entre Ross et Richer. Il bondissait sur les monticules de mort-terrain pendant qu'on cueillait des cerises sauvages ou faisait cuire des hot-dogs sur le feu. À présent, il avait commencé à s'enfoncer de plus en plus loin dans la forêt et à revenir à contrecœur, de plus en plus tard, malgré les cris de Monique qui, figée sur les marches, l'appelait pour qu'il rentre à la maison. Près d'un mois après notre emménagement, l'histoire d'Alfred encore fraîche dans nos esprits, Chains est sorti du bois en portant dans sa gueule un grand bâton blanc, qu'il a laissé tomber aux pieds de Monique. J'étais en train d'aider ma mère dans notre nouveau potager, à arracher des mauvaises herbes et des pics-pics de la plate-bande, quand Monique a pris le bâton dans ses bras et a hurlé.

« C't'un os ! »

M'man est allée voir et a retourné l'os dans ses mains, essuyant la terre et la boue avec ses gants de jardinage. Il y avait toutes sortes de vieux sentiers dans la forêt derrière la maison. « Une patte de vache, probably. »

Monique a regardé la forêt, puis notre mère.

« C'pas humain ? »

« Non, ma chère », a ri m'man en lançant l'os au chien.

•

Tout l'été, Chains traînait des os en sortant des broussailles, les laissait tomber aux pieds de Monique, qui les lançait dans la forêt. Chains, qui pensait que c'était un jeu, les lui rapportait joyeusement. Elle tentait d'en faire abstraction, de ces os qui s'empilaient à ses pieds, les balançait au loin sans trop les regarder, mais chacun semblait ronger sa détermination. L'histoire d'Alfred s'était enracinée dans son esprit et fleurissait peu à peu. Un matin, après avoir rêvé aux Français qui se faisaient avaler par la boue, agrippaient les racines et les mottes d'herbe en s'enfonçant toujours plus loin dans le sang et la fange, Monique a voulu en avoir le cœur net. Elle a frappé à ma porte au moment où le soleil s'immisçait entre mes stores et m'a convaincu de l'urgence de sa quête.

« Sont peut-être en train de renaître, Rich. »

Du haut de mes dix ans, j'imaginais avec terreur les zombies français s'élever du marécage derrière chez nous. En posant ses mains sur mes épaules et en me fixant d'un air sérieux, Monique a dit : « Y faut aller checker. »

« OK », j'ai répondu en avalant ma salive.

Je n'étais pas certain de comprendre pourquoi Monique avait besoin de mon aide. Mais même à l'époque, je soupçonnais que c'était parce que je m'étais familiarisé avec le bois en explorant les vieux sentiers avec Chains pendant qu'elle était restée à la maison, à lire et à s'imaginer toutes les horreurs du monde.

Nos parents, qui buvaient leur café en lisant le journal, nous ont regardés, perplexes, remplir nos sacs à dos de toutes les choses dont on pensait avoir besoin : des barres de granola et des sacs Ziploc remplis d'arachides pour la route, un couteau suisse, une boussole, des allumettes imperméables, une lampe de poche - et quelques bâtons lumineux au cas où on la perdrait -, de l'essence à briquet pour calciner les vieux os et des bouteilles d'eau et de vieilles guenilles pour rincer et panser nos plaies après un affrontement avec les morts-vivants.

« Vous allez où, là ? » a finalement demandé m'man en sourcillant au-dessus de sa tasse de café.

Monique s'est mise à expliquer qu'il y avait bien longtemps, des hommes avaient disparu dans les bois, pas très loin de notre maison... p'pa a pouffé et a balayé le reste de l'histoire du revers de la main.

« Perdez-vous pas, là, hein ? »

Et alors, avec nos bâtons de marche - des bâtons de combat, disait Monique, qui étaient en fait des branches de saule avec des motifs de diamants que mon père polissait pour les vendre aux touristes au bord de l'autoroute – et avec Chains à nos côtés, on s'est dirigés dans le bois. On a suivi les vieux sentiers de bétail pendant un temps, puis on s'est orientés avec le soleil, ou avec ce qu'on pouvait en deviner à travers la canopée. Monique ne cessait de me lancer des regards pour voir si je connaissais bien mon chemin, et avec une certitude non fondée, je déclarais sans cesse qu'on arriverait bientôt au marais.

Dans les faits, on tournait en rond. Quand on est arrivés une troisième fois devant la même souche noueuse, Monique s'est arrêtée et l'a fixée. Nos chaussures, nos chaussettes et nos pantalons étaient imbibés de rosée et collaient à nos jambes. Des nuées de mouches à chevreuil et de moustiques s'accumulaient autour de nous, une masse sombre et épaisse qui nous enveloppait. Chains grognait quand des mouches se posaient sur son museau, et il tentait de mordre les essaims grouillants, gémissant à chaque nouvelle piqûre. On courait en suivant la cadence percussive des claquements de nos mains sur notre peau, fonçant à travers le sous-bois. Enfin, au bout d'un sentier d'herbe qui serpentait dans la forêt, une clairière s'est ouverte devant nous. Un petit ruisseau murmurait au milieu. Le vent a fait fuir les insectes, qui sont restés dans le bois. Une fois traversée la rangée de saules, on s'est arrêtés au bord de l'eau peu profonde. Des roches sèches s'élevaient des flots lents, et Monique a posé prudemment le pied sur l'une d'entre elles.

« C'est stable », elle a annoncé.

« Une grenouille ! » Je me suis penché pour ramasser la petite bête qui sautait d'une roche à l'autre, mais Monique a agrippé mon bras et m'a traîné vers l'autre rive.

« C'est pas le temps, là. On va prendre une collation pis on va continuer notre chemin. »

Le soleil déversait une chaude lumière au sol, et on s'est réfugiés à l'ombre pour manger et se reposer. On s'est assis sur un tronc d'arbre et on a fouillé dans nos sacs. Monique a sorti une barre de granola, en a arraché l'emballage et me l'a offerte. À nos pieds, Chains s'est mis à grogner. Il s'est raidi – son cou tendu vers les arbres, sa queue entre les pattes. Monique a regardé la petite flèche de sa boussole tournoyer en mâchant sa bouchée. Chains a fait quelques pas vers l'avant, son museau traquant une bête qui s'avançait vers le ruisseau.

« Ça dit que le nord est par là », a déclaré Monique en envoyant la tête derrière son épaule, vers l'autoroute, et j'ai cligné des yeux, regardant tour à tour ma sœur et mon chien.

« Monique. J'pense que... »

« Attends, elle a dit en fronçant les sourcils devant la flèche qui vacillait à nouveau. Non, le nord est là-bas. Faque j'imagine que la swomp est par là ? »

Chains a aboyé, et Monique a finalement levé les yeux. J'ai jeté un œil par-dessus mon épaule en espérant que ce soit n'importe quoi sauf un ours : p'pa nous avait avertis de rester aux aguets dès notre emménagement. Il a dit qu'ils viendraient surtout en automne pour se nourrir des glands et des petits fruits qui parsemaient la crête, et je m'étais imaginé que j'allais vivre une rencontre terrible et fantasmagorique qui reconfigurerait mon être tout entier. Mais en scrutant le sous-bois, en retenant notre souffle, on a aperçu une biche qui sautait par-dessus les troncs d'arbre qui jonchaient le sol, sa queue blanche comme une flèche relevée vers le ciel.

•

Après le repas, on s'est mis à longer le ruisseau. Monique se disait qu'il s'écoulait du marécage et, par conséquent, nous mènerait à destination. On a cheminé un bon moment. Épuisé, j'ai commencé à me plaindre, à demander à ce qu'on fasse demi-tour et qu'on rentre à la maison, mais Monique a secoué la tête, insistant pour qu'on poursuive notre chemin. Le soleil se laissait couler vers l'ouest comme une montgolfière. Ma sœur me poussait à avancer, mais je voyais bien qu'elle était fatiguée, elle aussi. Son front perlait de sueur, ses joues avaient pris la couleur d'un feu doux. Chains disparaissait dans le bois pour ressurgir parmi les arbres, son museau l'entraînant toujours plus loin. Une fois arrivés à un coude dans le ruisseau, qui s'enroulait sur lui-même comme des lettres cursives au sol, Monique s'est enfoncée dans le voile des saules le long de la rive étroite et a dégringolé dans l'eau froide. J'ai poussé un cri de joie et, devant ses bras qui battaient dans les airs, je me suis mis à rire aux larmes, puis, quand l'écho de mon rire a fait place aux stridulations des criquets et des sauterelles, et que je me suis retrouvé seul dans le soleil d'après-midi, je me suis inquiété.

« Monique ? » Ma voix s'est cassée.

Je me suis avancé et j'ai pénétré le mur de saules, les yeux rivés au sol, et j'ai vu Monique assise dans le ruisseau, de l'eau jusqu'aux hanches, fixant une forme à moitié enfouie dans la berge en amont du courant. Lentement, elle a tendu son bâton de marche pour balayer une touffe d'herbe, et c'est là que j'ai aperçu le crâne. Ses orbites vides nous dévisageaient. Le naseau fracassé avait été lissé par le doux passage de l'eau.

La vieille vache avait été violentée, mais on ignorait quand et pourquoi. En surplombant Monique et le crâne et en m'imaginant comment je me sentirais si on découvrait les os des vieux Français dans le marécage, j'ai eu l'intuition naïve de ce qui ne se confirmerait que des années plus tard : il vaut mieux ne pas réveiller les morts.

24 –
À CÔTÉ DU JUNK YARD

La première fois que Becky a évoqué l'idée d'emménager ensemble, on se dirigeait chez Carlson, dans le coin de Dufresne. Elle a lancé ça tout bonnement entre une plainte sur son travail – les barmaids qui ne partageaient pas leur pourboire ou quelque chose du genre – et le fait qu'elle avait l'intention de retourner aux études.

« Ce serait le fun si on avait un appart ensemble, non ? » On a fixé la route qui s'étendait platement devant nous à travers le pare-brise. Le gravier revolait contre la carrosserie de la Buick, qui vibrait sous les chocs de la chaussée en planche à laver longeant les courbes du chemin de fer. Elle semblait s'attendre à une réponse de ma part, mais j'ai serré les mâchoires et j'ai fait mine de me concentrer sur un virage. Elle a poursuivi. « En tout cas. Ce serait moins cher que vivre seule. Tu sais-tu combien ça coûte, l'école ? »

« La peau des fesses », j'ai répondu.

Becky s'est esclaffée. « C't'à peu près ça. »

Puis elle a sacré en baissant les yeux sur son jeans et s'est mise à frotter une tache au-dessus de son genou, une éclaboussure de vernis à ongles ou de mascara. Je l'ai regardée attentivement, et dans la lueur ambrée d'un soleil de fin d'automne, tandis que la lumière chaude tourbillonnait dans la Buick, je me suis dit que les choses étaient parfaites comme elles étaient, et je me suis demandé si ce ne serait pas trop risqué de bouleverser ce qu'il y avait entre nous. Pendant que Becky frottait son jeans pour écailler la minuscule tache à peine visible, j'ai pensé que ce serait mieux de laisser tomber le sujet, alors je me suis tourné en silence vers la route et j'ai regardé au loin, guettant la cour à scrap de Carlson.

•

Par-delà les champs de canola, les voitures rampaient sur l'autoroute comme des insectes sur une table. Assis sur le capot de la Buick, Al Verrier et moi, on les regardait passer en fumant un joint dans l'obscurité tranquille devant la maison de Carlson, avec ses deux étages et demi de revêtement de vinyle usé et ses fenêtres lézardées. La lueur du feu et la musique des violoneux s'écoulaient de l'arrière de la maison, et les hurlements de rires fusaient dans la nuit. Verrier a tiré sur le joint jusqu'à ce qu'il n'en reste qu'un mégot incandescent, qu'il a envoyé d'une pichenotte sur le gravier.

« T'as-tu des nouvelles de Larry, toi ? »

J'ai secoué la tête. Il a opiné en silence. On regardait vers l'ouest, vers la ville et au-delà, vers les milliers de kilomètres de prairie obscure qui nous séparaient des montagnes.

« C'te fucking gars-là. »

Larry Lechene était parti plus d'un an auparavant après avoir fait de la prison à cause d'un accident : il avait tué la femme qu'il aimait en faisant des tonneaux avec sa voiture. Il avait mélangé de la bière et de l'oxy, et s'était endormi au volant. Il ne s'est réveillé qu'à l'hôpital, pour apprendre qu'il avait créé un orphelin. Il n'a plus jamais été le même. Après être revenu dans le coin un certain temps à sa sortie de prison, c'était devenu clair qu'il n'y avait plus sa place. Il a décidé de partir vers l'ouest à la recherche de son père. Je l'ai conduit à la station d'autocars près de la friperie et je l'ai regardé monter dans le Greyhound sans se retourner.

Plus tôt dans la soirée, je me tenais autour du feu, écoutant à moitié la conversation hurlée entre Becky et Roxanne Groscœur, qui lui expliquait à quoi s'attendre à l'université, quand j'ai aperçu Verrier assis sur une pile de palettes de bois que Carlson avait l'intention de brûler. Des cris et des rires ondulaient comme des vagues, avant de se briser. Autour du feu, des gens fredonnaient au grattement des guitares. Une femme a sorti son violon et s'est mise à l'accorder. Quelqu'un a soufflé dans un harmonica et a entonné une chanson sur un trou dans un seau. Malgré toute la musique et la joie et les rires qui nous entouraient, Verrier était assis seul, pensif. Je suis allé le voir pour lui proposer de fumer un joint. Il a levé les yeux vers moi en haussant les épaules.

•

Verrier et moi, on se tenait encore plus ou moins dans les mêmes cercles, mais j'avais commencé à passer de plus en plus de temps avec Becky. Verrier avait perdu son permis après s'être fait prendre au volant avec trop d'alcool dans le sang, et il était coincé chez lui la plupart du temps, alors on avait perdu le contact. Pendant quelques années, après que je l'avais rencontré avec Larry, à l'époque où ils fabriquaient du BHO à Marchand, on avait été inséparables. Mais une fois Larry parti, je me suis rendu compte que ç'avait été lui, le liant entre nous trois. Verrier vivait à quelques kilomètres à peine de chez moi, mais comme il avait quelques années de plus, que ses parents avaient perdu leur français et qu'il allait à l'école anglophone, je ne l'avais jamais vraiment connu, et après le départ de Larry, nos chemins se sont séparés. Tandis qu'on regardait les étoiles percer le ciel nocturne, dos contre la Buick, laissant nos esprits divaguer dans la brume du cannabis, je lui ai demandé ce qu'il pensait de notre éloignement.

« Rien, il a grogné. C'est d'même, c'est toute. »

Je lui ai jeté un œil, mais il fixait toujours les étoiles.

« Me semble que c'est plus que ça », j'ai dit.

« Heille man, pourquoi faut toujours que tu t'poses des questions d'même ? a soupiré Verrier. Tu peux pas juste regarder les fucking étoiles ? »

« Ben oui », j'ai dit, mais en m'adossant à nouveau pour fixer les pointillés lumineux dans le firmament, je ne pensais qu'aux arabesques du violon et à la cadence des guitares qui nous parvenaient de derrière la maison. La lueur du feu s'étendait dans le ciel, dissimulant les étoiles et ramenant mes yeux à la mer d'ordures : les vieux camions et les voitures et les tracteurs, et toutes ces choses que les gens jetaient et que Carlson amassait, coupait en morceaux, puis leur revendait. Ma jambe s'est mise à tressauter comme si mes os étaient un diapason. Je me suis tourné vers Verrier. « On y retourne ? »

« Vas-y, toi. »

« Come on, man, viens prendre une bière pis voir ce qui se passe. » J'ai attrapé son bras pour l'entraîner avec moi, mais Verrier a pété les plombs.

« Fucking crisse, laisse-moi tranquille, dude ! » Dans un accès de colère, il m'a décoché un coup de poing qui m'a rasé le menton. J'ai cligné les yeux et j'ai reculé d'un pas, frottant l'endroit où ses jointures m'avaient frôlé. Verrier s'est laissé glisser du capot, a secoué la tête et s'est mis en marche vers la route.

« Dude, tu vas où ? »

« Je rentre », a crié Verrier par-dessus son épaule.

« T'habites à Richer ! »

« Va donc chier. » Il a tourné sur la route de gravier et s'est dirigé vers Sainte-Anne. Je suis resté planté là sans rien dire et je l'ai regardé s'éloigner jusqu'à ce qu'il se fonde dans la noirceur.

•

Une douleur lancinante au menton, j'ai fait mon chemin dans la foule à la recherche de Becky. J'ai calé une bouteille qu'on m'a tendue et je l'ai lancée vers la voie ferrée.

« Garde ça pour le fucking train ! » quelqu'un a lancé.

La musique était de plus en plus rapide, de plus en plus forte, et les coudes se balançaient, des pieds bigarrés grouillaient au sol, arrachaient la pelouse et faisaient s'élever des nuages de poussière noire, et les gens s'étouffaient sur de gros joints bedonnants qui leur poussaient entre les doigts, et je cherchais Becky, je suivais son rire dans la foule, me frayant un chemin parmi les jeunes qui s'entassaient entre la maison de Carlson et le chemin de fer, quand un train s'est mis à claironner, enterrant la musique. Les gens se sont mis à hurler comme des chiens. Le klaxon a retenti encore une fois, plus près, plus fort, et on s'est tous rués vers le fossé clôturé près de la voie ferrée, et on a regardé le train foncer sur nous, son moteur au diesel vrombissant, ses roues cliquetant sur les rails. Les gens ont élevé canettes et bouteilles au-dessus de leurs têtes, et quand le train a surgi, quelqu'un a lancé une canette de bière sur le flanc d'un wagon à grains, et elle a explosé dans un nuage de mousse et de brume. Puis, comme des grêlons, des bouteilles ont sailli par douzaines au-dessus de nos têtes et se sont fracassées contre les wagons, arrosant les rails d'éclats de vitre et de bière, et les gens ont hurlé à nouveau quand le klaxon s'est fait entendre, et le train s'est retiré à toute vitesse, comme si on l'avait chassé. On riait et on criait dans le grondement de son passage, jusqu'à ce qu'on n'entende plus que nos tristes voix emplissant le néant hanté de ce bourdonnement qui s'estompait à l'horizon. Nos voix ont fini par s'enrouer et s'éteindre, fauchées. Dans le sillage de ce train, on restait là, les mains vides, entourés de déchets.

25 –
NIDS D'HIRONDELLES

La vapeur s'élevait en chuchotant du trou dans le sol, et les matières fécales vrombissaient dans le tuyau de tôle ondulée que je tenais dans mes bras, tourbillonnant vers le camion de pompage derrière nous. Un vieil homme, qui me regardait manœuvrer la bouche du tuyau au fond de sa fosse septique, fouillait dans sa narine avec son pouce.

« Fait un boutte que j'dis qu'y nous faut une nouvelle tank. » Il a jeté un coup d'œil à son ongle de pouce, puis a envoyé quelque chose par terre. « Ça coulait l'an dernier faque j'ai dû la patcher. »

J'ai hoché la tête, l'écoutant à moitié, et le tuyau s'est mis à tressauter. Je le tenais fort, mais il s'est cambré, a eu un spasme violent et s'est échappé de mes mains. Il a atterri au sol dans un fracas sourd et s'est mis à frétiller. À l'intérieur, la buse d'admission cassée vibrait contre les parois.

« Oh boy », a dit le vieux en fouillant dans son autre narine.

Tout doucement, j'ai stabilisé le tuyau avec mon pied, puis je l'ai attrapé et l'ai retiré de la fosse. Le moteur de la pompe gémissait derrière nous comme un aspirateur collé à un tapis, et le tuyau s'est cambré à nouveau. En sortant la buse, j'ai constaté le problème. Le bout du tuyau était bouché par une aile de poule plumée qui tremblait sous l'effet de la succion. La pompe à moteur s'est encore emballée – son gémissement est devenu plus aigu –, et le tuyau a tressailli quand l'aile s'est cassée dans un craquement d'os aspirés bruyamment vers la pompe. Le moteur a semblé tousser et émettre quelques jappements rapides, comme s'il s'étouffait sur la carcasse, et tout d'un coup, avant qu'il ne s'étrangle tout à fait, le disjoncteur d'urgence a coupé le moteur.

Le vieil homme a regardé au fond de sa fosse. « Ben correct de même. »

Tandis que l'écho de la pompe s'estompait et que la neige flottait autour de nous, ce qui restait de l'aile de poule pendait mollement du bout du tuyau et battait dans le vent.

•

La veille, après être rentré de la cabane d'Alfred, j'avais appelé Joe pour en savoir plus sur son fameux contrat, et il m'a offert une demi-journée de travail, qui s'était transformée en journée complète parce qu'il n'arrêtait pas de m'appeler sur le vieux téléphone du camion pour m'ajouter des arrêts. Au début, ça faisait mon affaire

– j'étais content d'avoir un peu d'argent et de me changer les idées, avec les funérailles qui auraient lieu dans quelques jours, le temps que les gens arrivent de partout au pays –, mais en tournant sur une énième route de gravier bordée de trembles et de bouleaux nus et en plissant les yeux pour déchiffrer les adresses sur les boîtes postales à la recherche d'une énième fosse à vidanger, j'en suis venu à me dire que Joe voulait tout simplement me tenir occupé. Sur les routes cahoteuses de cette fin d'automne, la douleur aiguë qui descendait le long de mon dos et de ma jambe depuis une semaine me saisissait à chaque secousse. Le petit bison en plastique que m'avait prêté Danny tremblotait sur le tableau de bord. Il avait basculé peu de temps après que je l'y avais placé et, à présent, couché sur le côté, il ressemblait à une carcasse d'animal des temps anciens qui attendait que les femmes la découpent en morceaux et la fassent cuire sur le feu.

Je tournais le coin sur un chemin de terre près de Blumenort quand je me suis rappelé les histoires que racontait Larry Lechene sur son boulot dans une usine d'équarrissage de volaille près de l'autoroute, dans ce coin-là, le fait qu'il devait laver les planchers de l'abattoir, pousser le sang et les os et les boyaux avec un pulvérisateur haute puissance dans des petites tranchées pour qu'ils s'écoulent dans une fournaise chaude comme les flammes de l'enfer, et je me suis demandé ce qu'il aurait pensé de l'aile de poule que j'avais cueillie dans le bassin de marde ce matin-là. Il aurait ri, probablement, et fait une mauvaise blague de cuisson à la mijoteuse.

Le téléphone antique a glapi sur la console centrale.

J'ai jeté un œil aux miroirs pour m'assurer que la route était dégagée et je me suis rangé sur l'accotement pour décrocher.

« J'aurais une autre job pour toi. » Joe m'a donné un nom et une adresse – une roulotte dans le coin de Paradise Village – et j'ai noté les informations sur un calepin de feuilles jaunes lignées.

« Y a des fosses septiques au paradis ? » j'ai blagué.

Joe a forcé un petit rire. « C'est trop petit pour un réseau d'égouts. » J'ai levé les yeux au ciel en me disant que Joe n'avait pas trop le sens de l'humour. « Écoute, il a poursuivi. La tank est-tu pas pire remplie ? Penses-tu avoir de la place pour une autre job avant de retourner à' lagune ? »

« J'sais pas, peut-être. Ça dépend de la job, j'imagine. Y a un de tes tuyaux qui est bouché par des os de poulet. »

« Fuck », a dit Joe, et dans le bourdonnement sourd du combiné, je me suis imaginé qu'il se pinçait l'arête du nez. « J't'avais pas dit de faire attention à ça ? »

« Non. C'est quoi, c't'affaire-là ? »

Au crépitement du combiné, j'ai deviné que Joe a haussé les épaules. « Le gars crisse ses oiseaux morts là-dedans pour pas avoir à les déclarer aux inspecteurs – mais va pas répéter ça, là. »

Durant les quelques semaines où j'ai travaillé pour Joe, j'ai bouché ses tuyaux à plusieurs reprises avec toutes ces choses étranges que les gens refoulent en tirant la chasse, ces vestiges délaissés de leur vie. J'ai eu accès au côté obscur, caché de leur existence, à des indices de leur histoire : les emballages de condoms usagés, les têtes décapitées des Barbie qui pendouillaient par leurs cheveux longs, jadis blonds, de vieux dentiers qui éclataient sous la pression, les dents remontant dans le tuyau en cliquetant comme du gravier. Il y avait plus de cellulaires, aussi, depuis qu'ils étaient de plus en plus petits et qu'ils glissaient des mains des gens pour plonger dans les cuvettes. Joe racontait que Dieu lui était déjà apparu dans une citerne quand il a tiré un chapelet de la crasse. Le collier de perles s'était enroulé autour de l'embout du tuyau, et la figurine du Christ vibrait contre l'acier. En retirant le tuyau et en apercevant, dans le soleil de midi, un halo radieux qui s'exhalait de l'or terni, il avait été si frappé par la scène, si surpris et inspiré, qu'il en est venu à y voir un message divin.

« C'tait un signe, clair comme de l'eau de roche. » En me racontant ça, il a envoyé un jet de salive entre ses dents sur le gravier derrière sa fosse septique. « C't'à ce moment-là qu'y me l'a dit, que j'étais sur la bonne voie. C'est comme ça qu'j'ai su que j'faisais l'œuvre de Dieu. »

Joe avait récupéré le chapelet et l'avait nettoyé. Il l'a porté dans sa poche pendant un bon mois, lui attribuant le succès de son entreprise en pleine croissance. Il a fini par le polir et l'accrocher au rétroviseur de son camion pour se rappeler la bénédiction qu'il avait reçue, la preuve que sa compagnie opérait par la grâce de Dieu.

J'ai déposé le combiné, puis j'ai tiré une carte du coffre à gants et l'ai étendue sur le volant. J'ai parcouru du doigt le papier, qui se froissait de plus en plus à mesure que j'approchais l'index de ma destination, et je me suis rendu compte que le prochain arrêt était à deux pas de la ferme de Gauthier.

Une boule s'est décollée de ma gorge et s'est fracassée contre mon estomac comme une météorite. Mes entrailles se sont tordues. J'ai chiffonné la carte en serrant les poings, repensant à la scène chez Alfred. La flasque sur la table. La chicoque. Les Gauthier. Le vieux et comment il avait enfirouapé Alfred. J.-P. et sa veste qui puait la mouffette, et qu'on avait brûlée à la fois par pragmatisme et par rancune dans le rond de feu derrière la cabane.

En démarrant d'un coup sec sur le gravier, je me suis dirigé vers cet arrêt-là, pas loin de chez J.-P., résistant à l'envie impérieuse d'aller domper une tonne de marde devant sa maison.

J'y ai pensé tout au long de mon travail sur le terrain voisin, j'imaginais la pisse et la merde s'écouler sur l'herbe gelée, détrempant les marches menant à la galerie et entachant la terre des effluves de sa trahison.

J'écoutais à moitié le propriétaire déblatérer sur le froid qu'il faisait – il ne faisait même pas si froid que ça, les doigts ne se mettaient à picoter qu'après quelques minutes –, trop occupé à me demander comment réagirait J.-P. en découvrant que son terrain était enseveli sous les excréments.

« Pis, combien, tu penses ? » a dit le propriétaire.

J'ai cligné des yeux. « Pardon ? »

Il a montré du doigt la fosse septique. « De bottes de foin. Pour l'hiver. Combien ça en prendrait ? »

•

L'homme a payé comptant. J'ai fourré les billets dans ma poche, l'ai remercié et salué un peu sèchement. Puis je suis monté dans le camion et j'ai roulé vers la route, désormais résolu à me rendre chez J.-P. Le camion, dont les essieux arrière s'enlisaient dans la vase, accélérait au ralenti. La carrosserie encaissait des salves de gravier. Je faisais gémir le moteur sur le chemin de terre en enfonçant l'accélérateur dans le tapis, éructant d'immenses vagues de poussière à ma suite. C'était décidé : j'allais vider la citerne chez J.-P. La ferme est apparue derrière un brise-vent, et le camion s'est engagé dans l'entrée. J'ai pesé sur les freins de toutes mes forces, mais le poids des eaux usées propulsait le véhicule, qui tanguait sous l'effet du roulis. Puis il a chancelé, ses roues se décollant du sol d'un côté, et en un instant, ma vision s'est cristallisée, s'est aiguisée d'un seul coup, et j'ai inspiré fort et vite, imaginant le camion de pompage de trente mille livres chavirer, sa citerne se fissurer comme un œuf, épandant son contenu comme de l'huile grumeleuse sur le gravier et la pelouse brune, clairsemée. Dans cet instant, j'ai prié n'importe qui, n'importe quoi, pour que le camion de Joe soit épargné. Je ne pourrais pas lui expliquer ça. Et c'était comme si Dieu m'avait entendu, parce qu'à ce moment-là, comme un pendule, le camion s'est balancé en sens inverse et ses roues se sont écrasées au sol.

Le camion a tangué d'un côté à l'autre, de moins en moins fortement, mais les roues restaient collées au gravier. Une bouffée d'air restée prisonnière de mes poumons s'est enfin échappée. Je sentais le camion craquer et gémir, les tuyaux d'huile et d'essence se drainer, le bloc-moteur pétiller en refroidissant.

Les jointures crispées sur le volant, j'ai fixé mon regard sur l'horizon en haillons devant lequel je m'étais réveillé quelques jours plus tôt, cette lisière irrégulière de la forêt retenue par le bétail, et mon cœur s'est apaisé. J'ai cessé de trembler, mon souffle est redevenu calme. En me tournant vers le terrain, j'ai vu, inscrites dans les herbes sèches, les marques de la fête endiablée, les traces de pas, de pneus, l'enfoncement dans le sol là où la remorque à plateau avait servi de scène au groupe de musique, des lignes sinueuses où les fils avaient serpenté depuis la maison, et les anneaux foncés, roussis de suie, autour du rond de feu. L'endroit où j'avais pissé tranquillement près de la clôture en regardant le bétail s'éparpiller. Malgré toutes les visites, tout le temps qu'on avait passé là, enfants, quand p'pa fréquentait encore le vieux, je sentais, en scrutant le terrain à travers mon pare-brise poussiéreux, qu'au cours de ma vie, le regard que je posais sur cet endroit avait dérivé, comme un bateau dans les hauts-fonds que soulève la marée haute, et que le voile de ressentiment qui l'avait assombri au fil des années avait commencé à s'estomper. En descendant du camion et en me dirigeant vers la citerne, j'ai pensé au fait que j'avais failli décharger tout son contenu sur la pelouse de J.-P. et j'ai secoué la tête en pensant à celle qu'il aurait faite en apercevant une pile de marde sur son perron.

Ç'aurait été tout un spectacle.

•

De l'eau s'écoulait de l'arrière de la citerne, et j'ai resserré la vanne de décharge. Puis j'ai jeté un œil vers la maison et j'ai gravi les marches menant à la galerie qui donnait sur le pâturage. J'ai frappé à la porte d'entrée.

Je voulais dire à J.-P. qu'on avait repéré les traces de son passage dans la cabane d'Alfred. Qu'on avait brûlé sa veste. Mais il n'y avait pas de réponse. Au bout d'un moment, j'ai reculé d'un pas pour regarder autour de moi et j'ai vu que le camion de J.-P. n'était pas là. Déçu, je me suis assis sur le petit banc sous la fenêtre et j'ai résolu de l'attendre. J'ai tiré une cigarette de ma poche – je l'avais piquée à Joe, ce matin-là – et l'ai fumée lentement. À travers la neige fine qui tombait, j'ai regardé le bétail se mouvoir au loin, placide, dans les champs rocailleux.

Le vent s'enroulait autour de la maison et ratissait la galerie. Des carillons tintaient au-dessus de ma tête. En levant les yeux, j'ai aperçu une série de petits nids enfouis dans les coins entre les gouttières et les murs. Crisses d'hirondelles. P'pa aurait pété sa coche en voyant ça. Les hirondelles étaient parties vers le sud depuis plus d'un mois, et je me suis demandé pourquoi J.-P. n'avait toujours pas nettoyé leurs traces. Mon père détestait ces oiseaux. Les nids qu'ils construisaient contre les maisons, les remises et les granges, avec de la boue, de la bouse et de la paille, ça tachait la peinture, endommageait le bois et les revêtements. Ça pouvait détruire un mur tout neuf. P'pa le prenait toujours personnellement, comme si les oiseaux avaient une dent contre lui. Quand on était plus jeunes et qu'on vivait près de la rivière, à l'entrée du village, mon père avait offert une carabine à plomb à Monique et l'avait chargée d'empêcher les oiseaux de s'approcher. Il y avait une colonie d'hirondelles qui vivaient sous un pont, au-dessus de la Seine, à l'ancien numéro 12, pas trop loin de chez nous. Puis elles se sont fait chasser par une volée de pigeons. À la recherche d'endroits où nicher, elles se sont mises à explorer les nouvelles maisons qui poussaient dans les champs de foin aux alentours. Cet été-là, quelques années seulement avant qu'on déménage dans le bois, les hirondelles s'alignaient sur les fils électriques entre notre maison et la rivière, et restaient là à contempler le territoire. P'pa se tenait sur la galerie et les épiait. S'imaginant des nids qui pulluleraient bientôt sur nos murs comme des boutons de varicelle, il a ordonné à Monique de tirer sur les oiseaux. Elle a obéi à contrecœur, et de son perchoir sur la galerie arrière, elle les mitraillait de plombs. De temps en temps, elle en atteignait un et, paniquée à la vue de l'hirondelle qui tombait du fil et se précipitait au sol en battant des ailes, elle appelait à l'aide. Je sortais en courant avec une batte de baseball pour achever l'oiseau éberlué.

C'est étrange : ce qui semblait être la bonne chose à faire, à l'époque – et ce qu'on faisait aux taupes, aussi ; inonder leurs tunnels avec un tuyau d'arrosage et les guetter avec des bâtons et des battes de baseball pour les assommer alors qu'elles fuyaient –, me remplit aujourd'hui de honte et de regret. Même p'pa avait changé. Il y a quelques années, il aurait noyé sans hésiter la chicoque qui s'était immiscée dans la cabane d'Alfred. Quand on a déménagé sur la crête de gravier, p'pa trappait les petits animaux – surtout des ravageurs – qui s'aventuraient sur le terrain, puis les emmenait dans la carrière pour les noyer. Mais les choses avaient évolué. Il n'arrivait plus à tuer de petits animaux. Chains avait été la dernière goutte, j'ai l'impression. Sa brève résurrection nous avait tous transformés.

Ces jours-ci, quand p'pa trappait, il conduisait jusqu'à Richer pour relâcher ses proies.

•

J'ai porté la cigarette à mes lèvres et j'ai tiré jusqu'au filtre puis, en jetant le mégot sur le gravier, je me suis dit que ça ne valait pas la peine d'attendre J.-P. Je me suis relevé et me suis étiré en poussant un grognement – une lame brûlante m'a traversé le côté de la jambe. J'ai pensé à m'man qui voulait que j'aille chez le médecin. Chaque fois que je vidais une nouvelle fosse, l'état de mon dos semblait empirer. Le soleil était déjà bas, j'avais un autre arrêt à faire, mais je me sentais incapable de me retrouver devant une autre fosse septique, avec cette lame qui s'enfoncerait encore plus loin dès que je soulèverais le couvercle en béton, qui tournerait dans la plaie au moment où je traînerais les tuyaux autour d'une énième maison.

J'ai mis le cap sur le nord et me suis dirigé vers le village. Les eaux usées clapotaient bruyamment dans la citerne derrière moi, et j'ai monté le volume de la radio pour masquer les sons. En tournant vers l'ouest sur Dawson Road, un sourire s'étirait sur mes lèvres. L'épiphanie que j'avais connue à la ferme semblait me faire flotter, léger comme sur un nuage. En laissant derrière moi la bretelle vers Paradise, passé La Coulée, et filant vers la bordure effilée séparant le Bouclier de la prairie, j'ai senti tous les nœuds dans ma poitrine, ce grillage à poule de doute qui avait longtemps enserré mon cœur et obscurci ma vision de l'avenir, se dénouer peu à peu. Le téléphone a glapi, mais je l'ai écarté et, en dévalant la route, j'ai éclaté de rire.

•

Perché sur une roche surplombant la lagune d'épuration, je sirotais une canette de Bleue. Les eaux usées jaillissaient de l'arrière du camion. Le soleil, à l'horizon, inondait les bassins de sa lumière rouge, et dans ce mélange de vapeurs et de remous, dans cette étendue tourbillonnante de déjections humaines, la lumière dansait à la surface et se réfractait en des éclats éparpillés. Pendant un bref instant, j'ai souri à l'idée que les habitants du village avaient peut-être éjecté des arcs-en-ciel de leur anus - mais je ne m'étais jamais imaginé que les arcs-en-ciel sentaient la marde. Après avoir vidé ma bière et jeté la canette vide par terre, puis en avoir tiré une nouvelle de l'anneau de plastique à mes pieds, je me suis mis à trembler. Les larmes m'ont monté aux yeux tandis que les flammes descendaient le long de ma cuisse et de mon mollet vers mes pieds, et c'était comme si elles décimaient entièrement les nerfs sur leur passage. J'ai tenté de remuer les orteils, mais je ne les sentais plus dans ma botte. J'avais flotté bien haut, mais à présent, je me sentais m'écraser au sol. Les membres endoloris de mon corps criaient, me tiraient vers le bas, me projetaient hors de mon exaltation. Je me suis étiré vers l'arrière, assis sur ma roche, et j'ai pressé la canette froide contre le bas de mon dos pour soulager la douleur. J'ai enfin entendu ce que me disait mon corps : ça suffit.

Après avoir vidé ce dernier chargement, je donnerais ma démission à Joe.

Le feu s'est refroidi peu à peu, et les sensations sont revenues dans mes orteils. J'ai ouvert la canette de bière, pris une rasade et tenté de m'imaginer la suite. Le vide me pesait. L'incertitude, cette impression glaciale de ne rien savoir, m'a donné la chair de poule. Je n'avais aucune idée de ce qui allait m'arriver ou de ce que je pourrais bien faire, mais je me consolais en songeant aux personnes qui seraient de la partie. Les paroles de Becky, sur le toit, à Saint-Boniface, me sont revenues à l'esprit ; le fait qu'elle en voulait davantage. J'avais honte de ma réponse insuffisante et du silence que j'avais laissé s'installer entre nous dans les jours qui ont suivi. En vidant ma bière, j'ai imaginé Becky plongée dans un livre pour ses cours, occupée, à son affaire, et je l'ai enviée. J'ai repensé à Alfred, aux vraies raisons qui l'ont poussé à rester ici, dans le bois, même s'il avait fini par aimer ces terres, en fin de compte. La culpabilité et la responsabilité qu'il avait dû ressentir et qui l'avaient contraint à rester me semblaient tout à fait étrangères. Rien ne me retenait ici, depuis son départ. Le soleil s'attardait à l'horizon, et la lumière déclinante rougissait sur la lagune. Dans l'obscurité qui tombait peu à peu, en proie à la douleur lancinante dans mon dos et ma jambe qui s'élevait par vagues sous ma peau, je me suis laissé imaginer un avenir avec Becky. Une vision de nous deux ensemble dans la ville - magnifique contre le paysage en arrière-plan - s'est enracinée en moi. Laissant tomber la canette près de la roche, je me suis levé lentement, étirant mes bras bien grand au-dessus de ma tête, et j'ai pris ma décision.

Les pieds dans les airs, j'ai fouillé à l'avant du camion et, ramassant le téléphone sur le tapis, j'ai vérifié si la batterie avait encore du jus. Puis je me suis laissé glisser au sol et suis retourné m'asseoir sur la roche, où j'ai composé le numéro de Becky. Et tandis que le soleil disparaissait à l'horizon et que les dernières lueurs éclataient, dorées, sur les champs d'épuration devant moi, le signal d'attente sonnait, et sonnait, et puis il y a eu un déclic, et la voix de Becky a craqueté dans mon oreille.

26 –
LE TOUR DU MONDE

Les murs bougeaient comme des draps, et le soleil obscur faisait pleuvoir des ombres sur le salon de Monique. Elles s'écoulaient du plafond, s'accumulaient dans les coins, grossissaient, rétrécissaient, puis s'accroissaient encore suivant les flottements de la lampe à lave placée sur l'une des tablettes de la bibliothèque. La fille à ma gauche m'a donné un coup de coude et a pointé le joint incandescent que je tenais mollement entre mes doigts.

On a parlé un moment de feu notre chien, puis la conversation s'est mise à tourner en rond et, quelque part entre la décision d'aller danser au Canot et la tirade soudaine de Monique sur les droits linguistiques, en passant par son récit passionné de la fois où on avait incendié des bureaux à Saint-Boniface, et que le directeur d'un organisme francophone et sa famille avaient reçu des menaces de mort pour avoir osé défendre la langue, j'ai commencé à me perdre dans mes pensées, à m'enfoncer plus creux dans le divan, à regarder les murs s'animer. C'était le début de la fin.

« Les murs sont mûrs », j'ai chuchoté.

La fille à ma gauche a froncé les sourcils. « Qu'est-ce qu'il dit ? »

Monique a balayé sa cigarette dans les airs. « The walls are ripe », elle a traduit.

La fille a haussé un sourcil. « C'est censé vouloir dire quoi, ça ? »

•

Après avoir fumé nos cigarettes, on est sortis dans le froid. Monique a insisté pour qu'on marche même si j'avais proposé de conduire. J'avais récemment hérité de la vieille Buick de p'pa et je voulais parader – j'avais eu la permission de rendre visite à Monique pour une fin de semaine, tant que mes notes restaient bonnes –, mais ma sœur a jeté un coup d'œil par la vitre, a grimacé en pointant les déchets qui jonchaient les sièges et m'a dit de laisser tomber. La fille qui avait été assise à ma gauche – Krystal avec un « K », il me semble qu'elle s'appelait – riait en tapant des pieds pour les garder au chaud pendant que Monique et moi, on s'obstinait.

« On va pas rester là toute la nuit, a déclaré Monique. Y fait frette ! » Elle a expiré une bouffée blanche, qu'on a regardée s'élever et se dissiper dans l'air sec, ses cils se sont recouverts de frimas et elle a remonté son foulard sur sa bouche. Mes joues se sont mises à brûler. Je ne sentais plus mes orteils. « Viens-t'en, crisse », a dit Monique.

Krystal lui a emboîté le pas en sautillant, et elles se sont mises à marcher bras dessus bras dessous dans la rue. J'ai fourré mes mains emmitonnées dans mes poches de manteau et je leur ai emboîté le pas tant bien que mal. Le froid nous pesait, griffait et égratignait notre peau, s'insinuait comme de la fumée par les fermetures éclair. Bouger semblait aider un peu – comme un chat farouche, le froid s'esquivait, puis attendait le moment idéal pour nous bondir dessus. On se dépêchait pour semer le félin insistant. La neige crissait et craquelait comme de la styromousse sous nos bottes, tandis qu'on remontait Provencher et Des Meurons, là où le chemin de fer longeait le bois. On a tourné sur Dumoulin – ce n'était pas aussi venteux que sur le boulevard – et on a poursuivi vers la Rouge.

Monique et Krystal se serraient ensemble pour se réchauffer, le bras enlaçant la taille de l'autre, les têtes collées. J'aurais serré un ours contre moi pour un peu de chaleur, je me suis dit en frissonnant et les suivant à la course, tout en remuant les orteils dans mes bottes pour maintenir la circulation dans mes pieds.

Quelque part, un train a gémi sur les rails. Le cliquetis de ses roues tranchant l'acier froid s'est réverbéré dans l'air gelé, porté sur une distance inimaginable dans toute autre saison. Le son porte loin dans le froid, se déplace aisément sur les étendues figées qui gémissent sous la glace et la neige. Des piliers de lumière s'élevaient au-dessus de nos têtes, comme des colonnes soutenant la voûte du firmament, criblée de grenaille. Des petits trous d'aiguilles, là où les profondeurs étaient percées de plombs. Ce genre de froid peut foudroyer dans le temps de le dire, mais il peut aussi tuer lentement. Mordiller les orteils, bleus, noirs. Nécrosés. Ronger les doigts, le nez, les oreilles, geler les yeux dans les orbites jusqu'à la cécité, jusqu'à l'inertie. Attendre que les yeux dégèlent pour cligner. Les étoiles riaient. Fuck man. T'as-tu déjà vu les étoiles au Manitoba ? Au milieu d'un champ, au milieu d'l'hiver, au milieu d'la nuit, au milieu du pays, quand les aurores dérivent comme des draps étendus dans le vent, les couleurs que laissent des coups de jointure dans le noir, les bleus après une puck dans' face, fuck, me. Monique ? J'ai retracé des yeux le contour de mes bottes, qui se dessinaient contre les trous d'aiguilles, là-haut. Quelqu'un a crié ? Mon nom ? Lève-toi, crisse. Enweye. Viens-t'en. Sors de la neige. Un coin de rue encore, et on sera au chaud.

•

Monique a glissé un dix au videur pour qu'il ferme les yeux sur mon âge, et on s'est précipités à l'intérieur du bar en l'esquivant dans les marches. La pièce était chaude, humide, l'haleine et la sueur des hommes et des femmes qui se démenaient sur la piste de danse nous ont enveloppés comme un chinook, et la fonte sur nos cils nous embrouillait les yeux. Tout était couleur sang.

On a fait le tour de la pièce paresseusement, jouant du coude parmi des gens qui n'entendaient pas nos voix enterrées par le bruit, jusqu'à atteindre un banc près du mur opposé à la porte, où je me suis assis seul pendant que Monique et Krystal avec un « K » sont allées hurler leurs commandes au bar. Elles sont revenues avec des bouteilles de Standard et se sont tenues devant moi en sirotant leur bière, parcourant la pièce des yeux. La musique se réverbérait sur les murs et nous bouchait les oreilles. Sur mon banc, je me suis enfoncé plus profondément dans les replis chauds et duveteux de mon manteau. Des formes monstrueuses flottaient sur la piste de danse – des bras et des jambes moites, de la chair nue, des cheveux ballants, des corps contorsionnés qui se tordaient au son de la musique. C'était difficile de regarder les gens dans les yeux ; les miens glissaient de leurs visages comme des poissons entre mes doigts.

« Prends la fucking bière, a dit Monique en pressant la bouteille dans ma main. Je vais pas te la tenir toute la soirée. »

J'ai cligné des yeux en regardant la bouteille dans ma main, avec son goulot béant et son verre brun qui vibrait, et je l'ai portée prudemment à ma bouche, l'ai appuyée contre ma lèvre inférieure, et je me suis dit tiens, c'est une drôle de sensation, la bouteille était chaude et mes lèvres étaient froides, d'habitude c'est l'inverse, et j'ai vu Krystal avec un « K » sourire et se pencher vers Monique, comme si elle se glissait dans sa peau, en lui chuchotant quelque chose à l'oreille à pleins poumons. Monique lui a souri, et tout d'un coup, Krystal avec un « K » a tiré Monique sur la piste de danse. Je suis resté là à agripper ma bouteille tiède de Standard. J'ai détaché mon manteau, passant la bouteille entre mes mains comme une patate chaude, gauche-droite, et j'ai dégagé mes bras des manches en tentant de faire fi des flaques de lumière fondue au plancher.

Je sirotais ma bière, mais je ne savais plus avaler et j'ai tout déversé sur mon chandail.

« Tabarnak ! » j'ai crié. Quelques personnes se sont retournées vers moi. Un homme noir a ri et a dit quelque chose dans une sorte de français que je n'avais jamais entendu, et j'ai fait un sourire niais, les dents trop grandes pour ma bouche. « T'un accident », j'ai dit.

« Ah oui, ah oui, a dit l'homme. T'en fais pas, jeune homme. » Il m'a donné une tape dans le dos et s'est éclipsé, avalé par les corps des danseurs.

J'ai tenté de prendre une autre gorgée, précautionneusement, mais encore une fois, la bière est sortie trop vite, et j'ai toussé, me suis étouffé puis j'ai sacré, et enfin, j'ai fermé les yeux.

« Ça va ? a demandé Monique, et j'ai ouvert les yeux et l'ai vue chercher quelque chose dans son sac.

Ah, voilà. » Elle a sorti une petite fiole, a dévissé le capuchon et a fait tomber quelques cachets dans sa paume. Krystal est apparue près d'elle. Elle lui frottait le bas du dos.

J'ai froncé les sourcils en tentant de comprendre ce qui se passait, mais Monique s'est contentée de me dévisager. « T'en veux une ? »

« Euh. C'est quoi ? » J'avais la bouche pâteuse.

« De l'E. »

« C'tu une bonne idée ? »

Monique a levé les yeux au ciel. « Ça s'appelle du candy flipping, Rich. Fais pas ta vieille mémère, là. »

•

Scotché à mon banc, j'ai regardé Monique et Krystal avec un « K » s'éloigner en flottant. Elles semblaient être dans leur propre monde, se glissaient parmi les danseurs comme des fantômes. N'ayant d'yeux que l'une pour l'autre, elles dansaient et sautaient et riaient. Les bras soudés, les têtes collées, elles vivaient dans l'haleine chaude des lèvres frôlées. La musique bardassait mes tympans, et la pulsation des lumières m'a fait détourner le regard et refermer les yeux.

« Ah, mais regarde, Jeannette. Un beau mec seul. »

Une main s'est glissée autour de mon épaule, et j'ai décollé mes paupières pour apercevoir un homme à ma droite. Il avait poussé mon manteau et s'était glissé à mon côté. Ses yeux étaient de la couleur d'un puits sec et profond.

« 'Ello, il a fait. May I, euh... » Il a pressé les lèvres, devenues fines, puis invisibles un instant. « Sit 'ere ? »

« Sit where you like », j'ai répondu, et en faisant un geste vers l'autre côté du banc, j'ai vu qu'une femme se tenait debout devant moi. Ses hanches se balançaient au rythme du vacarme qui rebondissait sur les murs, et ses yeux fardés de noir me détaillaient. Un sourire de loup sur son visage – des mèches de chair rouge prises dans d'immenses crocs jaunes, comme quand Chains dévorait le chevreuil –, elle a levé son verre pour boire dans une petite paille rouge.

« Eh ben, a dit l'homme. Est-ce que j'entends un petit accent français ? »

« I guess so, oui. »

« Jeannette ! s'est exclamé l'homme regardant la femme avec émerveillement. Un petit lapin ! »

La femme – Jeannette – a montré les dents à nouveau. Les yeux figés, je l'ai regardée s'approcher, les hanches toujours dandinantes, les lèvres enveloppant délicatement la paille, et elle s'est placée entre mes jambes et s'est penchée vers moi jusqu'à ce que je sente son haleine dans mon oreille.

« Petit lapin, aimerais-tu me baiser ? »

•

Quand j'avais sept ou huit ans, Alfred a tenté de me montrer comment poser un collet à lapin. On était passés le voir, avec p'pa, et on est restés assis un moment autour de la table à dîner où Alfred réparait des pièges en enroulant du fil de fer autour de petites branches noueuses. Il allait en disposer quelques-uns dans le bois, derrière la cabane. Il avait mentionné qu'un arbre était tombé dans un sentier, en arrière, et p'pa lui a offert de le couper – ça ne lui prendrait qu'une minute ou deux avec la tronçonneuse.

« Sure », avait dit Alfred, et alors que p'pa est allé démarrer l'engin, qui grondait et jappait et crachait au loin tandis qu'il s'éloignait, Alfred s'est aperçu que j'avais tourné les yeux vers les pièges disposés sur la table. Il m'en a tendu un pour que je l'examine, et j'ai passé la main dans la boucle. Il a serré le fil de fer autour de mon poignet, et ça m'a mordu la peau. J'ai lâché un cri aigu, tentant de me dégager, mais le fil maintenait ma main et mon bras au-dessus de la table.

« Watch là. Fais 'tention », a dit Alfred. Il a desserré le fil, et j'ai retiré la main. « Tu vois ? » Il a tracé le contour du fil avec son doigt. « Une fois qu'li lièvre passe à travers, le fil lui serre le cou. »

« Ça lui fait mal ? »

Alfred a grogné. Il s'est levé de sa chaise et s'est tourné vers le comptoir, où il avait laissé refroidir sa bouilloire. « Pas pour longtemps. »

J'ai hoché la tête, tout en tentant de comprendre ce que ça signifiait. J'imaginais Alfred patrouiller dans la forêt derrière la cabane, guettant les lapins pris au piège, se penchant doucement au-dessus des petites bêtes grouillantes pour relâcher les collets qui leur enserraient le cou. Je n'arrivais pas à comprendre pourquoi il les disposait à la base, si ce n'était que pour libérer ses prises par la suite.

Pendant qu'Alfred se versait une autre tasse de thé et qu'il y mélangeait une grosse cuillerée de sucre, j'ai attrapé l'un des pièges – un simple fil de fer enroulé autour d'un vieux bâton – et j'ai tenté de m'imaginer passer au travers, comme un lapin. Alors j'ai glissé le fil par-dessus ma tête. Il s'est momentanément coincé sur l'arête de mon nez, mais je l'ai tiré vers le bas comme un vieux chandail, le desserrant jusqu'à ce qu'il glisse et pende à mon cou comme un rosaire. Le fer était froid, tranchant, inconfortable, alors j'ai tenté de l'éloigner, de le retirer, mais il s'est serré plus fort et a mordu la peau de mon cou comme il l'avait fait avec mon poignet. Pris de panique, j'ai tenté de le retirer d'un coup sec, mais il ne faisait que se resserrer en grinçant, et j'ai tenté de crier – ouch ! – mais les mots étaient piégés dans ma gorge, avec mon souffle, sous le fil. Des taches de neige noire dansaient devant mes yeux.

Et tout d'un coup, p'pa était là, avec Alfred, et leurs gros doigts rudes qui puaient la gazoline dénouaient le piège autour de mon cou, et puis je toussais, je pleurais, et mon père me serrait dans ses bras. Alfred tenait le vieux piège dans sa main noueuse – le fil tremblant cliquetait contre la table – et s'excusait, les yeux baissés.

•

La femme s'est glissée sur mes genoux. « Petit lapin. » Elle a ri et m'a tapoté le nez de son doigt. Instinctivement, j'ai mis le bras autour de sa taille pour l'empêcher de tomber vers l'arrière, et en sentant ma main sur la hanche, elle s'est collée plus près. « Oh, mais tes mains sont gelées ! Tiens, laisse-moi les réchauffer. » Elle a tiré ma main libre vers l'intérieur de ses cuisses.

« Regarde ! elle a lancé à l'homme. J'ai attrapé un petit lapin ! »

« Ah ouais, ou c'est le petit lapin qui t'a attrapée ? »

Ils ont ri, et j'ai souri d'un air niais, me demandant ce qui était si drôle. La moitié de ses mots se fondaient dans les sons ambiants qui tourbillonnaient autour de nous, et mon cœur battait fort comme un policier à la porte. Bang. Bang. Bang.

« Petit lapin, as-tu une baguette dans tes culottes ? »

Son haleine chaude s'enroulait autour de mes lèvres et s'enfonçait dans ma gorge. Des yeux qui scintillaient de jaune dans la lueur rouge foncé du club – son ami qui grognait près de nous en se pourléchant les crocs et me pelotait le flanc – et la louve sur mes genoux a gémi comme si elle goûtait du sang sur mes lèvres. Elle s'est mise à me griffer, ses doigts s'enroulant autour de ma ceinture, tirant sur mes jeans. « La chasse au gibier ! »

« Quoi ? »

« Viens me baiser », a dit la femme.

« J'comprends pas », j'ai avoué.

« Non mais, tu parles français ou pas ? »

« Non, yeah. » Ma langue frétillait comme une carange sur l'aluminium. « Chus métis. » J'ai cligné des yeux, surpris par ma franchise.

« Ah bon, a dit la louve. C'est vrai ? »

« Tout le monde est métis pour deux semaines, là, a dit le loup. Ého ! »

« J'ai jamais baisé un sauvage », a ronronné la louve. Elle a enfoui son museau dans mon cou, l'a glissé contre ma mâchoire. Son haleine chaude s'insinuait dans mon chandail. Mes entrailles se sont mises à bouillonner. J'étais piégé, entre désir et révulsion.

« On rentre ensemble ? » a demandé le loup.

« Viens, petit lapin, a roucoulé la louve. J'aimerais bien goûter ta bite. »

« Ah oui, ah oui. Je veux voir ça », renchérissait le loup.

« Qu'est-ce que t'en penses ? » Sa main s'est dirigée vers le bas, et ses doigts se sont enroulés autour de mon tchi boute djur, et j'ai gémi. Je me sentais pulser dans sa main. Tout sourires, ils claquaient des dents, mouillaient mon cou de leur haleine suintante. Ils s'approchaient de plus en plus, leurs langues chaudes et affamées se resserraient comme un collet autour de mon cou, le flou sanglant des lumières palpitait sur la piste de danse, les ombres reptiliennes rasaient les murs, une bulle brûlante a remonté de mon ventre vers ma poitrine, et j'ai roté.

La femme a sursauté. Son sourire a disparu en un instant, et une prise de conscience a scintillé dans son regard. Et tandis qu'elle s'inclinait vers l'arrière pour s'éloigner de moi, la chaleur a éclaté de ma poitrine, aspergeant l'avant de sa robe de bière chaude et de mousse.

« Mon putain de sauvage ! »

Elle a sauté de mes genoux, les yeux fixés sur sa robe trempée de bière et de vomi. Collante comme des viscères. L'homme s'est reculé d'un bond et s'est tapi dans un coin.

Les mots se sont écoulés de ma langue comme de l'eau, des filets d'écume, et avant que je puisse m'excuser, j'ai été soulevé par des bras de chêne, comme un enfant qu'on porte par-dessus la neige. Mes orteils ont frôlé le plancher ensanglanté par une flaque de lumière, et puis les deux hommes-chênes m'ont charrié en bas des marches, à travers la porte, puis m'ont garroché dans la neige.

« Fucking little shit, a dit l'un d'eux en me poussant de la porte avec son pied, pendant que l'autre envoyait mon manteau à ma suite. Rentre chez toi. »

Le froid m'a réveillé d'un coup – assez pour que le tourbillon embrouillé des couleurs se cristallise autour de moi et que je puisse ramper vers mon manteau pour l'enfiler. En fouillant dans les poches, j'ai senti de la fourrure ; j'ai sorti mes mitaines et ma tuque, abrité ma tête et mes mains. Puis, à quatre pattes sur la neige tassée par les bottes, devant les tours qui clignotaient sur l'autre rive, j'ai grimpé sur un banc de pique-nique recouvert d'un dôme de poudre, me suis hissé sur la table et roulé sur le coussin doux et froid. Couché là, mes pieds se balançant dans le vide, j'ai fixé le ciel limpide criblé de balles et j'ai regardé les étoiles brûler.

Puis je me suis mis à chanter.

27 –
LE VIEUX COUP D'COUDE

Quand p'pa avait dix-sept ans, il a failli tuer un homme. C'était l'été après qu'il a assommé le garçon contre la bande pendant un match de hockey. Il n'avait plus jamais voulu jouer après ça. Il avait eu très peur d'avoir tué quelqu'un, mais en fin de compte, le garçon s'en était tiré avec une entorse au cou et une bosse sur la tête, et une fois l'ecchymose guérie, il s'était rétabli. Cet hiver-là, mon père a fait profil bas, craignant la chaleur qui s'élevait parfois de sa poitrine vers ses poings, rendait sa langue acerbe, le couvrait de sueurs froides. Les gens ont appris à le laisser tranquille – il avait vécu tant d'épreuves, après tout : l'épisode de la grotte, la mort de son père, l'incident avec le garçon au hockey. Mais un dimanche, au printemps suivant, une fois la patinoire dégelée, et tandis que l'eau de fonte s'écoulait sur le territoire, le vieux Coup d'coude a abordé à nouveau mon père dans la file pour la communion. Il lui a demandé s'il avait déjà songé au baseball.

« Ça me prendrait un bon slugger, a dit Coup d'coude. Un vrai frappeur. »

Mon père a tendu ses paumes ouvertes en un geste de supplication, et Coup d'coude a cueilli une hostie, qu'il a placée doucement dans les mains de mon père.

« Penses-y, hein ? » Il a cligné des yeux. « Ah ouais pis, euh, le corps du Christ. »

« Amen. »

•

Une semaine plus tard, mon père, posté dans le champ droit, esquivait les flaques d'eau et attrapait des ballons. Coup d'coude se tenait sur le marbre et les frappait de toutes ses forces. P'pa s'en emparait facilement et les retournait avec des lancers puissants. Ses balles fusaient, et les joueurs d'avant-champ sacraient en esquissant de grands bonds pour tenter de les attraper. Voyez-vous, mon père ne savait pas lancer en ligne droite. Il n'avait pas d'égal pour courir, attraper, frapper des coups de circuit, mais envoyer une balle à un joueur d'avant-champ à partir de la clôture ? Impossible.

Le vieux Coup d'coude a tapé quelques autres balles dans le champ et s'est gratté la tête en voyant mon père lancer n'importe comment vers le marbre. L'une des balles a volé au-dessus du grillage.

« Sacrament », a marmonné le vieux prêtre.

•

« Y sait pas garrocher drette », a dit Dave à mémère.

« Jeter, a dit Yolande. Y sait pas jeter. »

« OK, là », a grogné p'pa.

Mémère a pincé les lèvres et a regardé p'pa d'un air inquiet.

•

Plus tard, autour de la table à dîner, alors que Monique tentait de lui extirper des histoires pour obtenir sa carte de métisse et retourner aux études, p'pa avouerait avoir été conscient, à l'époque que l'incident de la patinoire hantait toujours sa mère. Mémère avait entendu l'histoire à répétition tout au long de l'hiver, et elle craignait ce que son fils pourrait faire à nouveau si on le provoquait. Quand il est rentré de son premier entraînement de baseball, elle l'a averti qu'il devrait faire attention et maîtriser sa colère.

« "Fais pas le sauvage", qu'a m'a dit. »

Monique a cligné des yeux, et j'ai fixé la tasse de thé entre mes mains comme si je n'en avais jamais vu de ma vie. P'pa a chassé la boule dans sa gorge.

« 'Était inquiète, il a ajouté. Rongée d'angoisse. »

•

Mais p'pa était presque un homme, à l'époque, et mémère ne pouvait pas l'empêcher de rejoindre l'équipe, alors il a continué à jouer. Et quand il a fini par apprendre à lancer droit, il est devenu un sacré joueur.

« J'frappais des homeruns presque chaque pitch. »

« Quit honkin' your own horn », a lancé m'man par-dessus sa tasse de thé.

« Tooting », l'a corrigée Monique.

M'man a levé les yeux au ciel.

« Right clear over la fence », a dit p'pa. Et il a balayé son bras au-dessus de la table comme s'il pointait une balle qui planait tel un oiseau dans l'azur.

•

« Le vieux Coup d'coude 'tait content, a dit Alfred, penché au-dessus du rond de feu derrière sa cabane pour bâtir un petit tipi de broussailles. Content d'avoir trouvé un vrai joueur. »

J'ai laissé tomber une brassée de bûches près du rond de feu et j'ai sourcillé.

« P'pa était un joueur de baseball ? »

Alfred a levé les yeux vers moi. « Un des meilleurs. »

On puait la sueur et la poudre à feu, on avait du bran de scie dans les cheveux, et on était assis sur des chaises chambranlantes, à regarder les flammes lécher le papier journal froissé sous le tipi de petit bois et la fumée tourbillonner vers le ciel. L'eau clapotait à la lisière de la forêt.

« 'Tait juste avant qu'y joigne l'armée. Before he shipped out », a poursuivi Alfred.

« Mais ça c't'une aut' histwayr », j'ai renchéri en m'esclaffant.

Alfred m'a regardé en grognant, puis s'est levé lentement de sa chaise. « 'Tends 'citte. » Il s'est dirigé derrière la cabane. J'ai entendu la porte s'ouvrir et se refermer, et j'ai craint un instant avoir dit quelque chose de déplacé, l'avoir offusqué sans le vouloir. Puis sa voix a retenti à nouveau, et il a surgi de derrière la cabane avec deux bouteilles d'OV en pointant en direction du feu.

« Garroches-y une bûche. »

Je me suis exécuté, et Alfred m'a tendu une bouteille. J'ai examiné son goulot froid ponctué de rosée, les gouttelettes qui se condensaient et coulaient sur les côtés, puis tombaient au sol. J'avais déjà goûté une bière au bord de la Seine, alors je me suis mordu la langue quand mon grand-oncle a dit que j'étais rendu assez vieux.

« C'est l'temps, il a dit. Pour la vérité. »

•

La vérité, c'était que le vieux Coup d'coude avait aperçu la chaleur qui consumait les entrailles de mon père et avait décidé de la canaliser contre les mennonites. Le vieux Duhamel était de plus en plus amer envers ses vieux ennemis. Les batailles de hockey – ces bagarres constantes qui vidaient les bancs entre les équipes de Sainte-Anne et de Steinbach – s'infiltraient régulièrement dans les communautés et infectaient d'autres sports et événements. On échangeait même des coups de poing pendant les mariages ou devant chez Fritz.

La majorité des joueurs de hockey jouaient aussi au baseball, l'été, et ils emmenaient sur le terrain de balle leur propension à jeter les gants. Coup d'coude lui-même échangeait joyeusement ses patins et son hockey contre un gant et une batte.

•

À la table de cuisine, p'pa poursuivait son histoire, tandis que Monique, distraite, gribouillait dans son carnet.

« Y voulait vraiment battre les mennonites. À n'importe quoi. »

« 'T'un drôle de prêtre s'y savait pas pardonner », a dit m'man.

Monique l'a regardée du coin de l'œil, et ses lèvres ont tressauté, mais elle a gardé sa langue dans sa poche.

« C'tout c'qu'y voulait dans' vie », a renchéri p'pa.

•

Alfred a mis une autre bûche sur le feu et s'est mis à raconter comment, dans une vieille camionnette convertie, avec ses bancs de bois et ses poignées de cuir suspendues au plafond, avec le vieux Coup d'coude au volant, l'équipe sillonnait les routes de gravier entre Anola et La Broquerie, Ross et Richer, Lorette et Steinbach. Les joueurs surgissaient de la camionnette dans la lumière de fin du printemps et s'échauffaient au bord du terrain en évaluant leurs adversaires de l'autre côté. Parfois, en jouant contre Richer ou Sainte-Geneviève, ils apercevaient un cousin ou trois et se lançaient des insultes joyeuses. Parfois, les joueurs des deux équipes s'attroupaient autour du marbre pour comparer leurs récits de tournois, leurs aventures sur la route, les parties remportées de justesse au dernier lancer ou perdues à la dernière présence au bâton, et parfois, l'un d'eux se vantait de ses exploits ou se lamentait de ses erreurs. Mais face à Blumenort ou à Steinbach, les gars se tenaient loin et se regardaient en chiens de faïence.

D'un petit geste brusque, le vieux Coup d'coude serrait à contrecœur la main de l'entraîneur de l'équipe adverse. Puis il retournait aussitôt vers l'abri des joueurs, où il gobait une poignée de graines de tournesol puis, les joues gonflées comme un écureuil, se plaçait derrière la ligne de but et déclamait, la bouche pleine, l'ordre des frappeurs. Des salves d'écailles jaillissaient de ses lèvres. Sa collerette luisait dans le soleil ardent.

Mon père était généralement le quatrième.

Un videur de buts.

« Un vrai bon frappeur », s'est exclamé Alfred, admiratif. Mais c'est pour ça aussi qu'il est devenu une cible. Ses adversaires le remarquaient assez vite et, la troisième ou la quatrième fois qu'ils le voyaient s'échauffer près du banc, balançant doucement son bâton pour délier ses muscles, préparant ses hanches, ses épaules et ses bras à donner le coup de grâce à la balle de caoutchouc enveloppée de peau de vache, ils ajustaient leur stratégie. Les voltigeurs reculaient pour patrouiller sur la piste d'avertissement, et si p'pa était particulièrement en feu, les lanceurs projetaient les balles à l'extérieur de la zone de prise pour l'envoyer sur les buts et l'empêcher de frapper.

Un jour, en jouant contre Steinbach, p'pa en a eu assez quand, dès le premier lancer, il a vu la balle voler hors de la zone de prise. Il a reconnu le lanceur – c'était l'homme dont il avait cassé le bras, à la fin de l'automne précédent, d'un coup de hockey derrière le filet. Le lanceur l'a reconnu, lui aussi. Il toisait mon père du regard par-dessus son gant, et il a balayé d'un revers de la main les signes que lui faisait le receveur entre les jambes. Celui-ci s'est relevé et s'est retourné vers l'arbitre, qui a levé les bras. Le receveur a couru vers le cercle pour parler au lanceur, qui a fait gicler un filet de salive chaude entre ses dents. Sans lâcher des yeux mon père, qui avait recommencé à balancer son bâton pour maintenir la souplesse de ses muscles, il a hoché la tête et a lancé la balle à l'extérieur de la zone de prise.

Mais quand p'pa s'est présenté au marbre, il s'est élancé à la poursuite de la balle et a frappé un double au champ gauche. Le lanceur l'a regardé d'un œil mauvais toucher au premier but, puis trotter vers le deuxième.

Un autre filet de bave a jailli, et un champignon de poussière s'est élevé quand le lanceur, frustré, a donné un coup de poing dans son gant. Il s'est tourné vers le marbre, et alors que p'pa volait le troisième but, il a retiré les deux frappeurs suivants juste avant la fin de la manche.

« La game 'tait tight, a dit Alfred. Les mennonites 'taient des bons frappeurs, itou. Y ont loadé les bases, et tout d'un coup, bang ! Une flyball que ton père attrape et jette à home plate. »

•

« Ça fait que là, un de leurs gars décide de stealer home pis y bulldoze notre catcher à' plate, là », a dit p'pa. Ses yeux semblaient suivre une poussière qui dérivait au-dessus de la table. Monique gribouillait sur sa serviette : son carnet de notes était plein. M'man s'est resservi du thé.

Coup d'coude est sorti de l'abri des joueurs et s'est mis à postillonner au visage de l'arbitre, gesticulant comme s'il prononçait un sermon, mais il s'est fait dire de retourner à son crisse de banc.

« Ben quand ça a été enfin mon tour de retourner au batte, c'tait tight. I mean, pas juste le score, hein. L'atmosphère itou. »

•

« J'y avais dit, à ton père, après l'affaire avec le gars : fais pas de mal, mais défends-toé, hein, se rappelait Alfred, tandis que le feu de camp rageait plus fort, faisant craquer le bois, enterrant le clapotis de l'eau qui nous entourait. Mais dans' game, là, le feu y avait pris. »

P'pa s'est présenté sur le marbre dans la seconde moitié de la septième manche et, balançant son bâton d'un geste menaçant dans la zone de prise en se disant que le lanceur allait renvoyer la balle en dehors, il s'est préparé à s'élancer au loin comme les autres fois. Mais il n'avait pas prévu la tactique d'intimidation qui suivrait. En dévisageant mon père par-dessus son gant, le lanceur avait changé de stratégie. Au lieu d'obéir au receveur qui le suppliait de lancer la balle hors de la zone de prise en lui faisant frénétiquement signe des doigts dans son entrejambe, il a levé le pied et, jetant un œil derrière lui, à l'homme qui se tenait au deuxième but, il s'est tenu momentanément immobile, se découpant comme la silhouette d'un flamant rose contre le ciel des prairies, avant d'enfoncer le pied dans le sol, de mouliner le bras et d'envoyer la balle droit à la tête de mon père.

•

« L'enfant de chienne voulait me tuer ! » Mon père a tapé sur la table, faisant sursauter nos tasses.

« Émile ! » a dit m'man.

Monique a levé les yeux de sa serviette, oubliant ses documents généalogiques à côté de son coude.

« Ben quoi, a dit p'pa en sourcillant devant le thé qu'il avait renversé. C'est vrai. »

Il a raconté comment il s'est propulsé vers l'arrière, la balle percutant son casque avant d'aller ébranler le grillage. Il est resté couché là un moment, à regarder les nuages, puis a entendu des voix colériques autour de lui. Le vieux Coup d'coude crachait du feu à partir du cercle d'attente, et John Deere - le frappeur suivant - et les autres retenaient le prêtre pour l'empêcher de s'en prendre à l'arbitre. P'pa s'est assis et a regardé le mennonite accroupi sur son monticule, les mains sur les genoux, qui souriait d'un air niais.

•

« Pis y a explodé », a dit Alfred.

P'pa s'est levé d'un bond et, avant qu'on puisse l'arrêter, a chargé le monticule. Le lanceur lui a balancé son gant au visage pour le ralentir, mais p'pa l'a écarté d'un coup et s'est élancé sur lui, le faisant tomber par terre. Le lanceur a tenté de s'en défaire, puis de se protéger, mais p'pa lui a assené un coup sur la mâchoire, et il s'est affaissé, les bras lourds comme des pierres, les jambes allongées. P'pa le tabassait encore et encore au visage, lui ouvrant la lèvre, lui cassant le nez, lui rompant la peau jusqu'à ce que son sang coule comme de l'eau de pluie et détrempe le sol sec et poussiéreux.

« Émile », a croassé le vieux Coup d'coude, déchiré entre son désir de voir mon père battre le mennonite jusqu'au sang et ses responsabilités de prêtre et d'entraîneur. « C't'assez, là ! »

Puis quelqu'un a plaqué mon père. Les abris des joueurs se sont vidés. Les garçons et les hommes s'envoyaient des coups de jointures et de gants de cuir pendant que les entraîneurs et les arbitres tentaient de les séparer. Quelqu'un a atteint p'pa au nez, et le sang a coulé sur son uniforme. John Deere s'est élancé sur un blond baraqué habillé en rouge juste avant qu'il assène un coup de batte à mon père. Les parents se sont précipités depuis les estrades, contournant le grillage à la course et tentant de tirer les enfants du tas de jointures et de poings qui grouillaient au-dessus du monticule trempé de sang.

Le visage cramoisi et en sueur, l'arbitre criait en vain des menaces.

Puis les sirènes ont retenti au loin, de plus en plus fortes, de plus en plus proches, et des ambulances et des voitures de police sont arrivées en trombe, roulant sur le terrain vers l'avant-champ.

« J'pense que toutes les misères d'sa vie sont sorties d'un coup », a dit Alfred.

•

« J'étais vidé », a poursuivi p'pa.

Il avait à peine senti les menottes se resserrer autour de ses poignets, et il s'est retrouvé assis sur la banquette arrière d'une auto-patrouille, à regarder par la fenêtre le vieux Coup d'coude tenter de raisonner le policier. Le prêtre s'est rebiffé quand celui-ci s'est mis à le réprimander à son tour. Dans les abris, les joueurs se tournaient les pouces pendant que d'autres agents notaient leurs noms dans des calepins. Les secouristes ont placé le lanceur sur une civière et l'ont roulé vers l'ambulance. P'pa a à peine remarqué le policier qui est monté avec lui et qui s'est retourné pour lui parler à travers le grillage. Il a à peine senti la voiture avancer en laissant le vieux prêtre et ses coéquipiers derrière, de plus en plus petits derrière la vitre. Il a à peine entendu la porte aux gros barreaux se refermer derrière lui dans la cellule de béton.

« Ils t'ont jeté en prison ? » Monique a levé les yeux de sa serviette, son stylo tremblant entre ses doigts.

M'man a baissé les yeux sur la table en soupirant.

Monique nous a regardés, ma mère et moi, assis à écouter p'pa en silence. Je recevais ses paroles qui se mêlaient à celles d'Alfred, à ce qu'il m'avait raconté autour du feu.

•

« On est allés le voir, à' station d'police, là », avait dit Alfred. Il a arrêté de parler le temps de mettre une autre bûche sur le feu, qui s'était tari. Le ciel devenait orange et, à l'est, on apercevait des stries rouges et mauves à travers les cimes des arbres qui débourraient.

J'ai tenté d'imaginer Alfred debout devant la porte à fentes d'acier avec mémère. Les yeux rouges de peur et de tristesse, de honte à la vue de p'pa recroquevillé sur un petit lit dur.

P'pa a levé les yeux. A vu Alfred. A hoché la tête. A dit : « J'mé défendu. »

Les joues d'Alfred ont viré au blanc, et mémère lui a jeté un regard, les sourcils froncés.

« Comme tu m'as dit », a poursuivi mon père.

Mémère a attrapé le bras d'Alfred, et ses yeux mouillés se sont attardés sur son visage. Elle sourcillait en tentant de s'imaginer leur conversation, puis son regard s'est durci en comprenant ce qui s'était produit.

Mémère a éclaté en sanglots.

« Ché pas si a m'a jamais pardonné, a avoué Alfred. Mais y avait pas d'choix. Même avec quoé qu'y ont faite à mon frère, à son père, j'y ai dit, à ton père à toé, anyways, qu'y avait pas d'choix. C'tait ça : la prison ou l'armée. »

•

« Faque c'est ça. » P'pa a pris une gorgée de thé. « J'me suis enrôlé. »

•

Alors, mon père est parti. Et pendant près d'une décennie, pendant l'instruction de base au Québec, puis pendant toutes ses années en Europe, il a rêvé du jour où il pourrait enfin rentrer.

28 –
L'HISTWAYR DES HISTOIRES

Mon père était assis dans la lumière blafarde de la cuisine, un verre de whiskey à moitié bu devant lui. Il a détaché le regard des vieilles photos qui s'étendaient sur la table. « T'es encore debout ? »

« Je pourrais te dire la même chose. » J'ai traversé la cuisine en boitant et me suis pris une bouteille d'eau dans le frigo. Je l'ai ouverte en m'adossant contre le comptoir. Le vent fouettait les fenêtres de pluie fine et de grésil. Le ciel était sombre, menaçant. Dans le couloir, j'apercevais une lueur vacillante et j'entendais des sons chuchotés : ma mère regardait la télé dans la chambre. Je me suis retourné vers p'pa et j'ai vu qu'il avait vidé les albums d'Alfred sur la table – des photos en noir et blanc, des cartes postales, des polaroïds et des clichés couleur surexposés. Les funérailles étaient prêtes ; on avait numérisé certaines des photos pour les inclure dans un diaporama qu'on projetterait dans le hall après la cérémonie, le lendemain. Des photos de vacances, Alfred entouré de neveux et de nièces. Mémère à un moment où ça allait bien entre eux.

Alfred avait laissé très peu de photos de lui-même. Il avait passé sa vie derrière l'appareil, à saisir les moments des autres.

P'pa a haussé les épaules, a pris une photographie sur la table et l'a tournée vers moi. Elle était vieille et floue, mais je devinais Alfred jeune homme – enfant, en fait – entouré de ses frères et sœurs, dont la plupart étaient morts depuis longtemps, sauf peut-être une grand-tante qui vivait à Vancouver, à qui p'pa avait fait allusion plus tôt dans la journée. Ils avaient perdu le contact, et il ne l'avait pas vue depuis des décennies. Elle était trop faible pour voyager, mais il lui avait parlé au téléphone cet après-midi-là.

Puis mon père m'a montré une autre photo. Je me suis approché et l'ai portée à mes yeux, que j'ai plissés pour distinguer l'image dans la pénombre. C'était lui, jeune homme en camouflage d'armée, devant la petite cabane à Sainte-Geneviève. Entouré de verdure luxuriante, il se tenait au garde-à-vous, visiblement mal à l'aise. Son large sourire atteignait à peine ses yeux.

« T'as quel âge, là-dessus ? »

P'pa a froncé les sourcils, fouillant sa mémoire. « Début vingtaine. J'étais en permission. Je pensais qu'Alfred serait à la maison à Sainte-Anne avec tout le monde, t'sé, but maman l'avait pas laissé passer la porte depuis mon départ. »

« Faque t'es allé à la cabane. »

« C'est ça. »

« C'est qui qui a pris la photo ? »

« Alfred. »

Un coup de vent a raclé les cimes des arbres autour de la maison, leur arrachant leurs dernières feuilles, qui ont atterri sur le toit. Mes yeux ont été attirés par une petite liasse de photos plus anciennes, et je me suis laissé tomber sur une chaise près de p'pa. Sur le dessus, il y avait la vieille photo que m'avait montrée Alfred, celle de sa mère dans le boudoir. J'ai repensé à cette longue nuit, près d'une décennie plus tôt, où Alfred nous avait tenus réveillés par le son de sa voix.

« Ta grand-mère », j'ai dit, en levant la photo pour la montrer à mon père.

« Oui, je pense. »

« Non non, c'est bien elle. » J'ai retourné la photo pour lui montrer l'inscription avec la date et le lieu. Saint-Adolphe, 1909. « Rosalie », j'ai ajouté.

« C'est ça », a opiné mon père.

« Tu l'as jamais rencontrée, hein ? »

« Non, 'est morte avant qu'chu né. »

J'ai senti l'odeur du poulet brûlé, revu les faisceaux des lampes de poche glisser sur les murs sombres de la cuisine d'Alfred, entendu très clairement sa voix monocorde. À la table avec p'pa, j'ai regardé la vieille photo et me suis rappelé comment mon grand-oncle semblait s'être vidé de ses histoires, ce soir-là.

« La photo a été prise à Saint-Adolphe. Alfred a dit qu'un photographe de Winnipeg – Saint-Boniface, j'imagine – allait de village en village pis installait un studio à l'arrière du magasin général pour photographier les gens qui pouvaient pas se rendre en ville. Ça dit Saint-Adolphe au dos là, hein. » J'ai montré le verso de la photo à mon père, qui a grogné en guise d'assentiment.

J'ai retourné la photo à nouveau pour examiner le visage de Rosalie, tentant de la regarder directement dans les yeux par-delà les voiles du temps. Des mèches noires s'écoulaient de son grand chapeau. Des pommettes saillantes au-dessus de ses joues rondes. Une grosse croix par-dessus sa robe. « Alfred y a dit she moved there young, hein, pour aller au couvent, but elle a quand même grandi en ville. Somewhere near Wolseley, j'pense ; but west, past Omand's Creek. Y vivaient à Saint-Charles. » Je dévisageais mon arrière-grand-mère, et j'ai vu la bouche de p'pa dans la forme de la sienne, les épaules de Monique dans sa forte carrure. « Apparemment, la famille tried to stick it out en ville, at first, à' place d'déménager après 70. Mais ç'a toute tourné anglais alentour d'eux, and they got harassed, eh, spit on, threatened. Got worse, après 85. Quelqu'un a garroché du sang d'cochon sur leur porte. Son frère s'est fait battre dans la rue. Alfred a su ça, hein. Y a dit que quelqu'un a trouvé l'histoire dans un vieux journal et lui a passé une photocopie. Il doit encore avoir ça dans ses papiers », j'ai dit en pointant quelque part vers le nord, vers la cabane. Je sentais les paroles de mon grand-oncle sur mes lèvres en décrivant la scène telle qu'il l'avait imaginée, reconstruite à partir des fragments, des rumeurs et des murmures qu'il avait entendus, rassemblés, confirmés et fusionnés pour en faire un récit. Deux jeunes Anglais en colère – sans doute des Canadiens récemment arrivés – avaient encerclé le frère de sa mère, l'oncle d'Alfred, dans une ruelle près de Portage, et l'ont battu pour lui prendre son argent et ses mocassins.

« L'ont laissé pour mort dans la neige. »

Je me suis arrêté et j'ai pris une gorgée d'eau sans lâcher des yeux la photo. Les souvenirs du son des vagues qui s'écrasaient à la porte se mêlaient aux bourrasques derrière les fenêtres. L'odeur du rye à moitié bu de p'pa se fondait dans la puanteur de l'essence de la pompe et de la génératrice.

« Mais il a rampé jusqu'à la maison, hein. Alfred pensait qu'il avait dû chanter tout le long du retour, lui aussi. » J'ai secoué la tête. « Mais ça m'étonnerait. S'ils l'ont battu, ils ont dû lui casser la mâchoire. On peut pas chanter avec une mâchoire cassée, hein ? En tout cas, I guess it scared la famille en masse, pis y en avaient assez de la ville. So, sont déménagés à Saint-Adolphe. I guess y avaient déjà d'la parenté alentour de d'là. Après une couple d'années au couvent, sa mère s'est mariée à un Canadien. Un bon catholique, disait Alfred. Ils ont eu des enfants – Alfred, pépère et les autres –, mais elle a attrapé la grippe. Pis 'est morte assez jeune. » Je me suis raclé la gorge. Les mots d'Alfred s'estompaient de mes lèvres. « Anyways, c'est tout ce que j'me rappelle en ce moment. » J'ai remis la photo sur la table et me suis adossé dans ma chaise.

P'pa ne bougeait pas. Je lui ai jeté un regard et j'ai vu qu'il tremblait. Ses yeux brillaient. J'ai avalé fort en me demandant si j'avais fait une gaffe, dit quelque chose qu'il ne fallait pas, qui allait amplifier son deuil, mais quand il m'a regardé, il a semblé me voir sous un jour nouveau et m'a souri.

« Merci. »

29 –
ON PARLE PAS EN MAL DES MORTS

Les funérailles de mon oncle ont été célébrées à l'église catholique de Sainte-Anne. Les endeuillés ont afflué de Sainte-Geneviève, de Ross et de Richer, certains d'aussi loin que Saskatoon, Thunder Bay et Calgary pour s'embrasser et se réconforter, pour pleurer Alfred, le célébrer, pour rire ensemble.

« Ah ben ! Sacrament ! »

Les voix résonnaient dans la vaste église lumineuse. Les échos des voix se fondaient dans la voûte, sous le toit en pente. Les murs couleur crème luisaient comme l'au-delà.

« Ça fait un bout ! »

Les gens faisaient la file pour voir Alfred, paisible dans son modeste cercueil brun devant l'autel, une dernière fois. Des montagnes de fleurs s'empilaient sur le couvercle, et une couronne en forme du symbole de l'infini était placée sur le côté, près d'une photo agrandie et floue d'Alfred en train de saigner un chevreuil dans la petite remise derrière sa cabane. On s'était demandé quelle photo exposer – il n'y en avait pas tant que ça, en fin de compte – et on a arrêté notre choix sur celle qui semblait saisir mon grand-oncle à son meilleur, la joie dans les yeux. Une photo sans ses éternelles lunettes de soleil. Dans son cercueil, il portait sa casquette camouflage et ses verres fumés. Les gens s'approchaient du corps et ricanaient doucement.

Il n'y avait pas grand-chose dans son testament au sujet des funérailles elles-mêmes, mais Alfred avait clairement formulé ses dernières volontés à p'pa, au fil des années. Il avait insisté pour que ses cendres soient dispersées dans le bois derrière sa cabane, et il voulait porter sa casquette et ses lunettes fumées jusqu'à la fin. Le reste, c'était à la discrétion de mon père.

Menoncle Roger a éclaté de rire en voyant Alfred. Il s'est tourné vers son frère, menoncle Frank, et lui a planté son coude dans les côtes. « Regarde ça ! »

« Tabarnak. Chu pas aveugle. » Frank a cligné des yeux et s'est mordu la langue, l'air coupable, cherchant le prêtre du regard.

Tout le monde venait voir p'pa pour lui serrer la main – John Deere et son épouse Lucerne, le vieux fermier avec la casquette camouflage que sa femme taquinait parce qu'il ressemblait au cadavre, et New Holland et sa femme Beatrice. Ils se racontaient des histoires sur Alfred, riaient aux éclats en se tapant les genoux, jusqu'à ce que la file pour parler à mon père devienne plus longue que celle pour voir Alfred. Les gens se faufilaient pour me serrer la main et faire une accolade rapide à ma mère, et sourire aux enfants de

Monique en leur envoyant la main. Annette Simard. Bernie Kowalchuk. Diane Friesen. Le prêtre – un jeune que je ne reconnaissais pas – tournait nerveusement en rond en se raclant la gorge comme un tracteur au ralenti en tentant de diriger les gens vers les bancs. Je me suis demandé ce qui était advenu du vieux prêtre qui avait célébré les funérailles de mémère. Mon banc a été secoué et m'a heurté derrière les genoux, provoquant la fameuse douleur dans mon dos. Je me suis remué jusqu'à ce qu'elle se calme, avant de me retourner, prêt à lancer un œil mauvais au coupable. C'était Danny qui boudait en donnant des coups de pied sur mon banc.

« Heille, mon homme. » Je me suis rappelé le petit bison dans ma poche, que j'avais porté pendant des jours et qui m'avait prodigué tant de réconfort par sa seule présence en me rappelant celui qui me l'avait donné. Je m'étais préparé à le lui rendre en m'assurant de le glisser dans ma poche ce matin-là. Mais en passant mon pouce sur ses petites cornes arrondies, sur la fourrure de plastique rugueuse, j'ai été frappé par ma réticence à m'en séparer. Comme si c'était une bague faite sur mesure, mon pouce semblait s'imbriquer parfaitement entre les pointes de ses cornes.

Danny m'a dévisagé. Isabelle, à ses côtés, a remué en fronçant les sourcils. J'ai sorti le bison et placé ses sabots sur la balustrade qui nous séparait.

« Patch-é-coupe », j'ai dit en faisant un clin d'œil, et j'ai fait courir la bête sur la rambarde. Danny a éclaté de rire, et Isabelle a levé les yeux au ciel. Monique s'est détournée de la femme avec qui elle discutait et a froncé les sourcils en apercevant le bison.

« Geez, Rich. Tu pouvais pas attendre la fin de la cérémonie ? »

Le prêtre s'est éclairci la gorge.

« On va commencer, on va commencer. »

Les gens se sont mis à prendre place, et j'ai balayé du regard tous ceux qui s'étaient déplacés, apercevant des visages familiers dans l'assistance : mononcle Joe et matante Jo. Monsieur et madame Groscœur. Céline Petitcœur. Le père d'Al Verrier, qui dépassait tout le monde d'une bonne tête, au fond de la salle. J'ai été frappé par ce que je voyais. Aux funérailles de mémère, cinq ans auparavant, il y avait plus de monde – on avait même dû ouvrir les balcons de l'église pour accommoder ses centaines de descendants –, mais l'événement était plus triste, plein de sanglots étouffés, de mouchoirs agités, trempés de larmes et de morve. Aujourd'hui, l'humeur générale semblait être habitée par des souvenirs joyeux – les gens souriaient, riaient doucement –, et si les balcons étaient demeurés fermés, l'église paraissait pleine à craquer.

« Eyes front, Pichenotte ! » a crié J.-P. Gauthier.

•

La cérémonie suivait tranquillement son cours, au rythme des versets et des prières. Dans un coin, un petit ensemble musical constitué de têtes blanches – une guitare à douze cordes, une basse électrique et une batterie minimaliste – interprétait des hymnes. Les musiciens vocalisaient avec entrain. Alléluia ! On a filé à travers quelques lectures – les récitants s'avançaient vaillamment vers la chaire, baissaient ou remontaient le micro, puis déclamaient à toute vitesse l'Évangile selon untel ou tel autre. J'ai cessé de les écouter après le premier, tendant plutôt l'oreille vers Danny et Isabelle, qui fredonnaient un thème d'émission pour enfants derrière moi. La mélodie était familière mais lointaine, titillait un souvenir à moitié enfoui dans les décombres du temps. *Sesame Street*, peut-être.

Puis le jeune prêtre nous a garroché un Notre Père, juste pour le fun. Les paumes levées comme un pauvre avec une dette de bière devant l'autel, il a entonné en français. *Notre Père qu'yé au ciel...* certains, confiants, l'ont suivi à pleine voix, mais la plupart marmonnaient, chantonnaient ou prononçaient certains mots qui leur revenaient tout d'un coup... donnez-nous du *pain*, c'jour 'citte... et pis, délivrez-nous du *mal*. *Amène*, ont dit des frères de p'pa en rigolant.

C'était une vieille blague d'Alfred.

Quand le prêtre tardait à distribuer l'hostie, il fallait dire « Amène ! ».

Enweye, amène-la !

Une fois le vieux classique terminé, le jeune prêtre s'est approché nerveusement de la chaire. Il a ajusté le micro, remplissant l'église du son de la manche de sa soutane qui frottait contre l'embout en éponge noire. Il s'est éclairci encore une fois la gorge, un tracteur en panne d'essence, et a entamé sa brève oraison.

« Je n'ai jamais rencontré Alfred, il a dit en changeant de vitesse. Je ne l'ai pas connu, mais d'après ce que plusieurs m'ont dit, il était très pieux. »

Quelques-uns de mes oncles ont rigolé à nouveau et ont reçu des coups de coude de matantes dans les côtes. Quelque part derrière nous, Dave a lâché : « Ah ben, tu racontes des histwayres hein, Émile ? »

Le prêtre a cligné nerveusement des yeux devant les rires de la foule et a feuilleté ses notes. Il a regardé l'assistance, a rétrogradé et a repris du début. Il a mentionné certaines des choses que p'pa lui avait racontées à la maison, l'avant-veille : que même s'il avait passé presque toute sa vie sur son petit terrain boisé près de Sainte-Geneviève, Alfred avait un esprit universel, plein d'émerveillement et de sagesse. Tandis qu'il prononçait ces mots, les bancs grinçaient sous le poids des fesses qui grouillaient d'incompréhension. Les gens se jetaient des regards médusés.

« Hein ? Y quoi ? » a presque crié le vieux Gauthier à son fils.

« Orgueilleux, là, comme dans le poème ! Y'tait orgueilleux d'appartenir à cette... »

« Quessé qu'tu y as raconté, Émile ? »

« Patch-é-coupe », a dit Danny, faisant courir le petit bison en plastique sur la rambarde.

« Faut pas faire de bruit », a chuchoté Isabelle.

« Chut ! Chut ! »

Le jeune prêtre a essuyé la sueur de son front, a marmonné quelques banalités sur la piété, puis s'est raclé la gorge. « Je vais passer la parole à… » Il a jeté un coup d'œil à ses notes en remuant bruyamment les feuilles sous le micro, provoquant une nouvelle salve de grincements de banc. Il a levé les yeux en sourcillant devant la foule aux bouches béantes, aux bâillements naissants – « à Fred, oui. Oui. »

Il s'est vite retiré et s'est affaissé dans l'immense fauteuil près de l'autel, qui a semblé l'engloutir tout entier.

Matante Fred – Frédérique La Montagne – s'est approchée de la chaire d'un pas confiant, un dossier rouge sous le bras, a toisé l'assistance par-dessus le pupitre et a failli arracher le micro en le baissant vers ses lèvres.

La sœur cadette de p'pa – matante Fred avait marié un francophone, un La Montagne – avait déménagé à Régina et grimpé les échelons du système d'éducation jusqu'à devenir responsable de plus de la moitié des écoles de la ville. L'inadéquation entre son apparence et son nom – sa petite stature d'à peine quatre pieds et son nom de femme mariée – n'étonnait les gens qu'au début, jusqu'à ce que les premiers mots sortent de sa bouche et enfouissent ses interlocuteurs sous l'avalanche de son caractère.

Matante Fred avait bien épinglé Alfred : « Un vieux pet avec un cœur d'or. » Sans nous lâcher du regard, elle a rassemblé tous les fils qui nous avaient menés là, sur les bancs d'église et, devant nos yeux, a tissé le récit de la vie d'Alfred. Si elle n'a pas omis d'évoquer les épisodes plus sombres, elle les a fait contraster avec le côté lumineux de son tempérament et de ses gestes – sa bonne humeur à toute épreuve pendant sa convalescence à la maison après sa chute de l'arbre, et ses tentatives fréquentes, sans succès, d'apprendre le violon.

« Comme s'y tuait un chat à chaque fois. »

La foule a rigolé devant l'image.

Puis Fred est devenue sérieuse en parlant du dévouement d'Alfred, de tout ce qu'il était prêt à faire pour sa famille.

« Quand papa est parti en guerre, c'était Alfred qu'yé resté avec maman pis avec nous. » Elle s'est arrêtée, s'est balancée de l'avant vers l'arrière. « Ben, pas moi, j'étais pas encore née, elle a ri. Mais j'ai toujours entendu dire comment qu'Alfred y était là, comment qu'y prenait soin d'la ferme, d'la vache à lait, pis des poules maigres, and hé boy, he took real good care of that farm, eh, et pis comment y allait chasser du chevreuil... avec Roger... »

« Pis moé itou », a grogné Frank, et la foule a ri à nouveau.

« Et Frank itou, a ri Fred. Et c'est d'eux que j'ai entendu c't'histoire – that I heard this story – d'Alfred et les Allemands. »

C'était une vieille histoire. Une histoire abracadabrante. Une histoire qu'on racontait encore et toujours autour d'un café ou d'un thé ou d'une bière ou d'un whiskey. Pendant la guerre, quand pépère était en Europe, Alfred avait discrètement repris la ferme – si on peut appeler ainsi une paire de vieilles vaches à lait, une douzaine de poulets et un petit potager. Il a montré à Frank, à Roger et aux autres à chasser le chevreuil et à trapper le lièvre – une fois, ils avaient même tiré un orignal qui s'était aventuré en dehors du Bouclier – et faisait des petits boulots de menuiserie pour arrondir les fins de mois et donner un coup de main à mémère. Le soir venu, avec ses gros pieds plats posés sur un petit tabouret, il contemplait le champ parsemé de pierres dans l'obscurité, la clôture spectrale, le mur de broussailles touffues à l'extrémité du terrain, et le firmament criblé de balles, la lumière des étoiles qui saignait sur la terre.

Il maudissait ses pieds.

« Patch-é-coupe ! » Danny a encore fait courir le bison derrière moi, ses sabots en plastique claquant contre le banc.

« Chut ! chut ! » a fait Isabelle.

Mémère et Alfred passaient des heures rivés à une petite radio dans la cuisine, a poursuivi Fred, à écouter des reportages du front, jusqu'à ce que mémère n'en puisse plus et qu'elle bannisse la radio.

Un jour qu'il travaillait dans le potager, Alfred a entendu un grondement au loin. Il a regardé l'horizon et la couleur du ciel à travers la canopée de chênes, de frênes et de bouleaux, et des pointes des conifères qui s'enfonçaient dans l'azur, sourcillant devant l'absence des cumulonimbus qu'il s'attendait à voir – ces nuages sombres et bulbeux qui couvaient des tempêtes au-dessus de la vallée de la Rouge, en contrebas. Le grondement devenait de plus en plus fort, comme un nuage de moustiques ou un essaim de guêpes à l'approche. Puis, à l'horizon, comme une volée d'outardes, des avions sont apparus en formation en coin – des bombardiers, des avions de chasse ; les détails étaient flous – et Alfred a figé un instant. Mais alors que les avions s'écoulaient sans arrêt de l'horizon, s'approchant de plus en plus, rasant les cimes des arbres, Alfred est passé à l'action. Il a laissé tomber sa pioche et s'est élancé vers la maison à toute vitesse.

« Les Allemands ! Les Allemands ! »

Alfred a attrapé son fusil, est sorti en courant et s'est éloigné de la maison. Il a visé le ciel, vers la flotte de croix flottantes, et il a tiré, tiré, tiré. Les avions bourdonnaient en « V », et si les pilotes ont remarqué l'homme paniqué au sol, debout dans le soleil ardent, qui projetait du plomb dans le ciel, on ne le saura jamais. Les avions ont poursuivi leur chemin en ligne droite sans jamais dévier de leur course. Mais tandis qu'ils disparaissaient à l'horizon côté est, Alfred se disait qu'il avait réussi à repousser « les Allemands ».

Il a raconté ça à tout le monde. Ce n'est que plus tard qu'il a entendu parler de la base aérienne alliée à Portage, de la mission qui visait à former des dizaines de milliers de pilotes dans l'ensemble de l'Empire, et qu'il a compris qu'il avait sans doute tiré sur des Anglais.

« Y a pire », a dit matante Fred.

Dans la foule hilare, certains essuyaient des larmes de rire.

Malgré son erreur, a poursuivi Fred, et en dépit de tout le brouhaha qui s'en est suivi – et c'est certain qu'il a fait rire de lui sans merci –, ce que ce geste dévoilait, au fond, c'était le dévouement sans bornes d'Alfred, lui qui s'était tenu devant une armée pour défendre sa famille.

•

« Z'jamais eu aen ôte chance à tchiré sur lii Anglais », a déjà admis Alfred, penaud, après quelques bières de trop.

•

On est sortis de l'église en formant une procession à la fois solennelle et festive, essuyant des larmes de tristesse et de joie. On s'est rangés lentement derrière les porteurs de l'humble cercueil brun recouvert d'un drapeau bleu et blanc, puis on a serpenté dans le soleil chaud et brillant de cette fin de novembre. Ses rayons perçaient les mèches de nuages gris, faisaient fondre la mousseline de neige qui s'était accumulée au cours de la nuit, baignant l'allée pavée de soleil et d'eau de fonte. Massés ensemble, on a regardé les porteurs hisser le cercueil dans le corbillard. Alfred serait incinéré. On avait l'intention de disséminer ses cendres au printemps.

Une fois le corbillard parti, on est restés là à flâner sur le parvis de l'église, à l'ombre du clocher de pierre, à discuter avec ceux qu'on n'avait pas eu l'occasion de saluer avant la cérémonie. Danny et Isabelle geignaient, affamés, et Monique chuchotait des promesses de pattes d'ours dans la camionnette. J'ai serré dans mes bras un nombre incalculable de matantes, de menoncles et de cousins de plus en plus éloignés.

Des voix s'élevaient pour rappeler aux gens qu'un goûter accompagné de thé les attendait à la Légion, et certains des plus vieux se sont dirigés vers leur voiture, mais la plupart des invités n'étaient pas pressés. C'était rare de voir autant de branches de l'arbre familial, avec toutes ses feuilles, ses brindilles et ses arbrisseaux, rassemblées ainsi. On s'est enracinés sur le parvis pour faire durer le moment.

« Make way ! Le vieux a faim ! criait J.-P. Gauthier. Pis moé itou ! » Il a éclaté de rire. Il traînait son père derrière lui, lui faisant presque débouler les marches de l'église, et a chargé dans la foule. On les a regardés bousculer les gens comme des taureaux dans un enclos à vaches, le vieux brandissant sa canne comme un fouet. En les voyant s'approcher de notre cercle, mon père a levé les bras et leur a barré le chemin.

« Ralentis, a grogné p'pa. Crisse, J.-P., tu vas y tordre la cheville. »

J.-P. a cligné des yeux en rougissant.

Mon père s'est penché vers le vieux Gauthier, qui se suçait les lèvres, les joues froissées. « Es-tu okay, Menoncle ? »

La canne tremblait sous les mains du vieil homme.

« Hein ? »

« Y t'a demandé comment ça va ! » a hurlé J.-P.

Le vieux a sucé ses lèvres et les a fait claquer, puis les a placées de peine et de misère pour former un mot. « J'ai mal au cul. » Il s'est tapoté le derrière. « Mes fesses se sont endormies sul' banc. »

J.-P. a éclaté d'un grand rire sonore et a tapé p'pa sur l'épaule. « See ? His ass fell asleep. Y avait besoin d'une marche. We'll see you at the hall, eh. »

Mon père a grogné. Un muscle s'est activé à l'arrière de sa mâchoire, et il a déplacé son poids d'un pied à l'autre comme un boxeur prêt à décocher un coup, mais au lieu de le frapper, p'pa s'est penché et a crié au visage du vieux : « Hey, Menoncle ! C'tu vrai qu't'as volé la terre à papa ? »

La question est tombée comme une grenade. J.-P. a sursauté et figé, la langue frétillant entre ses joues en feu. Menoncle Frank, Roger et Dave, matante Carole, Yolande et Fred, et certains des autres, ont froncé les sourcils, perplexes.

« Pa'ce que c'est ça qu'Alfred y a écrit », a poursuivi p'pa.

Comme du shrapnel, les paroles de mon père semblaient mitrailler le bouclier du vieux. Exposé, il s'est mis à se transformer, comme libéré du poids d'un subterfuge qui avait duré toute une vie. Sa colonne s'est soudainement redressée, raffermie, ses rides se sont lissées, sa peau s'étirant sur ses os fragiles, et ses dents se sont agrandies tandis que ses lèvres s'étiraient en un rictus. Il a enfoncé sa canne dans le sol en dévisageant ses neveux et nièces d'un air défiant.

P'pa a hoché la tête. Il s'est tourné vers ses frères et sœurs et leur a parlé des lettres qu'on avait retrouvées avec le testament d'Alfred, celles qu'il avait échangées avec mémère et qui racontaient comment pépère avait perdu sa terre, comment le vieux Gauthier en avait passé une vite à mon grand-oncle.

« Y l'a trompé. »

Forçant les mots à travers sa mâchoire serrée, J.-P. a réussi à faire mine de protester. « Fuck off, il a fait en balançant son bras vers les broussailles, à l'est du village. Pas encore c'te vieille histoire-là ? Papa y'a acheté sa terre fair and square. » Il a regardé la foule silencieuse qui s'était massée autour de nous. « C'est de la bullshit, ça. Viens t'en, p'pa. » Il a tendu le bras vers son père, mais avant qu'il puisse l'agripper, je me suis penché et je lui ai donné une pichenotte sur le coude.

« Belle veste. »

J.-P. a sursauté à nouveau. « Qu-quoi ? »

« Belle veste », j'ai répété.

« Merci », il a croassé.

« 'Est où, celle en flanelle ? »

« Ah ben, il a souri lentement en jetant un œil à l'église. On porte pas de flanelle à des funérailles. Come on, Pichenotte, tu devrais savoir... »

« C'est drôle, hein ? On a trouvé une veste exactement comme la tienne, dedans la cabine à Alfred, just a few days ago, hein, p'pa ? »

« Ouaip », a fait mon père.

Le vieux Gauthier a sourcillé, détournant un regard furtif tout en tentant de suivre.

J.-P. a toussé. « Toute une histoire. »

« A puait comme une chicoque », a dit p'pa.

« Stunk like a skunk », j'ai renchéri.

« Y a fallu s'en débarrasser. »

J.-P. a aspiré à travers ses lèvres et sa mâchoire crispées, un râlement coincé dans sa gorge. « Qu-quesse vous avez fait ? »

« Y a fallu la brûler, j'ai dit. Derrière la cabine. »

J.-P. me dévisageait, les joues tremblantes comme des bols de Jello rouge.

« Trouvé ta flasque itou », j'ai ajouté.

« Dis-nous, mon homme, c'tu toé qu'y as fouillé la cabine à Alfred ? Quessé tu cherchais ? Quessé t'as pris ? »

« Mon ostie d'voleur, j'ai marmonné. Quessé t'as pris ? »

Le vieux Gauthier a regardé son fils.

« Voleur. » Les menoncles et matantes, les cousins proches et éloignés se sont mis à murmurer autour de nous, leurs voix s'élevant comme le vent dans les arbres. Elles tourbillonnaient parmi les pierres et les herbes, l'écorce et les souches, ruisselant dans les ravines et les vallées au-delà de l'horizon, et dans les prairies, des vagues qui résonnaient, se réverbéraient dans nos os. Nos voix qui s'élevaient à travers le temps, chaud et ancien. Au-dessus de nos têtes, les feuilles mortes jacassaient.

« Voleur. »

J.-P. a secoué la tête. « Non. Non. » Mais ses mots sonnaient creux, prononcés à contrecœur, et ils sont tombés comme des feuilles d'automne sur les pavés, balayés et emportés par le vent et le chœur. Une fois relâchés, ils ont escaladé les murs de pierre de l'église, s'enroulant autour du clocher, se dissipant dans l'azur.

« Voleur. »

30 –
LES VIEILLES CHANSONS

Les sons de Bernie Elastic grésillaient dans le petit radiocassette sur la table parmi le pain de seigle, les charcuteries, le fromage marbré Bothwell, les plateaux de fruits et de crudités, les biscuits et les autres desserts. Les gens faisaient la file pour remplir leurs assiettes en styromousse. Les plus vieux en premier, suivis des matantes et des menoncles, puis des mamans avec leurs enfants. Une fois les assiettes bien pleines, ils retournaient à leur table ou s'arrêtaient pour placoter avec un visage familier - un vieil ami, une connaissance - qu'ils n'avaient pas vu depuis des années.

Une autre table débordait de boissons de toutes sortes : du thé et du café, de la crème et du miel, un pot de sucre blanc et des sachets d'aspartame pour les diabétiques. Des boîtes de jus. Des bouteilles d'eau. Des canettes de liqueur, régulière et diète. Une glacière pleine de glace et de bière sous la table, gracieuseté de Frank. Je me tenais dans un cercle de cousins aînés et je regardais la file s'allonger devant la table de nourriture. On surveillait la glacière.

« Eh boy, t'un peu jeune là, hein ? » a lancé mon cousin Marcel à un garçon dont le menton était assombri d'un petit duvet à peine visible et qui avait mis la main sous la table pour soulever nonchalamment le couvercle de la glacière. Le garçon a retiré sa main en rougissant.

« C'est pour mon père. » Sa petite moustache de chaton tremblotait comme sa voix.

« Mm-hmm. »

« C'qui ton père ? » a demandé un autre cousin.

Les joues du garçon sont devenues rouge bourgogne. Il a attrapé une canette de Pepsi sur la table et a disparu dans l'autre file.

« Doit t'êt' un Gauthier », a ri Marcel.

Quelqu'un m'a tapé sur l'épaule. J'ai esquissé un sourire niais et j'ai pris une gorgée de bière. J'avais passé l'après-midi à récolter les félicitations de ceux qui avaient assisté à l'échange avec J.-P. et le vieux sur le parvis de l'église. Des gens qui, pendant des années, s'étaient imaginé ce qu'ils lui diraient « si c'était pas parenté ». Ç'avait été comme un coup de tonnerre sur la montagne, une averse glaciale. Ils avaient couvert J.-P. et le vieux de paroles dures et cinglantes, se vengeant d'une vie d'humiliation et de ressentiment. Assaillis, les deux hommes avaient fui le terrain de l'église en montant dans le gros camion diésel stationné dans la rue. J.-P. avait démarré en regardant la foule de cousins en colère. Le camion avait toussé et crachoté, puis ses pneus avaient crissé sur le béton et, vomissant des nuages de caoutchouc, de poussière et de fumée, il s'était éloigné sur la route.

•

Dans la salle de réception, p'pa a expliqué à ses frères et sœurs ce qu'on avait trouvé dans la cabane. Le désordre, la veste, la flasque, la chicoque. Puis il leur a parlé des lettres.

« J'me rappelle de d'ça. » L'une de ses sœurs a hoché la tête. Elle se souvenait de mémère assise à la table de cuisine, qui gribouillait à la lueur d'une chandelle.

« Pis la terre à Alfred ? » a demandé un frère.

Mon père a haussé les épaules. « Elle appartient à une compagnie d'gravel. »

« Tabarnak. »

« Y la louait juste. »

« Sacrament. »

•

Les files se tarissaient, les gens dérivaient vers leurs tables avec des assiettes débordantes. La musique s'était arrêtée, mais quelqu'un a fourré une nouvelle cassette dans le lecteur, et elle s'est mise à craqueter de vieilles chansons. Les rires se gonflaient comme des vagues dans le hall.

Danny et Isabelle se bourraient de fromage pendant que m'man les exhortait à manger les fruits dans leurs assiettes. Monique a haussé les épaules et s'est tournée vers p'pa, qui fixait son assiette. Le pain de seigle et la viande, pas entamés. John a balayé du regard les tables qui nous entouraient, fronçant les sourcils comme s'il cherchait un sentier qui s'était refermé dans les broussailles.

« Quesse qu'y a ? » j'ai demandé.

« Oh, c'est juste... » Il s'est arrêté pour peser ses mots. « Tout le monde a l'air vraiment heureux, pour des funérailles. »

J'ai avalé un morceau de fromage en haussant les épaules. « On est plus à l'aise comme ça, j'imagine. » Puis j'ai réfléchi et j'ai ajouté : « En plus, je pense que c'est ça qu'Alfred y aurait voulu. »

« Pis, Rich, a dit Monique. 'Est où, Becky ? Tu y as pas dit, pour Alfred ? »

« Ouais, j'y ai dit. On se parle au téléphone, ces temps-ci. Mais elle a des travaux à faire. La fin de session, t'sé. A vous embrasse, d'ailleurs. »

Monique a hoché la tête, mais en me voyant jouer avec le fromage dans mon assiette du bout du doigt, elle a sourcillé. « Quesse tu me caches ? »

Une nouvelle chanson a retenti. Voulez-vous écouter chanter / une chanson de vérité... »

« Y pense déménager en ville », a dit ma mère.

« Quoi ? j'ai bafouillé. Comment tu sais ça ? »

« Y était temps ! » a pouffé Monique.

« La maison est pas si grande que ça, Rich. On t'entend à travers les murs. »

Tandis que Monique m'assaillait de ses questions, auxquelles je répondais par des grognements et des hochements de tête, je me suis mis à sourire malgré moi. Même si l'idée de déménager en ville remuait les racines enroulées dans mes entrailles, j'étais réconforté par l'idée d'un retour. Et avant tout, par les possibles qui s'étendaient devant nous, par ce que Becky et moi pourrions construire ensemble. Alfred avait beau paraître satisfait sur son petit lopin de terre, ça me semblait tout d'un coup insuffisant ; ce n'était plus ce que j'envisageais pour moi-même. Le monde s'était ouvert devant moi et, peut-être pour la première fois, j'étais curieux de savoir ce qu'il me réservait.

•

P'pa fixait solennellement les miettes dans son assiette.

En tête de table, Eddie Gauthier, le frère aîné de J.-P., nous surplombait. J'ai sursauté et me suis tendu, jusqu'à ce que je remarque son port : il se balançait comme un bouleau tranquille dans la brise, attendant qu'on l'invite à parler. P'pa a levé le regard vers son cousin et a cligné des yeux.

« Menoncle », a dit Eddie. Même s'ils étaient cousins, les enfants Gauthier avaient tous une dizaine d'années de moins que mon père, et avaient toujours dit « menoncle » et « matante » à lui et à ses frères et sœurs. Il a grogné et s'est raclé la gorge. Puis il a tendu la main à p'pa, qui l'a serrée. Eddie a hoché la tête.

« Je voulais juste m'excuser, hein, pour mon frère. »

« Oh, c'est correct, Eddie. No sweat. »

« Non non, Eddie a secoué la tête. C'est pas correct. » Il a pincé les lèvres et a regardé le mur, comme s'il contemplait l'horizon qui se cachait derrière, en direction de la ferme. « J'savais pas, you know. I mean, j'me disais bien que p'pa et J.-P. passaient ben trop de temps tout seuls sur la maudite ferme... » Il a soupiré, laissant sa phrase en suspens.

Mon père s'est levé et a saisi la main d'Eddie, l'a serrée à nouveau, et lui a tapoté l'épaule.

« T'es t'un bon homme, Eddie. »

« Ah ben, tu vas me faire pleurer. » Eddie s'est raclé la gorge agressivement. « J'vas me prendre une bière. T'en veux-tu une ? »

« Non, merci. Prends soin, Eddie. »

« Toé itou. » Eddie a hoché la tête et s'est dirigé vers la table des boissons.

P'pa a regardé son cousin-neveu s'éloigner, puis a souri en silence. « Il a toujours été comme sa mère, lui, il a enfin prononcé. Une âme délicate. »

« Bon, a dit m'man. Je vais commencer à nettoyer les tables. »

Le hall s'était légèrement vidé, et certains des vieux faisaient le tour en se serrant la main et en s'embrassant avant de sortir. Il restait encore beaucoup de monde, assis à discuter autour des tables qui longeaient les murs. À plat ventre sur le plancher, Roger jouait avec les enfants en faisant semblant de tirer avec un fusil imaginaire. « Oh-ouah ! » criait Frank. Dave a balayé les mains dans les airs en gloussant, comme pour les chasser de là. Matante Jo a ri ; Carole et Yolande se tapaient sur les genoux en hurlant. Il y avait des enfants partout, qui poussaient des cris aigus, se poursuivaient dans le hall, contournaient les adultes et rampaient sous les tables. Ils sautaient, roulaient, grimpaient, s'élançaient de la scène. Leurs bottes battaient le sol d'un bruit sourd.

« Laisse faire, for now », a répondu p'pa.

« Vous voulez pas aller jouer ? » a demandé Monique à Isabelle et à Danny, qui restaient plantés sur leurs chaises bleues pliantes, à regarder timidement les autres enfants, leurs très lointains cousins. Ils ont secoué la tête et se sont mis à cueillir des miettes dans leurs assiettes vides.

« Encore du fromage ? » John a poussé son assiette avec sa petite pyramide de cubes de cheddar vers ses enfants.

« Crisse, John. Y ont mangé assez de fromage, a dit Monique. Un peu plus pis y vont être constipés. »

J'ai couvert mon sourire de la main pour m'empêcher de rire. Monique m'a dévisagé, et j'ai fait semblant d'examiner le plafond.

Mon père s'est penché sur la table et a toisé les enfants du regard.

« Heille, ça vous tente-tu de danser ? »

« Ouais ! » ont crié Danny et Isabelle.

« OK. Venez-vous-en. » Il a mené les enfants sur la piste de danse, devant le radiocassette.

Ma mère et Monique ont échangé un regard perplexe. P'pa n'était pas connu pour être un grand danseur.

On l'a regardé pointer du doigt les pieds de Danny et d'Isabelle, puis ses souliers à lui. Et il s'est mis à giguer. Quelques pas lents pour commencer, pour que les enfants puissent le suivre. Puis ça s'est corsé. Il accélérait. Du moins, il essayait. Sa danse oscillait entre une gigue et un step improvisé, ses pieds battant follement le sol dans un rythme approximatif, au son du violon qui grésillait sur la cassette. Sa tentative endiablée faisait rire Danny et Isabelle. Les autres enfants, entendant leurs cris de joie, se sont rassemblés peu à peu autour de p'pa, des sourires édentés illuminant leurs petits visages rougis. Tous se sont mis à taper des pieds au rythme de la chanson. P'pa a levé les yeux vers la foule et a chancelé, manquant un battement de mesure ou trois.

« Tu peux pus t'arrêter, là, Émile ! » a crié mon oncle Dave de l'autre côté du hall, et ses frères et sœurs ont hurlé de rire. Alors p'pa s'est remis à sauter de plus belle et à faire aller ses pieds. C'était pas très traditionnel, avec ses bras qui s'agitaient dans les airs en quête d'équilibre. Il fronçait les sourcils, s'efforçant de rester concentré, tout en esquissant le plus grand sourire que je lui avais jamais vu. Je me suis senti magnétisé vers la piste de danse et j'ai repoussé ma chaise pour me diriger vers le cercle, qui grossissait à vue d'œil. Les cousins s'approchaient eux aussi en dodelinant la tête, les pieds qui picotaient, les jambes qui s'agitaient comme pour esquiver des coups de feu. Les enfants criaient de joie quand leurs parents et grands-parents se joignaient à la danse, et on sautait et se trémoussait - certains pour la première fois ! - dans une mer de coups de pied et de couleurs contre le plancher pâle. Nos jambes barattaient, nos corps se réchauffaient. La sueur perlait à notre front et s'écoulait sur nos joues. Et tandis qu'on dansait - la douleur de mon dos activée, puis apaisée par l'effort -, j'ai senti notre chagrin collectif, le deuil et la tristesse, les années de déception et de désespoir, se vider par nos pieds, nos jambes et dans la sueur qui s'égouttait de nos fronts, et je me suis mis à vriller sur le plancher avec une énergie furieuse, et je riais en pensant à Alfred, au fait que même si on ne le verrait plus jamais, il était partout autour de nous. Il nous avait rassemblés. Et tandis que sa musique retentissait sans relâche du radiocassette, il est apparu à nos côtés, avec ses jeans déchirés, sa casquette camouflage poussiéreuse, ses verres fumés et ses doigts noueux qui couraient sur le manche d'un violon magané, doté soudainement d'un talent remarquable, et ses bottes qui battaient la cadence sur le plancher, et on dansait, on dansait. Je pleurais, et les larmes s'écoulaient de mes joues sur le plancher, désormais détrempé, fertile comme le sol après que la Rouge inonde ses rives, quand les arbres et les plantes, les récoltes et les mauvaises herbes renaissent, sauvages et luxuriantes, avec le retour de la chaleur. J'ai levé les yeux et j'ai vu que m'man et Monique étaient debout et tapaient dans leurs mains en riant. John mangeait encore des cubes de fromage, p'pa tenait les mains de Danny et d'Isabelle qui sautillaient, et je riais, tapant des pieds jusqu'à en avoir mal. Alfred était avec nous, et alors on dansait. On dansait.

APRÈS LA FONTE

31 –
LA CRUE

Il ne restait plus qu'un écho de la fonte et de la crue printanière dans les champs et les fossés. On roulait vers la cabane d'Alfred. Des vestiges de l'eau de rivière s'écoulaient en de minces filets. Le soleil était embroché dans l'azur, et on conduisait de Winnipeg vers la forêt.

« On prend la 501 ? a demandé Becky. La vue est plus belle. »

« Ah ouais ? »

« Ben... elle a haussé les épaules pendant qu'on contemplait les champs vides et plats qui nous entouraient, les petites grappes d'arbrisseaux entourant les fermes et les brise-vent arides. En tout cas, c'est plus tranquille. »

En tournant, j'ai jeté un œil dans le miroir et j'ai vu que Monique nous suivait. On a quitté l'autoroute et on a roulé à travers champs, passant des maisons solitaires, des granges et des silos à grains, longeant des kilomètres de clôture avant de gagner les broussailles, ce muret dense et court sur pattes que forme la forêt manitobaine. Le béton a laissé place au gravier et aux roches concassées qui revolaient sous les pneus. La poussière s'élevait et s'accrochait à nous comme des nuées de moustiques. Enfin, on a aperçu la cabane à travers les troncs fins des arbres dépouillés de leurs feuilles, qui commençaient seulement à débourrer après un long hiver froid. Le camion de p'pa était garé à l'avant. Il se tenait devant la cabane et nous envoyait la main tandis qu'on s'engageait dans l'entrée. M'man est descendue du camion pendant qu'on sortait de la Buick, et on s'est serrés les uns les autres, puis on s'est retournés vers la camionnette de Monique qui arrivait derrière nous. Les enfants ont accouru vers nous pendant que Monique refermait leur portière, et John s'est étiré, les bras dans le soleil chaud du printemps. Une fois qu'on s'était tous embrassés à nouveau, on est restés là à lambiner devant la porte. Enfin, p'pa a grogné.

« On est aussi ben. » Il est allé chercher l'urne dans son camion. Il la tenait précautionneusement, comme un demi offensif porte le ballon dans ses bras. Il a indiqué la cour arrière avec son menton, et on s'y est tous dirigés.

La cabane avait été vidée pendant l'hiver. On avait pris rendez-vous avec un avocat avant Noël, passé en revue le testament, distribué les biens d'Alfred selon ses volontés – toutes sortes de bébelles réparties parmi les neveux et nièces – et vendu, donné ou charrié au dépotoir les meubles dont personne ne voulait. P'pa a gardé la majorité des choses : les outils, l'équipement et les lames, et le contenu du vieux coffre : les trésors familiaux. Matante Fred a pris les livres et les papiers. Frank et Roger ont chacun reçu une arme : un fusil et un pistolet. Alfred m'avait laissé sa *grande* carabine. Les frères et sœurs de p'pa, et quelques cousins, ont fouillé dans les photos et se sont partagé les têtes d'animaux empaillées sur les murs. Monique a reçu de l'argent pour l'éducation des enfants. Mais en fin de compte, même si Alfred était économe et avait amassé des choses au fil des ans, il n'y avait pas grand-chose à distribuer.

Après avoir nettoyé la maison d'Alfred, on a avisé la compagnie de gravier. Le terrain leur appartenait encore – mon grand-oncle n'en louait qu'une petite parcelle – et ils nous ont remerciés en nous faisant savoir qu'ils démoliraient la cabane plus tard au printemps.

•

La première fois que j'ai aperçu la cabane d'Alfred, elle ressemblait à un lever de soleil. Ses murs jaune vif luisaient dans les broussailles. Du moins, c'est mon premier souvenir de l'endroit. J'avais sept ou huit ans. Mes parents m'avaient laissé chez Alfred en chemin vers Grand Forks, où ils se rendaient avec Monique. Je connaissais mon grand-oncle, mais je n'avais jamais passé du temps seul avec lui, et je me tenais dehors nerveusement en regardant mes parents reprendre la route. Alfred m'a pris par la main et m'a fait faire le tour de son terrain, puis on est entrés dans la maison. Je suis resté assis en silence sur le divan et je tremblais en regardant les objets effrayants sur les murs : les têtes de chevreuil, les bois tordus et les toiles d'araignée poussiéreuses. Alfred m'a proposé de me cuisiner quelque chose, et j'ai hoché la tête, mais je suis resté sans bouger, à attendre. Il s'est mis à siffler faux, joyeusement, et peu à peu, je me suis senti plus à l'aise. Doucement, je suis allé chercher mon sac à dos et j'en ai tiré un Game Boy.

Tetris. J'étais accro à Tetris.

Alfred faisait frire des saucisses dans un poêlon et m'a regardé fixer la petite boîte gris pâle qui faisait retentir une musique MIDI vaguement russe et des bips aléatoires.

« Quessé qu'c'est ça ? »

« Un Game Boy. »

« Hein ? »

« Un Game Boy. »

« Ah, OK, il a hoché la tête. Pis, quessé qu'ça mange en hiver, un Game Boy ? »

Je me suis arrêté pour regarder Alfred, penché sur son four, spatule graisseuse en main, et j'ai haussé les épaules. « Des batteries. »

Alfred a éclaté de rire et a secoué la tête. « Tabarouette. » Puis il a empilé les saucisses sur une assiette avec des frites et des galettes.

« OK, mon homme. Viens manger. »

•

Quand j'ai tourné le coin, j'ai vu que Becky m'attendait dans la cour. Elle m'a envoyé la main et a indiqué l'arrière de la maison, où j'ai vu John et les enfants à l'orée du bois, là où les autres s'étaient enfoncés et n'étaient plus que des éclats de couleur parmi les arbres. P'pa criait qu'il avait trouvé le sentier, envahi par les broussailles, jonché de trembles morts, mais praticable. Les enfants hurlaient – hiyaa ! – et fouettaient les rameaux, les brindilles et les feuilles séchées de leurs branches-épées de fortune.

« Attention, a dit Becky alors que je m'approchais. C'est encore un peu mouillé ici. »

Le sol s'enfonçait sous mes pieds, tout mou, et l'eau giclait sous mes pas.

« J'ai vu pire. » En rejoignant Becky, je l'ai prise par la main, et j'ai levé le bras vers la vieille remise à trois murs que j'avais bâtie avec Alfred – elle était vieille, à présent.

« L'eau remontait de la swamp, là-bas. Elle est passée entre les arbres pis elle a soulevé cette affaire-là, a' failli la pousser dans' cabane. »

Becky a jeté un œil aux arbres, à la remise, puis à la cabane, et j'ai vu son sourcil s'élever, un petit froncement envahir son front.

« C'est vrai, j'te l'jure ! »

« Mm-hmm. »

« Regarde. On voit encore la trace de la crue au pied des arbres. » J'ai pincé les lèvres et j'ai regardé la cabane. « On a même dû mettre des sacs de sable, t'sé. En '97. J'ai passé la nuit à surveiller la digue. Alfred pis moi. On a veillé sur la cabane pour qu'a reste au sec. »

Becky a souri en secouant la tête. Je n'étais pas sûr si elle doutait vraiment de mon histoire ou si elle m'encourageait subtilement à penser à Alfred, à parler de lui et de ce qu'il avait été pour moi. De ce qu'il était encore pour moi. Alors j'ai ri et j'ai balayé son regard de la main.

« Rich ! a crié Monique, sa voix se réverbérant dans la forêt. Viens-t'en icitte ! »

« Viens, Rich », a dit Becky en me tirant vers les voix, tandis que mes yeux demeuraient fixés sur les arbres, sur la marque de la crue.

•

La cérémonie était simple. Ma mère a récité une courte prière au bon Dieu, puis on a dit quelques mots sur Alfred. Ensuite, debout derrière p'pa, on l'a regardé déboucher l'urne et la retourner. Les cendres se sont échappées en une motte qui s'est dispersée dans le vent et sur le tapis forestier. Après un moment, John a rassemblé les enfants et s'est mis en marche vers la cabane. Monique a placé la main sur l'épaule de p'pa, emboîtant le pas à son mari. M'man nous a jeté un coup d'œil, à moi et à Becky. Puis ils se sont retournés et se sont engagés dans le sentier. J'ai soupiré, levant le regard vers la canopée, plissant les yeux face aux rayons de soleil qui transperçaient les cimes nues, et j'ai écouté le vent dans les branches. Était-ce Alfred ?

P'pa s'est retourné et m'a touché le bras. J'ai regardé par terre, souriant tristement, et j'ai hoché la tête. Ensemble, on est retournés vers la cabane.

•

On s'était acharnés toute la nuit. Le moteur de la pompe toussait et geignait, et les flots débordaient de la digue. Le vent raclait le terrain et poussait l'eau vers la cabane, où elle s'écrasait en une douche froide, encore et encore, comme une pluie horizontale. Les sacs de sable s'affaissaient et glissaient sous nos pieds, et on retenait le barrage de fortune avec du contreplaqué et des quatre par quatre. On écopait l'eau avec des seaux, comme dans un canot, puis on la rejetait sur les sacs.

Le moteur de la pompe a encore lâché. Noyé.

Mais Alfred ne lâchait pas. Et même si son dos lui faisait mal, une douleur acide qui coulait le long de ses jambes, remontait dans sa colonne jusqu'à le faire crier, il se penchait sans relâche pour remplir son seau et projeter l'eau par-dessus la digue. Et je me tenais près de lui et le suivais, seau après seau, dans un rythme infini et envoûtant, jusqu'à ce que la lumière s'insinue entre les arbres, que le soleil surgisse peu à peu à l'horizon et qu'on constate que la crue était passée.

DANS LA MÊME COLLECTION
FICTIONS

AFYAN, Hovik, *Rouge*, 2024
(traduit de l'arménien par Anahit Avetissian)

APOSTOLIDES, Marianne, *Elle nage*, 2021
(traduit de l'anglais par Madeleine Stratford)

BLADOU, Romane, *Atlantique Nord*, 2023

BOILARD-LEFEBVRE, Alexandra, *Une histoire silencieuse*, 2025

BOUCHARD, Mylène, *Ma guerre sera avec toi*, 2006

BOUCHARD, Mylène, *La garçonnière*, 2009; 2013; 2020

BOUCHARD, Mylène, *Ciel mon mari*, 2013

BOUCHARD, Mylène, *L'imparfaite amitié*, 2018

BOUCHARD, Sophie, *Cookie*, 2008

BOUCHARD, Sophie, *Les bouteilles*, 2010

BOUCHET, David, *Soleil*, 2015

CANTY, Daniel, *Wigrum*, 2011

CARON, Jean-François, *Nos échoueries*, 2010

CARON, Jean-François, *Rose Brouillard, le film*, 2012

CARON, Jean-François, *De bois debout*, 2017

D., Louise-Amada, *Au temps sublime*, 2022

DeCHAMPLAIN, Virginie, *Les falaises*, 2020

DeCHAMPLAIN, Virginie, *Avant de brûler*, 2024

DESCHÊNES, Marjolaine, *Fleurs au fusil*, 2013

DESJARDINS, Antoine, *Indice des feux*, 2021
DROUIN, Marisol, *Quai 31*, 2011
DULUDE, Sébastien, *Amiante*, 2024
FULAŞ, Cristian, *Iochka*, 2022
(traduit du roumain par F. et J.-L. Courriol)
FULAŞ, Cristian, *La pire espèce*, 2025
(traduit du roumain par F. et J.-L. Courriol)
GAGNÉ, Mireille, *Le lièvre d'Amérique*, 2020
GAGNÉ, Mireille, *Frappabord*, 2024
GODIN, Louis-Daniel, *Le compte est bon*, 2023
GUAY-POLIQUIN, Christian, *Le fil des kilomètres*, 2013
GUAY-POLIQUIN, Christian, *Le poids de la neige*, 2016
GUAY-POLIQUIN, Christian, *Les ombres filantes*, 2021
HORVAT ČEČ, Željka, *Scènes villageoises sans cochon*, 2024
(traduit du croate par Chloé Billon)
KAWCZAK, Paul, *Ténèbre*, 2020
LAKMAKER, Tobi, *Ma sexualité en toutes lettres*, 2024
(traduit du néerlandais par Daniel Cunin)
LAVERDURE, Bertrand, *Bureau universel des copyrights*, 2011
LAVERDURE, Bertrand, *La chambre Neptune*, 2016
LEBLANC, Suzanne, *La maison à penser de P.*, 2010
LÉTOURNEAU, Sophie, *Chasse à l'homme*, 2020
LÉVEILLÉ-TRUDEL, Juliana, *Nirliit*, 2018
LÉVEILLÉ-TRUDEL, Juliana, *On a tout l'automne*, 2022
MARCOUX-CHABOT, Gabriel, *La Scouine*, 2018
Mc CABE, Alexandre, *Chez la Reine*, 2014
Mc CABE, Alexandre, *Une vie neuve*, 2017
NASRALLAH, Dimitri, *Niko*, 2018
(traduit de l'anglais par Daniel Grenier)

NASRALLAH, Dimitri, *Les Bleed*, 2019
(traduit de l'anglais par Daniel Grenier)

NASRALLAH, Dimitri, *Hotline*, 2023
(traduit de l'anglais par Daniel Grenier)

SANGARCÍA, Eduardo, *Anna Thalberg*, 2023
(traduit de l'espagnol par Marianne Millon)

SCALI, Dominique, *Les marins ne savent pas nager*, 2022

TANNAHILL, Jordan, *Liminal*, 2019
(traduit de l'anglais par Mélissa Verreault)

TÉTREAULT, Matthew, *Tiens ta langue*, 2025

THÉORET, France, *Les querelleurs*, 2018

TREMBLAY, Larry, *Tableau final de l'amour*, 2021

TREMBLAY, Larry, *D'enfers et d'enfants*, 2023

TUCKER, Aaron, *Oppenheimer*, 2020
(traduit de l'anglais par Rachel Martinez)

VERREAULT, Mélissa, *Voyage léger*, 2011

VERREAULT, Mélissa, *Point d'équilibre*, 2012

VERREAULT, Mélissa, *L'angoisse du poisson rouge*, 2014

VERREAULT, Mélissa, *Les voies de la disparition*, 2016

VILLENEUVE, Mathieu, *Borealium tremens*, 2017

La Peuplade a été fondée
par Mylène Bouchard
& Simon Philippe Turcot.